NEW ROMANCE®

ELLE SEVENO

6 ans

Hugo Roman

6 ans

Collection New Romance® créée par Hugues de Saint Vincent
Collection New Romance® dirigée par Arthur de Saint Vincent
Ouvrage dirigé par Marine Flour

Image de couverture : Shutterstock ©Elovich
Couverture : Camille Decoster

34-36, rue La Pérouse
75116 Paris

ISBN : 9782755643398
Dépôt légal : septembre 2019
Imprimé en France par Corlet
N° d'imprimeur : 204913

Prologue

Vic

Ma grand-mère n'était pas croyante. Elle ne croyait pas en Dieu, en tout cas. Elle affirmait qu'elle n'avait pas besoin de ça pour se montrer bienveillante avec les autres, pour voir le meilleur en eux. C'est sûrement pour ça qu'elle s'est fait autant d'amis.

La salle de cérémonie du funérarium est remplie. Tout le monde n'a pas pu rentrer. Ayant toujours vécu dans ce village, il est normal qu'elle ait fait tant de connaissances, mais c'est comme si chacune d'elles avait décidé de venir lui dire adieu. Elle est morte la semaine dernière, dans sa boutique. Je n'étais pas là. Six ans que je n'avais pas mis les pieds ici, pourtant je ne me suis pas posé de questions avant de revenir. J'étais bourrée de regrets jusqu'au fond de mon cœur.

Une part de moi envie tous ces gens : eux l'ont côtoyée ces dernières années, eux ont pu rire avec elle… Pendant tout ce temps, je n'ai parlé à ma grand-mère que par téléphone. La distance ne l'empêchait pas de me transmettre sa joie de vivre et cette manière si inspirante de regarder le monde… mais ce n'était tout de même pas pareil.

Même si je connais les raisons de sa brouille avec mon père et ma sœur, je me suis toujours sentie triste que nous soyons partis. De ne plus pouvoir la voir chaque jour. En grandissant, j'aurais pu – j'aurais dû – prendre le temps d'affirmer mes choix et de venir la voir comme j'en avais envie, mais mes études, puis le lancement de ma société et sa fermeture quelques années plus tard m'ont toujours fait repousser ce moment. J'ai choisi les mauvaises priorités : la famille est aussi importante que le reste. En perdant ma grand-mère sans l'avoir serrée dans mes bras de nouveau, je sais que je ne pourrai jamais réparer mon absence… Elle répétait souvent qu'elle était très bien seule, sans mari ou prétendant. Mais sans son fils et ses petites-filles ? J'en doute.

– Ça va, Vic ?

La main de ma meilleure amie est la seule chose que j'arrive à distinguer nettement autour de moi.

– Oui.

Julie a tenu à m'accompagner. Pour elle, c'était impensable de me laisser venir ici toute seule, et mon père a refusé catégoriquement de faire le voyage. Même maintenant que sa mère est partie, il ne veut plus entendre parler d'elle… C'est lui pourtant qui s'est chargé de tout payer, mais il m'a laissé gérer l'organisation sans poser une question. Je n'ai pas fait grand-chose, afficher notre famille unie dans cette salle aurait été hypocrite, j'ai donc laissé ses amis proches parler à ma place et me suis installée au deuxième rang, à côté de Julie, qui serre régulièrement ma cuisse comme pour me rappeler sa présence.

Tout passe si vite… En deux heures de temps, on dit « au revoir », « merci », « on pensera toujours à toi ». Et puis c'est fini. Pour toujours.

Je me retrouve devant une urne scellée, dans un cimetière dans lequel je n'ai jamais mis les pieds, alors que j'ai passé – hormis ces six dernières années – toute ma vie dans ce village, au cœur des montagnes.

– On rentre chez mes parents ? demande Julie quand il ne reste bientôt plus que nous.

J'acquiesce sans ouvrir la bouche. Je n'y arrive pas. Je n'ai même pas réussi à pleurer. Pas parce que je ne suis pas triste, mais parce que ce n'est pas de cette façon que je veux honorer la mémoire de ma grand-mère. Hormis la colère, cette unique fois ce jour-là, je ne me rappelle que sa joie de vivre. Elle n'a jamais eu peur de mourir. Elle prônait le *carpe diem*, et j'espère pouvoir m'inspirer d'elle en profitant de la vie comme elle vient.

Ma meilleure amie me prend le bras pour me guider. Elle aussi a grandi ici. On a fait connaissance à l'école et on ne s'est jamais quittées. Quand je suis partie, elle a attendu que ma famille et moi soyons installés à des heures de route pour s'inscrire dans la fac tout près de chez nous. Elle est revenue voir ses parents régulièrement, et elle en profitait pour me donner des nouvelles de nos amis communs…

Demain, nous reprenons la route dans l'autre sens. *Tout ça pour ne pas avoir pu lui dire au revoir de vive voix…*

– Salut, Vic !

Mon regard se pose sur la silhouette qui m'interpelle au bout de l'allée. Brice. Mon béguin d'adolescence. Je le reconnais immédiatement, il n'a pas tellement changé. Le garçon rebelle a juste fait place à un adulte plus propre sur lui, en costume noir très sobre pour l'occasion.

Est-il là depuis longtemps ?

– Brice ! s'exclame Julie.

Ils se donnent une longue accolade avant de se tourner vers moi. J'observe ce garçon dont j'ai été si proche et qui me semble inconnu aujourd'hui. À notre époque, c'est pourtant facile de garder contact, mais les réseaux et moi, ça fait deux. Je les utilise pour mes activités pros, et c'est tout. Brice et moi avons bien échangé des messages au tout début : de longs mails pour expliquer nos vies, nos regrets… On a toujours su ce que l'autre devenait sans chercher à entrer dans les détails, comme pour couper les ponts petit à petit. Brice aurait pu devenir un étranger, une connaissance d'un autre temps à qui il suffit de répondre d'un sourire poli avant de passer son chemin, mais ce n'est pas le cas. Je vois à son regard que le temps et la distance n'ont pas altéré l'affection qui nous lie. Quand il m'ouvre ses bras, j'imite ma meilleure amie. C'est tellement étrange de replonger contre son torse et de ne plus reconnaître son odeur, alors qu'à 18 ans, je restais des heures collée à lui.

Nous avons passé notre enfance et notre adolescence à deux rues l'un de l'autre. Nous avons fait les quatre cents coups et découvert le lycée avec des amis qu'on connaissait depuis les couches-culottes. Quand on a commencé à sortir ensemble, c'était une évidence pour tout le monde… Et voilà où nous en sommes aujourd'hui, nous revoyant pour la première fois après plusieurs années de séparation.

– Ça me fait plaisir de te retrouver, m'avoue-t-il avec un air triste.

– Moi aussi. C'est gentil d'être venu… Tes frères ne sont pas là ? m'informé-je, étonnée de le voir seul.

À l'époque, ils étaient toujours fourrés tous les trois. Louis parce qu'il n'avait que deux ans de moins que nous et était donc intégré à notre groupe d'amis, et Raph parce qu'il nous suivait partout…

– Louis n'a pas pu venir, il a un métier assez prenant, mais il te transmet toutes ses condoléances. Raph est venu à la cérémonie, mais il a dû repartir après. Il voulait te donner quelque chose, c'était important apparemment, alors je me suis proposé pour te le transmettre. Et aussi parce que je voulais savoir si ça allait.

– Ça ira mieux un autre jour, réponds-je avec un sourire rassurant.

Je prends le paquet qu'il me tend, une enveloppe cartonnée, et l'ouvre sans attendre. À l'intérieur se trouve un cadre, une photo prise un soir de nouvel an, celui que l'on a passé tous ensemble : mon père, ma sœur et moi, ma grand-mère, Brice, Louis et Raph avec leur mère. C'était le tout dernier. Avant que tout dérape et qu'on s'en aille.

– C'est adorable, affirmé-je en regardant les visages sur le cliché, m'attardant sur ma grand-mère et le garçon de 13 ans au milieu de nous tous.

Je revois le gamin que je gardais quand sa mère travaillait tard. Je revois ses mimiques boudeuses dès que Brice le taquinait un peu trop, ses éclats de rire lorsqu'on se faisait une soirée jeux pendant laquelle il cherchait à faire équipe avec moi.

J'imagine ce petit garçon emballer cette photo. *Même s'il ne doit plus ressembler à un petit garçon maintenant…*

– Il adorait ta grand-mère.

Je caresse la photo, aux prises avec nos souvenirs communs. Toutes ces parties de cache-cache, ces films d'horreur qu'on regardait en cachette, ces bals du village auxquels nous allions ensemble, ces descentes à ski dès l'ouverture des pistes, ces après-midi à faire de la luge…

– Je n'en avais aucune. Mon père a tout laissé ici…

– Je crois que Raph le savait. Il l'a gardée exprès.

– Il a bien fait.

Je suis touchée de savoir que quelqu'un a eu cette attention pour moi.

– Je dois rejoindre ma mère, précise Brice avec un air gêné. J'ai été content de pouvoir te parler, même si j'aurais aimé que ce soit dans d'autres circonstances. Si jamais tu reviens, passe-moi un coup de fil, ok ?

Je hoche la tête avec un sourire triste, et il me prend à nouveau dans ses bras.

– J'espère qu'on se reverra bientôt, murmure-t-il au creux de mon oreille.

– J'espère aussi, retourné-je par habitude.

Il me regarde une dernière fois, puis il s'en va.

1

Vic

Je soulève le rideau métallique, il fait un bruit de rouille absolument atroce.

L'été est à son apogée, je ne porte qu'un débardeur, un short court et des tennis légères, mais je transpire déjà sous la chaleur de plomb. La saison estivale a toujours été caniculaire ici. *Je n'imagine pas ce que ça doit donner à l'intérieur…*

Le soleil éclaire les vitres sales de la boutique. Je passe une main sur l'une d'elles, effaçant la poussière, et jette un œil sur ce qui m'attend. Je vois le petit bureau qui servait de comptoir à ma grand-mère, là où elle posait sa caisse. J'ai un pincement au cœur en l'imaginant derrière sa machine à coudre ou avec ses aiguilles en train de tricoter. Elle ne s'est jamais arrêtée de travailler. À 80 ans, Nanou – elle n'a jamais voulu qu'on l'appelle autrement – défiait quiconque de lui faire accepter cette idée « saugrenue ». Je l'entends encore me dire ce mot au téléphone.

J'ouvre la porte et la bloque pour ne pas qu'elle se referme. La pièce a besoin d'aération après des mois de fermeture, remplie de fringues vieilles comme le monde. Elle n'est pas bien grande, cinq mètres sur huit à tout casser. Assez pour entreposer quelques vitrines de bijoux fantaisie et des portants de vêtements. Le style s'adresse – enfin, s'adressait – à des femmes d'âge mur. Je n'ai jamais réussi à trouver une pièce qui me convenait dans ces collections. Elles étaient trop

« froufroutées » pour moi. Mais ma grand-mère avait son petit succès auprès de ses amies du coin.

J'ai un instant de nostalgie en me revoyant gamine, avec ma sœur, courant partout entre ses jambes les mercredis où elle nous gardait, puis je m'attelle à la tâche.

C'est comme si l'enterrement avait eu lieu hier, alors que des mois ont filé, voyant se succéder des rendez-vous auxquels je ne m'attendais pas, pour finalement hériter de… ceci.

Au début, l'idée de revenir habiter ici ne m'a pas enchantée – j'ai eu peur de m'éloigner de mon père et de ma sœur –, puis j'ai pris le temps de la réflexion et je me suis rendu compte que j'avais besoin d'un projet pour rebondir après l'échec de ma société. Alors me voilà, prête à fermer la boucle d'un passé qui nous a fait quitter la ville bien trop soudainement.

J'ai toujours profondément adoré cette région, cette sensation d'immensité autour de notre village où tout le monde se connaît. J'ai souvent regretté nos montagnes, l'ambiance chaleureuse qu'il y règne en toute saison, touristes présents ou non.

Je suis en pleine opération « déblaiement » quand quelqu'un toque à la porte dans mon dos.

– Je pensais que tu n'arrivais que la semaine prochaine !

Je souris en reconnaissant cette voix puis découvre le visage familier de Brice, toujours aussi beau. Il a la même allure qu'il y a six mois : ses cheveux sont plus longs qu'avant, recourbés sous l'oreille, et il a ce regard de braise qui a toujours fait saliver les filles. Je suis grande, mais lui, c'est un mètre quatre-vingt-cinq de muscles et de masculinité. Il n'a pas perdu le look propre sur lui que je lui ai découvert à l'enterrement. À 19 ans, c'était baggy et skateboard ; aujourd'hui, il a l'allure d'un bureaucrate : pantalon coupé droit et chemise avec manches retroussées.

Le décès de ma grand-mère nous a poussés à reprendre le contact qu'on avait peu à peu négligé.

– C'est ce que je pensais aussi, mais j'avais hâte de m'occuper de tout ça, rétorqué-je avec une moue amusée en désignant le bazar autour de moi.

J'ai les bras chargés de vêtements vieillots que je fourre dans des cartons. En m'approchant de Brice pour lui faire la bise, je me rends compte que l'odeur n'est pas terrible non plus. J'inspecte la pièce du regard car ça sent vraiment beaucoup trop l'humidité pour être normal, et je découvre de larges auréoles jaunes au plafond. Je crois que ma grand-mère n'y voyait plus grand-chose. Je ne sais pas vraiment dans quel état elle se trouvait à la fin. Je lui téléphonais régulièrement, mais elle ne me parlait pas de ses problèmes. Elle n'était pas du genre à se plaindre. Même pas de son fils qui ne lui adressait plus la parole depuis des années. Je faisais le tampon entre eux. D'un côté, lui ruminait, elle non. Je l'ai toujours vue comme une femme optimiste, qui aimait la vie et ce qu'elle faisait. Mon père est rancunier, et ma grand-mère, grande têtue, ne faisait jamais d'excuses quand elle pensait avoir raison… Après ce qui est arrivé à Emeline, il n'a fallu que quelques mots mal avisés lors d'une discussion pour que tout s'embrase en un craquement d'allumette.

– Tu as fait bon voyage ? me demande Brice en me ramenant à la réalité.

– Si on peut parler de voyage dans une vieille épave qui n'a ni direction assistée ni climatisation… oui, j'ai fait bon voyage.

Nous échangeons un sourire complice. Il connaît ma voiture, c'était celle de ma mère : un dinosaure parmi toutes les nouveautés qui sortent aujourd'hui. Mon père n'a jamais trouvé la force de s'en séparer, et moi, j'ai juste fait les réparations qui incombaient et je l'ai gardée.

– Je vois que tu ne perds pas de temps, lance-t-il en désignant les quelques cartons que j'ai entreposés dans la boutique.

– J'ai prévu de commencer les travaux le plus vite possible, réponds-je en haussant les épaules. J'ai un planning assez chargé, autant m'y mettre tout de suite.

– Tu n'avais rien à faire chez toi ?

– Non.

Le silence tombe entre nous pendant que je continue de m'affairer.

– Tu es allé voir l'appartement ? Parce que, là-haut, il y a du boulot.

– Non, pas encore.

D'un geste, je l'invite à me suivre à l'étage.

– Nanou était adorable mais elle n'avait aucun goût, constate-t-il avec un air affectueux en regardant autour de lui tout en montant les escaliers.

– Je ne comprends pas, tu ne veux pas d'un bob pour te protéger du soleil ou d'un manteau en fourrure ? rétorqué-je, ironique.

Nous nous parlons comme si nous nous étions quittés hier. Il s'est passé six ans, mais Brice est toujours égal à lui-même, peut-être un brin moins fougueux d'après mes premières courtes impressions.

Je trouve la clé de l'étage dans la poche arrière de mon short. En me tournant, il me semble attraper le regard de Brice sur mes fesses, mais je me fais peut-être des idées. Les escaliers sont sombres, j'ai sûrement mal vu.

L'appartement se présente sous la forme d'un long et assez large couloir desservant toutes les pièces. La cuisine d'abord, d'un côté, et le salon de l'autre. Je fronce le nez en sentant le renfermé. *Aucun de ses amis ne pouvait venir aérer ?* Ou alors, ma grand-mère n'ouvrait jamais ses fenêtres…

En avançant, je me rends compte d'une drôle de sensation sous mes pieds. C'est comme si je m'enfonçais dans de la mousse humide. Je baisse les yeux vers la moquette au sol.

– Qu'est-ce que…

C'est imbibé d'eau ! Du salon-salle à manger où traînent encore ses bibelots, ses montagnes de livres et sa table en acajou, à la cuisine où je cherche un tuyau qui aurait cédé, sans succès.

– Ça vient du grenier, apparemment, déclare Brice en pointant du doigt une autre auréole sur le plafond. Y'a quoi, en haut ?

– Le ballon d'eau, me rappelé-je en avisant la trappe qui me nargue.

6 ans

L'eau a dû goutter depuis les combles et s'infiltrer dans les murs, jusqu'au sol… *Je n'avais vraiment pas besoin de ça en plus !*

– Y'a des sacrés dégâts ! s'exclame Brice en avançant comme moi dans le désastre. Je connais un pote plombier, il va venir vite. Je l'appelle tout de suite.

Je hoche la tête pendant qu'il part téléphoner dans une autre pièce.

Je mets en hauteur tout ce que je peux : des chaises sur la table de séjour, les livres du bas de la bibliothèque, le magnétoscope sur le meuble télé. *Un magnétoscope ? Ce truc ne doit même plus fonctionner !*

– Il arrive dans dix minutes, précise Brice en revenant. Il va venir vérifier si c'est bien le ballon, si c'est réparable ou pas. Mais vu les dégâts, il pense qu'il y en aura pour quelques jours avant que l'humidité s'évapore.

– Comme si je n'avais pas assez de travail…

Je passe mes mains sur mon visage puis sur ma nuque. Les travaux pour retaper la boutique et l'appartement de ma grand-mère me semblent soudain faramineux. Et je suis toute seule. Ce n'est plus un chantier de quelques semaines. Plus question de dormir sur place non plus.

– Tu as un endroit où dormir, à part ici ? me demande Brice comme s'il lisait dans mes pensées.

– Non. Je comptais m'installer et commencer les travaux… Mais quand je vois ça, je vais devoir me payer un hôtel.

– Ou tu peux venir à la maison. Faudra juste bouger Raph de sa chambre.

– Tu habites encore chez tes parents ?

– Ouais…

Il se gratte l'arrière du crâne, un peu gêné.

– Ma mère n'est pas très en forme. Raph et moi, on préfère rester près d'elle tant qu'elle ne va pas mieux.

Sa maman… Je me souviens de la terrible annonce de son cancer, il y a un peu plus de huit ans. Raph avait fini en pleurs dans mes bras. Le verdict du médecin avait été sans appel : cancer du sein, ablation, réparation chirurgicale si possible.

J'avais été triste comme s'il s'agissait de ma propre mère, triste pour cette femme à qui on enlevait une part de sa féminité et qui en était effrayée. Leur maman est la gentillesse incarnée. Battante et travailleuse, elle s'est sacrifiée pour ses enfants. Le retour de bâton était injuste. La vie l'est tellement souvent. Néanmoins, elle était en rémission quand je suis partie.

– Elle est toujours malade ?

– Oui, soupire-t-il. Une rechute. Tant qu'on n'est pas sûrs qu'elle vienne à bout de cette saloperie, on préfère rester chez elle.

Je baisse les yeux. Je n'aime pas afficher ma tristesse. Je n'ai jamais aimé ça.

– Je ne vais pas m'imposer chez vous si elle ne va pas bien. Encore moins prendre la chambre de ton petit frère, protesté-je.

– Je suis sûr que ma mère sera ravie de t'accueillir ! Raph a toujours eu le grand luxe d'avoir une pièce à lui. J'ai dû grandir avec Louis dans dix mètres carrés. Il est temps qu'on prenne une petite revanche !

Je pouffe. C'est vrai que Louis et lui se plaignaient souvent du « chouchou » de la famille. J'aime leur appartement. Je me rappelle y avoir passé de sacrés moments : les soirs de baby-sitting où Raph tentait par tous les moyens de rester avec les grands, surtout. Ce gosse me faisait rire, il me tarde de découvrir ce qu'il est devenu.

– C'est d'accord. Je veux bien rester chez vous jusqu'à ce que ça soit de nouveau habitable ici. Enfin, si ta mère est d'accord !

– Super. On n'a plus qu'à attendre le plombier, et ensuite, je t'emmène. Tu voudras aller boire un verre avant ?

– Oui. Avec plaisir.

2

Vic

Beaucoup de boutiques atypiques ont disparu au profit d'enseignes plus commerciales. Le paysage s'est teinté de vitrines bourrées de babioles aux couleurs de la station, et les panneaux « Location » fleurissent sur les balcons des appartements. Heureusement, tout n'a pas changé, certains restaurants sont restés tels que je les connaissais.

Le bar où me conduit Brice est l'un des petits nouveaux : moderne, face au lac, avec une salle ouverte sur une grande terrasse. On y a une vue imprenable sur les activités nautiques.

Brice me laisse la place face aux montagnes derrière l'étendue d'eau immense. Notre station n'est pas très grande mais prisée, en raison de ses paysages magnifiques. Si l'hiver, tout est recouvert de blanc, en été, le soleil brille sur les rides du courant.

– Alors comme ça, tu es prof ? lui demandé-je pour lancer la conversation.

Même si nous avons repris contact, il reste une certaine gêne entre nous, et parler travail me semble être un bon moyen de l'atténuer. De mon côté, je lui ai déjà raconté mon parcours : de mes études pour apprendre à rénover les maisons jusqu'à la gestion d'une entreprise que je n'ai malheureusement pas réussi à maintenir à flot à cause d'une concurrence acharnée. À son tour de parler, maintenant !

– Prof de littérature, s'il te plaît ! se vante-t-il.

– Tu as poussé le vice jusqu'au bout, rétorqué-je sur un ton taquin.

– Je suis un passionné, un vrai ! Je ne passe pas mon temps à lire de la fantasy ou de la science-fiction.

Plus jeunes, on se chamaillait souvent à ce sujet. Il ne comprenait pas comment je pouvais lire des histoires déconnectées de la réalité.

– Tu t'en souviens… m'étonné-je.

– Évidemment.

– Tu n'as toujours pas compris ! C'est sûrement ton côté terre à terre qui t'empêche d'ouvrir ton esprit à l'imaginaire… le taquiné-je.

– Je préfère le monde tel qu'il est, nuance !

– Et tu aimes la poésie ! Qui aime la poésie ?

– Tous les grands auteurs sont des poètes !

Ce n'est pas étonnant qu'il ait choisi la littérature ; adolescent, je me souviens à quel point il aimait lire. Mais je me rappelle aussi qu'il avait du mal à faire face à l'autorité, et je le retrouve professeur. La vie a parfois un sacré sens de l'humour !

– Tes élèves sont sympas ?

– La plupart. Ce sont bientôt les grandes vacances, alors en ce moment, ils sont intenables.

– Nous l'avons été nous aussi, à une époque.

– Je ne me rappelais pas que nous étions des monstres aussi tenaces !

Il me fait rire. Sa compagnie est agréable, et l'étincelle dans ses yeux l'est tout autant. Finalement, après tout ce temps, c'est facile de discuter avec Brice. Tellement que je me demande où nous en serions lui et moi si je n'étais pas partie. Encore plus proches que nous l'avions été, ou séparés ?

– Tu as prévu quelque chose pendant ces vacances ? le questionné-je pour éviter de réfléchir à ce que nous pourrions être maintenant.

– J'ai programmé un voyage avec des potes, me répond-il. En rentrant, j'aiderai mes collègues au centre aéré puis je préparerai la rentrée. La routine, en gros.

Il hésite une seconde, puis un sourire étire ses lèvres.

– J'espère aussi pouvoir te voir.

– La ville est petite, cela ne devrait pas être difficile…

Je sais bien que ma réponse peut être interprétée comme une invitation, mais ai-je envie qu'elle le soit pour le moment ?

Ses frères, ses anecdotes au collège, sa passion pour la glisse, ses voyages… Je rattrape les six années passées en quelques heures. Je ne parle pas beaucoup de moi. Je préfère éviter. Mon père en colère contre le monde entier, ma sœur encore fragile… Mes sujets de conversation sont loin d'être égayants.

– Et ta mère ? lui demandé-je, touchée, en repensant à l'état de santé de celle chez qui j'ai passé tant de temps.

Il hausse les épaules.

– Y'a des jours avec et des jours sans. Elle se repose la plupart du temps. Elle ne peut plus bosser pour l'instant, alors on fait en sorte de pouvoir assurer le quotidien avec les gars.

Je suis triste pour elle. Triste pour eux tous. Ils avaient été si désemparés d'apprendre qu'elle était atteinte d'un cancer à l'époque. Les espoirs de rémission étaient concrets lorsque je suis partie. Je pensais que tout irait bien pour elle. Elle le méritait après avoir élevé seule ses trois fils et s'être battue aussi dignement contre la maladie. C'est injuste de savoir que rien n'est encore gagné.

– D'ailleurs, je vais l'appeler pour la prévenir que tu viens.

– Tu veux qu'on y aille ?

– Non. J'ai… besoin d'une petite pause loin de l'appartement, avoue-t-il avec une mine coupable.

Il attrape son téléphone dans sa poche.

– Je reviens.

Je hoche la tête tandis que Brice quitte la table.

J'en profite pour admirer les alentours et me réapproprier les lieux. La fin de ma société n'est peut-être pas une si mauvaise chose, je vais pouvoir repartir de zéro, monter une autre boîte. Le local de ma grand-mère est une belle opportunité, je n'ai que les travaux à payer avant de me lancer. Mais je devrai le faire avec mes économies, autant dire pas grand-chose, si je ne me dépêche pas d'ouvrir quelque chose qui me rapporte un peu d'argent. J'ai déjà fait les démarches et obtenu les statuts, il ne me reste plus qu'à me retrousser les manches ! La réparation de mon ballon et les infiltrations tombent mal, mais il faudra y faire face. Je réglerai ces imprévus, je me sais capable de les gérer.

Pour le moment, je me laisse apaiser par la quiétude de l'environnement dans lequel j'ai grandi. Le lac est toujours aussi magnifique. Niché au cœur des montagnes, on a l'impression qu'aucune route ne peut arriver jusqu'ici. Pourtant, les touristes s'y pressent en été. C'est le décor le plus beau de France, pour moi. Calme et convivial par instants, animé et bruyant à d'autres… *Il n'y a pas que ma grand-mère qui m'a manqué.*

Je remarque une nouveauté sur le plan d'eau. Un spot de wakeboard. De l'autre côté de la plage aménagée, de grands câbles ont été installés. D'où je suis, je vois les sportifs s'élancer les uns après les autres depuis le ponton, debout sur une planche, tirés par une corde. Ils franchissent des obstacles fixes émergeant du lac. Je suis hypnotisée par la façon qu'ils ont de voguer sur l'eau et par leur agilité quand ils se tendent et sautent, malgré la vitesse.

Sur la rive, près du ponton de départ, les wakeboardeurs chahutent comme une grande famille soudée et… agitée ! L'ambiance a l'air bon enfant et me tire un sourire. Puis, tout à coup, l'atmosphère change : une des filles du groupe retire le haut de sa combi, dévoilant le haut de son maillot de bain. Trois types qui passaient par là se mettent à la siffler. Je devine leurs remarques lourdes et misogynes. Elle leur lance un doigt d'honneur qu'ils n'apprécient pas du tout.

Mon cœur se met à battre plus vite, mes sourcils se froncent d'instinct. Je n'arrive pas à quitter la scène des yeux. Le visage des mecs s'assombrit, et ils s'approchent d'elle, furieux. Je peux même les entendre lui cracher qu'elle n'est qu'une salope.

Ils n'ont cependant pas le temps d'arriver jusqu'à elle qu'un quatrième type débarque. Plus grand, plus large, il se positionne fermement devant elle et fait barrage. Les insultes continuent de fuser. Je ne saisis pas tout. Mais je comprends qu'ils se font méchamment moucher.

Un des mecs tente de bousculer le sportif, mais il ne bouge pas d'un centimètre. D'une grande bourrade, il renvoie son adversaire contre le torse de ses copains. *Retour à la case départ !* Je souris. *Il n'existe donc pas que des connards finis !*

Je le détaille un peu plus : jeune, des cheveux courts, une carrure de rugbyman, une combinaison noire remontée jusqu'au cou et un bracelet orange fluo autour du poignet. *Si seulement quelqu'un avait protégé ma sœur comme ça, ce soir-là…*

3

Raph

– C'est quoi cette réception merdique, Raph ? Tu te crois en vacances ?

J't'emmerde.

– Et me fais pas ce regard ! Je sais ce que t'es en train de penser !

Ouais. Ouais…

– Raph ! Tu m'écoutes ? Qu'est-ce que tu fous ?

Je sors de l'eau et j'enlève ma combi, voilà ce que je fous !

Je pose ma board par terre et défais la fermeture Éclair dans mon dos. Il y a des hommes et des femmes tout autour de moi, mais il n'y a pas de place pour la pudeur quand tu fais du wakeboard. Je laisse pendre le haut de ma combi, reprends mon wake et m'éloigne, pieds nus.

Mon coach se plante devant ma gueule. *Il est rapide pour quelqu'un qui a le bide plus gros que le cul d'une vache !*

– Raph ! meugle-t-il.

– Quoi ? réponds-je sur un ton détaché.

Il prend sa mine de *pater* pas content. S'il pense que j'en ai quelque chose à foutre, il se goure !

– On n'a pas fini, me rappelle-t-il alors qu'il sait très bien que je suis au courant.

– On finira demain. Je ne suis pas en forme.

– Tu me prends pour un con ? Je l'ai bien vu ! T'as intérêt à régler ton problème fissa. Tes sponsors doivent venir demain, et t'as pas intérêt de faire de la merde comme ça devant eux.

– Ouais.

Je le contourne en faisant ma tête de con.

– Et pas la peine de grogner !

Je lui lance un regard noir et retiens mon majeur de se lever sous son nez. Je m'éloigne du lac et des membres du club que je n'ai même pas salués. Je le ferai demain, ce n'est pas comme si on n'allait pas se croiser d'ici là, la ville est petite.

J'arrive au parking, derrière la caisse de Louis, et je lâche ma board sur le sol un peu trop brusquement.

– Elle t'a rien fait, cette planche !

Ils ont décidé de me faire chier aujourd'hui ?

Mon frère s'arrête à mes côtés, près de sa bagnole. Il est trempé, comme moi, mais il porte encore sa combinaison complète. Il devrait l'enlever, les meufs le reluqueraient comme elles le font avec moi.

– Il t'a pas à la bonne, le coach, aujourd'hui.

– Je sais.

– En même temps, c'est rare de te voir foirer des sauts.

Encore heureux ! Si mon frangin est là pour s'éclater, moi, je suis payé pour m'entraîner.

Impossible de me concentrer aujourd'hui. Il y a eu l'histoire avec ces trois cons, mais j'étais déjà sur les nerfs, de toute façon.

Louis ouvre son coffre. On ne ferme jamais les bagnoles ici, on se connaît tous, et la confiance règne. J'attrape une serviette roulée en boule derrière les sièges et je m'essuie. J'aurais dû continuer de *rider*, en fait. J'aurais pas ce putain de trac qui me revient au galop dans le bide.

– Tu restes pas avec tes potes ?

– Non, je préfère rentrer. La chimio de maman l'a rendue malade hier.

La mine de Louis s'assombrit.

– Ok, je te dépose et je monte la voir, alors.

Il a toujours été le plus inquiet de nous trois. Il faut dire qu'il a quitté le nid depuis des lustres, pour ses études, puis il a compris qu'il ne pourrait pas revenir habiter avec nous dans si peu d'espace sans avoir envie de nous étriper.

Louis est maniaque, alors que Brice et moi sommes bordéliques au possible. Il a donc loué un appart à mi-chemin entre chez nous et son labo, et Brice et moi avons récupéré une chambre chacun. Logique, quand on sait qu'on est tous les trois célibataires !

Nous nous changeons et refourguons nos combinaisons dans le coffre, avec nos boards, nos chausses et nos serviettes. Puis nous montons à bord, et Louis enclenche le moteur.

J'ai enfilé un bermuda et un tee-shirt, et malgré mon petit plongeon dans l'eau froide, je transpire déjà. Il fait trop chaud dans ce bled paumé !

– T'as vu Brice ? me demande mon chauffeur.

– Non. Il devait terminer un truc. Des copies du bac à corriger, je crois.

– Il doit être mort de trouille, balance-t-il avec un sourire moqueur.

– Pour son taf ?

Je suis étonné de sa remarque, notre frère n'est pas un grand stressé de nature.

– Vic revient la semaine prochaine, explique-t-il.

Vic… Victoria. La raison de mon putain de trac à moi aussi. Celle qui doit arriver dans quelques jours. Sa grand-mère est morte, elle vient débarrasser ses affaires, faire le tri, peut-être reprendre la boutique familiale. Depuis que Brice me l'a annoncé, je suis dans cet état.

Depuis que je l'ai revue à l'enterrement, je ne parviens pas à me la sortir de la tête. Elle est descendue de sa vieille bagnole, avec un chignon qui retenait tant bien que mal ses cheveux châtains et une robe noire courte qui ne lui donnait plus du tout l'allure d'une gamine. Alors que j'aurais dû baisser la tête pour me recueillir comme les autres, j'ai passé la cérémonie à la mater. En quelques secondes, je suis redevenu le gamin qui n'avait d'yeux que pour elle. Si je continue comme ça, je vais finir par ramper à ses pieds dès que je la reverrai. Et c'est même pas concevable. Cela ne fait pas partie de mon plan.

La voiture quitte le parc. Je connais la route qui sinue au bas des montagnes par cœur : l'été, je la prends pour aller au lac, tous les jours ; l'hiver, elle m'emmène jusqu'aux remontées mécaniques. J'aime mon coin. J'y fais ce que je veux et ce que j'aime. C'est ici que j'ai été repéré.

Louis se gare devant chez nous. Et je lève les yeux vers notre étage, le premier. Mes parents ont divorcé quand j'avais 7 ans. Même avec la pension alimentaire, ma mère a dû se casser le cul pour nous offrir un logement assez grand. On a fini ici, au pied des pistes, à quatre dans un soixante mètres carrés.

J'ai acheté un deux-pièces un peu plus loin, il y a quelques mois, mais personne ne le sait. Du moins pas mes frères et ma mère. J'hésite à le louer, mais pour l'instant, je n'en ai pas besoin. Je gagne déjà pas mal de thunes, je n'ai pas envie de devenir le même bourge que mon père et sa nouvelle femme. Et puis, j'aime pouvoir venir m'y poser de temps en temps.

– Ah ! les garçons !

Notre mère surgit devant nous pour nous embrasser. Louis n'a pas sonné, on ne le fait jamais, mais elle a un sixième sens et nous sent toujours arriver.

Par habitude, j'inspecte son visage. À force de m'inquiéter pour elle, j'ai l'impression d'avoir mémorisé ses rides comme une carte. Quand elle est fatiguée, je repère tout de suite les sillons plus marqués. Et là, ses traits sont vraiment creusés.

– Ça va, maman ?

Elle élude la question d'un geste de la main.

– Votre frère a ramené une fille, annonce-t-elle en haussant les sourcils.

Elle parle plus bas, prenant son ton d'entremetteuse. Je comprends vite que c'est pas n'importe quelle fille. Notre mère a le regard qui pétille. Elle jubile de voir son fils de 26 piges penser enfin à se caser. Ça m'étonne, je croyais qu'il voulait attendre le retour de Vic…

Elle me prend dans ses bras, et son câlin dure plus longtemps avec moi qu'avec mon frère. J'ai bientôt 20 ans mais je suis toujours son petit dernier, le chouchou, d'après mes frères. J'ai sept ans d'écart avec l'aîné, cinq avec le cadet. Sauf qu'aujourd'hui, c'est moi le meilleur au wake, le meilleur en snow. Bref, le plus sportif. Pas le plus intelligent, mais le plus vif. Et tout ça pour une fille. Le genre canon qui ne le sait pas. Le genre à aimer être gentille sans rien attendre en retour. Le genre à se retrouver dans le canapé de ma mère à côté de Brice…

Merde, qu'est-ce qu'elle fout là ?

Je passe une main dans mes cheveux courts par réflexe. Brice a les cheveux plus longs, je les ai rasés la semaine dernière. *Et si elle n'aimait pas ?*

Je pensais que toutes mes conneries d'adolescent étaient derrière moi, que j'avais fini par accepter son départ. Mais elle est là. En face de moi. Plus grande qu'avant, plus mature, le regard moins naïf et l'allure plus déterminée.

Son départ a plongé notre famille dans un drôle d'état. Louis perdait une sœur, ma mère une fille. Brice sa meilleure amie, devenue petite copine, et moi, la fille que j'adorais plus que n'importe qui. Mon aîné a mis quelque temps à s'en remettre. Je sais qu'ils ont échangé des textos pendant un moment, mais je sais aussi que ce n'était pas suffisant pour lui. Au bout de deux ans, leurs contacts se sont espacés avant de disparaître. Brice a fini par tourner la page, mettant un terme à sa première histoire d'amour. Moi, je n'ai jamais réussi à le faire…

On est en train de jouer un remake de l'époque. Les rôles sont déjà répartis. Mais cette fois, je refuse de jouer les figurants ! La main de mon frère est au creux de ses reins, son bras contre son dos, et il la couve d'un regard protecteur. Rien que six secondes et les yeux noisette de Vic me noient alors que je ne suis même plus sur l'eau.

Gamin déjà, je voulais prendre la place de mon frère près d'elle. Vic aimait que Brice fasse du skate, elle aimait faire du snowboard l'hiver. J'ai donc décidé de devenir imbattable, sur l'eau et sur la neige. Et je suis payé pour ça. Parce que j'aime prendre des risques et que je le fais bien. Il n'y a rien de plus grandiose que de se jeter du haut d'une montagne et de la dévaler le plus vite possible jusqu'en bas.

Je suis le plus jeune dans ma catégorie. Celui qu'on surnomme « Birdy » parce que « Birdman » sonne trop adulte. *Quelle idée à la con !* Je n'ai plus rien d'un enfant. Je commence par me redresser pour bien qu'elle capte que je suis le plus grand des trois et que je peux être souriant et avenant, alors que tout ce que je veux, c'est déloger le putain de bras de mon frère de son corps.

– Raph, m'interpelle Brice. Tu te souviens de Victoria ?

Si je m'en souviens ? Je ne me rappelle qu'elle.

Je vais pas jouer l'amoureux timide une deuxième fois !

4

Vic

– Raph ?

Ça ne peut pas être lui ! La dernière image que je garde de son visage et de son corps est celle d'un adolescent de 13 ans. À cette époque, il était moins grand que moi. Son nez était retroussé, il avait des fossettes de petit garçon et quelques taches de rousseur alors qu'il était tout sauf blond.

Je me souviens encore de l'avoir consolé à la mort de leur chien. Je l'ai pris dans mes bras, sa tête contre ma poitrine, et ses larmes ont baigné mon tee-shirt.

En l'observant un peu mieux, je retrouve les traits qui le caractérisaient étant enfant : son nez s'est élargi mais pointe toujours vers le ciel, ses fossettes sont cachées sous sa barbe naissante, sa mâchoire est devenue celle d'un homme. Il n'a pas les traits réguliers, un de ses yeux est un peu plus grand que l'autre, et leur couleur s'est assombrie. Il a également une fine cicatrice sur un sourcil que je ne lui connaissais pas.

– Ce que tu as grandi ! m'exclamé-je sans savoir quoi dire d'autre.

– Ouais.

Plus causant que ça, tu meurs ! Je suis déstabilisée par sa réponse mais n'en laisse rien paraître. Il s'approche de moi, et je dois lever la tête pour bien le voir. Un mouvement dans mon champ de vision attire mon attention. Louis s'approche pour me faire la bise. L'arrivée de Raph m'a fait oublier les deux aînés. Mais il faut dire que ceux-ci n'ont pas changé comme lui l'a fait.

Le cadet attend derrière le plus jeune de ses frères, les mains dans les poches. Je remarque soudain le bracelet orange fluo qu'il porte. *Ce n'est pas possible… Les cheveux courts, les épaules carrées. Raph est le type du lac !*

Alors que je l'étudie sous toutes les coutures, je rencontre son regard posé sur moi, un sourcil levé. Je me sens rougir comme une adolescente. Je dois détourner la tête pour ne pas aggraver mon cas. Brice est à côté de moi, et je ne suis pas sûre qu'il apprécie que son ex reluque son petit frère !

Après Louis, Raph fait un pas vers moi. Il se penche et dépose ses lèvres sur ma joue. Il ne s'attarde pas, un baiser et le voilà reparti. Je le regarde s'éloigner dans le couloir. Il remplit presque tout l'espace. *Il a bouffé des stéroïdes, c'est pas possible !*

Je me mets une baffe mentale pour me forcer à tourner le dos à la porte où il s'est engouffré. J'ai encore plus chaud qu'à l'extérieur, ce n'est vraiment pas normal !

Je me focalise sur Brice et son frère pour ne pas avoir l'air d'une gourde. Heureusement, les deux frangins ne semblent pas avoir remarqué mon air béat. Quoi que…

– Il a changé, le petit Raph ! s'amuse Louis en me lançant un clin d'œil.

– Oui.

Je dois me racler la gorge pour masquer mon trouble. Brice ne semble pas comprendre la situation. Si c'est le cas, il n'en montre rien, en tout cas. Mais si je me souviens bien, il a toujours été d'une nature plus calme que les deux autres. C'est lui l'aîné, après tout.

Je suis sauvée par la venue de leur maman. Raph mis à part, c'est certainement elle qui a le plus changé. Sa longue chevelure brune commence à se clairsemer. Son teint n'a plus rien de l'éclatant hâle qu'elle arborait au soleil. Quant à son visage, il trahit son combat de tous les jours. Malgré la fatigue qu'elle doit ressentir, elle a préparé un plateau avec des bières fraîches et une carafe de citronnade, qu'elle nous apporte. Je la débarrasse, et elle me remercie d'un grand sourire.

Je suis touchée de voir qu'elle se souvient de mes préférences. Quand on rentrait après des après-midi dehors, en plein été, c'était la boisson que je réclamais tout le temps. Parce qu'elle seule savait la préparer comme je l'aimais. Ni trop sucrée. Ni trop acide. Un délice.

Nous nous installons autour de sa table de salon. Je suis toujours à côté de Brice, Louis près de sa mère.

– Tu es encore plus belle qu'avant, me complimente cette dernière d'une voix sincère.

– Merci.

– Je suis désolée pour ta grand-mère.

Sa mine s'est assombrie, comme celles de ses enfants. Ma perte est encore récente, ils se demandent peut-être comment je vais réagir en parlant de Nanou. Mais elle n'était pas du genre à s'apitoyer sur son sort, alors je ne suis pas triste qu'elle soit partie. Je l'imagine juste vivre une plus grande aventure dans une autre vie.

– Ne le soyez pas. Elle a fait ce qu'elle voulait de sa vie.

– Elle t'a laissé sa boutique et son appartement, à ce que j'ai entendu, me dit-elle, curieuse.

– Oui. Je compte tout retaper.

– Toute seule ? s'étonne-t-elle.

– Oui, je suis une habituée. J'ai monté ma boîte de décoration d'intérieur il y a quatre ans. Et j'ai suivi des cours de maçonnerie, en plus. Je voulais pouvoir accompagner le client jusqu'au bout.

– Impressionnant.

– Malheureusement, ça n'était pas viable.

– Je suis désolée.

– Ce n'est pas grave. J'ai appris de mes erreurs, je ne compte pas refaire les mêmes.

– Tu as bien du courage, en tout cas, me félicite-t-elle de façon maternelle.

– Je crois que tout ce travail me fera du bien.

J'ai envie d'avoir quelque chose à moi. Et de faire autre chose de ma vie que de m'occuper de mon père et de ma sœur. Même si je les aime de tout mon cœur.

– Et comment vont ton père et ta sœur ?

Quand on pense au loup…

Je me tends sur le canapé. Je suppose qu'ils ne remarquent rien, cela fait longtemps que j'ai appris à répondre à cette question sans rien laisser paraître.

– Ils vont très bien, merci.

En reprenant mon verre, je surprends un mouvement un peu plus loin dans la pièce. Raph se fige à l'entrée du salon et m'observe, avant de revenir vers nous.

Je m'étouffe dans mon verre. Il a pris une douche, enfilé un autre short et un marcel. Je laisse mon regard s'attarder sur ses bras dont les muscles se tendent chaque fois qu'il bouge. Il s'assoit dans un fauteuil en face de nous et ne décoche pas un sourire. Par contre, ses deux iris noirs cherchent constamment à trouver les miens.

– De quoi vous parliez ? s'enquiert-il en attrapant une bouteille et en la décapsulant à l'aide de la table.

– Raph ! gronde sa mère. Qu'est-ce que je t'ai dit !

Le benjamin n'a pas l'air d'apprécier de se faire réprimander devant tout le monde.

– C'est bon… Excuse-moi, s'agace-t-il avant d'avaler une gorgée.

Raph ignore sa mère qui lui lance un regard mécontent et se tourne vers Brice.

– Donc ?

– On parlait de l'appartement de Nanou, répond son frère. Il est ruiné, pour le moment. Vic ne peut pas y vivre.

– Et ?

– Du coup, je lui ai proposé de prendre ta chambre pendant quelque temps.

Raph s'enfonce dans son siège sans réagir. Il boit sa bière, longuement. Le silence s'étend, mais lui prend son temps.

– Bien sûr qu'elle peut prendre ma chambre, approuve-t-il finalement.

Et le sourire qu'il m'adresse alors est limpide : je crois que je pourrais prendre bien d'autres choses si je le voulais.

5

Raph

Je prends rarement le temps de ranger ma chambre. J'y viens juste pour dormir, et mon bordel me plaît comme il est. Quand je suis ici, je préfère profiter de ma mère que de nettoyer. Vic va donc devoir s'y faire.

Depuis cinq minutes, elle fait le tour des lieux comme si tout lui était étranger. Il n'y a pas eu de grand changement en six ans. J'ai toujours ma vieille console et ma télé pourrie, la même armoire et le même papier peint. Tout ce qui s'est ajouté, ce sont quelques posters de snowboardeurs et un cadre de moi en plein Vulcan[1], au wake. Ce n'est pas mon délire de me regarder le nombril, mais ma mère a insisté. Pour le jour où je serai plus là, sûrement. On dirait qu'elle prépare un musée.

– C'est toi ?

C'est la première chose qu'elle me demande en me voyant sur ma board. Je hoche la tête tout en fronçant les sourcils. Je crois devenir dingue quand elle s'étonne de voir à quel point j'ai grandi. Ç'aurait été une autre fille, je n'aurais pas hésité à la rembarrer. *Eh oui, je ne suis plus un gosse ! J'ai plus d'épaules, plus de barbe, plus de muscles. Il va falloir te faire une raison, Vic : le petit Raph a disparu.*

– Tu as l'air de faire beaucoup de sport… analyse-t-elle en continuant d'observer autour d'elle.

---

1 Figure de wakeboard.

Elle s'arrête près de mon bureau. Au-dessus, j'ai bricolé une étagère où j'ai mis tout un tas de photos et de trophées. Certains sont anciens, d'autres beaucoup plus récents.

– Je fais ce qui me plaît.

– Pourquoi le wakeboard ?

Je hausse les épaules.

– Ils ont ouvert un parc il y a quelques années dans la station, expliqué-je en venant près d'elle, et comme on était plutôt doués en snow, on a voulu essayer, avec Brice.

– Apparemment, c'est devenu ton truc.

Elle évite de me regarder dans les yeux. Elle s'intéresse à tout ce qu'elle trouve autour d'elle mais m'évite farouchement.

Après notre rafraîchissement, ma mère est allée se reposer, et Brice a raccompagné Louis à sa voiture. Je me suis fait un plaisir de faire visiter ma chambre à Vic en attendant. Elle doit aller récupérer ses affaires à sa voiture, toujours garée près de chez sa grand-mère, avant ce soir. Je crois que Brice veut l'accompagner, ce qui m'emmerde grave.

– Ouais, je suis plutôt doué.

– Ce petit branleur n'arrivait pas à me battre sur la neige, intervient une voix qui nous fait nous retourner tous les deux en même temps.

Brice est adossé à ma porte et épie notre conversation.

– Il a fallu qu'il prouve qu'il pouvait être meilleur que moi dans un autre sport.

– Je suis meilleur que toi en snow aussi, le contredis-je.

– Tu as le temps de t'entraîner, rétorque-t-il en croisant les bras. On n'est pas tous payés à se la couler douce.

Je déteste quand il me balance ce genre de conneries.

– Tu es payé pour faire ça ? s'étonne Vic.

– Ouais.

– Bull Air le sponsorise, complète Brice. Il empoche des milliers d'euros pour chaque vidéo extrême qu'il poste sur Internet.

Je déteste qu'on parle à ma place. Clairement, ça me casse les couilles.

– Extrême, du genre ? demande Vic, presque soucieuse.

– Du genre « sauter du haut d'une montagne en snow », par exemple, répond Brice sur un ton qui montre qu'il n'approuve pas avant que j'aie le temps d'ouvrir la bouche. Ça, c'est une de ses spécialités.

Fermer ta gueule, c'est pas la tienne !

– J'aimerais bien voir ce que ça donne, rebondit Vic, intéressée.

– Je te montrerai ses vidéos, si tu veux, s'interpose encore mon frère.

– Brice, c'est bon. J'ai pas besoin qu'on fasse ma promo, le rappelé-je à l'ordre.

– Faut bien que je cherche une alliée pour te dire que parfois tu vas trop loin.

– J'ai pas besoin de l'entendre pour le savoir.

J'en ai assez de mon entraîneur qui ne veut pas que son gagne-pain se pète une jambe et de ma mère qui me sort régulièrement qu'elle veut partir avant de perdre un de ses fils.

– Peut-être qu'une autre personne… poursuit-il, en bon relou qu'il est.

– Brice ! l'arrêté-je d'un ton sec.

– Ok, j'ai compris.

Il aura fallu du temps ! J'adore mon frère, mais je n'ai pas besoin d'une deuxième mère. Surtout pas devant Vic.

Après nous avoir souri, elle retourne à l'observation minutieuse de mes photos d'adolescent. Elle s'arrête sur l'une des plus vieilles où mon frère fait trois têtes de plus que moi. Elle nous contemple tous les deux sur le papier avant de le faire en vrai. Chaque frangin a le droit à son inspection avant qu'elle reprenne sa balade dans nos souvenirs d'enfance.

– Je ne m'attendais pas à ce que tu aies autant changé, Raph.

J'étais timide, petit, mince. Je ne le suis plus. Point.

– Il faut croire que six ans, c'est suffisant pour transformer un enfant en homme, intervient Brice en me prenant par les épaules.

Il ne croit pas si bien dire... Vic est tout à coup perturbée par ce qu'il vient de balancer. Il ne soupçonne même pas ce qu'il déclenche, ce con. Moi, j'observe la chose très attentivement : Vic a une lueur étrange quand elle me regarde. Elle avale sa salive difficilement.

– La chambre te plaît, Vic ? lui demande-t-il.

– Disons que pour quelques jours, cela devrait aller.

Elle nous adresse un clin d'œil à tous les deux. La tension entre nous est redescendue. *Dommage !*

– Faudrait d'ailleurs qu'on aille récupérer tes affaires, non ? poursuit-il.

– Oui, j'ai tout laissé dans ma voiture.

– Vous êtes venus ensemble ? demandé-je soudain.

Je m'en doute, mais j'ai besoin d'une confirmation.

– Oui, on est allés manger un truc avant de venir. Histoire de rattraper le temps perdu.

Le temps perdu. S'il savait comment je compte le rattraper, moi...

– Je vais chercher mes clés et mon portable, et je suis à toi, fanfaronne-t-il.

Je serre les dents pour éviter de grogner.

Brice sort de la pièce, aussi guilleret qu'un type prêt à emballer la fille de ses rêves. En observant Vic, je suis rassuré de voir qu'elle n'affiche pas le même entrain. Elle avance, toujours attentive à ce qu'elle découvre autour d'elle.

– Je viendrai t'aider, dis-je, un peu hésitant.

Ce qui m'emmerde, parce que ça ne me ressemble pas.

– Tu sais, pour faire la peinture, arracher le papier peint, ce genre de trucs, précisé-je en la voyant froncer les sourcils.

Elle me sourit.

– Ce serait gentil, mais ça risque de prendre pas mal de temps. Tu n'as pas un boulot ou des études à suivre ?

– J'ai jamais aimé les études. Et pour le boulot, je gère comme je veux, du moment que je suis performant et que je respecte mon contrat.

– Ça doit être bien de pouvoir faire ce dont on a envie.

– Ouais. Je ne me plains pas.

Je me rapproche d'elle. Elle est attentive à mes mouvements, car sa tête se lève de plus en plus à chacun de mes pas. Elle finit par la détourner et tente un pas d'esquive.

– Et toi ? continué-je pour faire la conversation.

– Moi ?

– Tu reprends la boutique de ta grand-mère, c'est un truc qui te branche ?

– Le tricot et les vieilles fringues, tu veux dire ?

Je me mets à sourire. Je ne l'imagine pas du tout là-dedans. J'ai bien d'autres idées de ce qu'elle pourrait faire dans la vie. Et toutes pourraient me déclencher une gaule d'enfer.

– Je ne ferai pas ce qu'elle faisait, non. Je voudrais quelque chose qui me ressemble.

– Location de snow ?

Elle rit.

– Je me souviens que t'étais douée, précisé-je avec un sourire.

– J'ai grandi sur les pistes, confirme-t-elle. Je n'ai aucun mérite.

– Tout comme moi.

– Tu as su développer tes compétences.

Et elle me désigne tout entier d'un geste équivoque. C'est à mon tour de rire.

– Alors, tu vas faire quoi ?

Elle hausse les épaules.

– Un café. Je me débrouille bien en pâtisserie et je sais qu'ici, il manque un endroit où les lycéens puissent se retrouver entre les cours. Enfin, c'était comme ça à mon époque, je ne sais pas si maintenant…

– Tu as raison. Ça, c'est un truc qui n'a pas changé !

Mon allusion fait mouche : Vic me jette un coup d'œil puis se racle la gorge.

Je fais un nouveau pas vers elle. D'où je suis, je peux compter les grains de beauté qu'elle a sous l'oreille. Je peux aussi contempler la longueur de ses cils au-dessus de ses yeux bruns, la courbe parfaite de sa bouche qui s'ouvre parce qu'elle veut parler mais qu'elle en est incapable.

Je suis trop près. Mais je ne vais pas lui faciliter la tâche en reculant, à elle de le faire. Sauf qu'elle ne le fait pas.

Brice choisit ce moment pour revenir. *Pour une fois qu'il passe pas trois quarts d'heure à chercher ses clés, celui-là… Fais chier.*

– On y va ? demande-t-il à Vic en la ramenant à la réalité.

– Oui, répond-elle, confuse.

Elle murmure si bas qu'on l'entend à peine. Elle évite de me regarder, se décale d'un pas et me contourne.

Ce soir, elle dormira dans ma chambre. Je compte bien tout faire pour lui prouver qu'elle s'y sentira mieux avec moi.

6

Raph

J'ai super mal dormi. Brice ronfle comme un moteur de tondeuse, et le lit de Louis est un calvaire pour le dos ! J'ai passé des heures, le concert de Brice plein les oreilles, à me dire que Vic était revenue dans nos vies et qu'elle dormait à quelques mètres de moi seulement… Bref, ce matin, l'entraînement après quatre heures de sommeil, ça devrait pas être l'éclate. Pourtant, quand ma planche atterrit sur l'eau, c'est pour une réception impeccable. Il y a des jours comme ça où même complètement arraché, j'ai l'impression qu'une simple pulsion peut me faire décoller pendant des heures. Ça tombe bien que ça soit aujourd'hui. *C'est mon entraîneur qui va être content, je ne me suis pas planté devant les patrons.* Pourtant, je me sens raide. J'ai mal au cou, les yeux lourds. Je rêve de retourner sous ma couette. Avec Vic, de préférence…

Dès que j'aurai terminé mon *run*, j'irai l'aider. Elle commence les travaux aujourd'hui. Cette idée de café lui tient à cœur, et la boutique comptait beaucoup pour Nanou, je veux donc être présent pour elle. Elle verra que je suis plus le gamin qui se colle à ses basques en quête d'attention. Je vais devoir renforcer ma préparation physique pendant quelques jours, au moins le temps que mes sponsors séjournent dans la région. Mais ensuite, je participerai au chantier. Si je m'entraîne le matin et que je vais bosser avec elle l'aprèm, ça devrait le faire…

Je lâche le câble après mon heure d'entraînement. Mon wake s'enfonce dans l'eau. Je rejoins la rive, sors de l'eau la board à la main et, après l'avoir déposée au sol, j'abaisse le haut de ma combi sous le regard de quelques touristes curieuses. Elles n'ont jamais vu un mec torse nu ou quoi ?

– Raph, viens là !

Le coach m'attend sur le ponton, entouré des deux représentants de Bull Air, mes sponsors. Je leur serre la main. Les mecs n'ont pas sorti les costards et ne se la jouent pas pour me donner l'impression d'être simplement un faire-valoir. Ce sont des passionnés, comme moi.

– Très belle prestation, Raph.

– Merci.

– Continue comme ça et tu rafleras tout au championnat, le mois prochain.

C'est bien mon objectif ! Ce fameux championnat réunit tous les protégés de mon sponsor, des mecs venant d'un peu partout en Europe et aux États-Unis. Sur le papier, on se bat tous pour l'image de notre team, mais en réalité, celui qui gagnera cette compétition se verra proposer plus d'événements promo et de contrats pub. Les derniers m'ont permis de mettre pas mal de thunes de côté.

– On a une opportunité en or cette année, avec une chaîne télé qui est prête à investir pas mal dans le sport extrême. Ils sont partants pour soutenir le mec qu'on leur recommandera, à l'écran.

Ils m'expliquent à tour de rôle que la chaîne leur a parlé de moi – ils ont vu mes vidéos précédentes – mais qu'ils veulent miser sur le meilleur cette saison. Ils doivent trouver un concept pour concurrencer *YouTube*, qui cartonne sur ce genre de contenus. Les trips extrêmes, ça rapporte. Et les fans de Bull Air en redemandent. Peu importe qui s'y colle et où c'est diffusé, tant que c'est impressionnant.

– Ok.

Mon entraîneur hausse les sourcils. Je suis docile ce matin, ça doit le changer. Mais je suis pas qu'un petit con arrogant, je sais saisir les occasions quand elles se présentent. Ce qu'ils proposent, ça peut me rapporter gros si les marques me repèrent et ont envie de bosser avec moi après ça.

– On poussera donc le vainqueur du championnat, Raph. Cette année, l'enjeu est encore plus important que les précédentes, t'as intérêt à assurer.

Je ne prends même pas la peine de répondre. Ça fait deux ans que j'assure, je compte pas me faire prendre la première place maintenant !

***

Il est quinze heures quand je quitte le spot et que je prends la direction de chez Vic. Les quelques kilomètres qui séparent la boutique de sa grand-mère du lac se font tranquille à pied.

La porte du lieu est grande ouverte. En entrant, je comprends vite pourquoi. Le plafond a malheureusement pris un sacré coup à cause de l'humidité. Deux grandes auréoles se dessinent dessus, et ça pue le moisi.

Vic a débarrassé tous les vêtements dans cette pièce et poussé les meubles les uns contre les autres, vers le mur du fond.

Elle doit être en haut. Je commence à grimper à l'étage pour la rejoindre quand j'entends une voix familière résonner :

– Je finis de ranger la bibliothèque et je viens t'aider !

Brice. *Elle est là depuis deux jours, et il lui colle déjà aux basques ?*

Je m'arrête dans les escaliers. Je ne les vois pas, mais la porte ouverte sur l'appartement me permet de les entendre distinctement. J'ai l'impression de me rejouer une scène du passé, quand je les écoutais en douce pendant qu'ils se pelotaient sur le canapé, alors que j'étais censé être au pieu… Combien de temps avant que ça recommence et que je me retrouve de nouveau sur le banc de touche ?

– Heureusement, les livres n'ont rien !

Brice prononce cette phrase avec un réel soulagement. J'avais oublié leur foutue passion pour les livres. Leurs débats à trois avec Nanou sur le sujet. Je comprenais pas grand-chose, j'avais 12 ans et j'étais nul à l'école. Les livres, je détestais. Vic rêvait d'habiter une maison pleine de bibliothèques remplies. Et Brice lui promettait de les lui offrir. Je me sentais déjà un *loser,* à côté d'eux qui réussissaient leurs études. *Y'a des choses qui changent pas.*

–Voyons voir ! clame-t-il, sûrement après l'avoir rejointe.

Silence. Je colle mon épaule contre le mur, le pied en suspens sur la marche suivante. Ils se chamaillent comme au bon vieux temps.

– Ta grand-mère avait du goût !

– Elle lisait de tout. La preuve !

– Oh non !

– Tu as tort de faire la fine bouche.

– Je plaisante, je les ai lus !

– Et ?

Déjà à l'époque, j'étais jaloux de leurs conversations d'intellos !

– Pas mal pour un truc de gosse.

– Ce n'est pas… Laisse tomber ! capitule Vic.

Je ne sais pas ce qu'il se passe. Je devrais me bouger, les silences entre deux personnes qui s'entendent aussi bien ne sont jamais bon signe !

– J'aime bien quand tu fais la tête, avoue Brice.

Et moi, je déteste ce ton charmeur !

– C'étaient mes moments préférés avec toi, complète-t-il.

Ok, c'en est trop ! Je rentre dans l'appartement en prenant bien soin de me faire remarquer.

– Raph !

Vic me voit en premier. À croire qu'elle attendait la venue de quelqu'un pour la sortir de là !

– Salut.

Mon frère est vraiment trop proche d'elle, assis sur cette moquette démodée. Comme si ça la gênait, Vic se relève. Brice l'imite, pas le moins du monde perturbé.

– Tu tombes bien, tu vas pouvoir nous aider !

Ah oui, je tombe bien ? Parce que là, j'aurais parié qu'il tentait une approche. Je dois être un peu gênant, non ? Et puis c'est quoi, ce « nous » à la con ?

Je rentre les poings dans mon short pour les serrer en toute discrétion.

– Je suis venu pour ça.

7

Vic

– Tu es là depuis longtemps ? demande Raph à son frère avec ce qui pourrait être une pointe d'agacement.

– Non, répond ce dernier de manière laconique.

Il fait une chaleur à crever dehors – j'ai tout ouvert en grand pour avoir une chance de faire évaporer l'humidité et l'odeur plus rapidement –, mais Raph semble d'une humeur à glacer l'atmosphère.

J'étais en train de bâcher les meubles après les avoir poussés sur le côté quand Brice est arrivé. Je ne m'y attendais pas, mais il m'a assuré avoir un trou dans son agenda. Je ne suis pas idiote, je vois la manière qu'il a de me regarder, mais c'est trop tôt pour que j'envisage quoi que ce soit avec lui.

– Alors, qu'est-ce que je peux faire ?

La voix de Raph me tire de mes pensées. Je m'éloigne de Brice, attrape un carton au passage et le tends au wakeboardeur.

– Tu peux commencer à ranger la chambre de Nanou ? Je m'occuperai de la chambre d'amis.

Je ne me sens pas la force de débarrasser la pièce dans laquelle ma grand-mère dormait. Les photos qu'elle y a exposées me rappellent de trop nombreux souvenirs.

– Ok.

Le moins qu'on puisse dire, c'est qu'il n'est pas contrariant. Il attrape ce que je lui tends en prenant soin de poser ses paumes sur mes mains. Quand je rencontre son regard, un sourire malicieux étire sa bouche.

– Oh ! Pardon.

Je vois bien qu'il n'en pense pas un mot. Il me rend ma liberté puis s'éloigne dans le couloir. Je ne peux m'empêcher de le suivre des yeux.

– Tu veux que j'emballe la vaisselle ? m'interroge Brice en attirant mon attention.

– Euh… oui. Merci.

Je compte retaper les meubles une fois que j'aurai terminé les gros chantiers, mais pour le moment, on fait du tri dans les placards. J'ai décidé de donner tout ce qui ne me servira pas : fringues, bibelots et vaisselle d'un autre temps. Je garde le strict minimum pour moi. Ma grand-mère avait entassé pas mal de choses, je n'ai pas besoin d'autant !

Je pensais que ce serait facile, mais j'ai la gorge nouée chaque fois que je tombe sur un objet qu'elle gardait précieusement. J'ai besoin d'un petit moment pour moi pour faire face à mes émotions.

– Je te laisse ici, lancé-je à l'attention de Brice. Je vais m'occuper de la chambre d'amis.

Il s'agit de celle où l'on dormait avec ma sœur, Emeline. Le lit superposé est toujours là, avec nos couettes d'enfance : celle avec les princesses pour Emeline et celle avec les flocons de neige pour moi. Il y a notre caisse avec des jeux de société dans un coin, et nos livres pour enfants n'ont pas bougé des étagères où nous les rangions. Même nos derniers dessins sont accrochés au mur.

Je m'imprègne des lieux quelques secondes avant d'entrer d'un pas décidé, mon carton à la main.

Je commence par les choses les plus faciles à ranger : le reste de nos fringues pliées dans un placard, les ours en peluche un peu miteux vu leurs âges, les jouets en bois d'Emeline…

De temps en temps, un objet m'arrête. Il me faut alors quelques secondes avant de choisir de le garder ou non.

À l'intérieur d'une jolie boîte en bois, je tombe sur deux vieux carnets aux couvertures abîmées. Je les reconnais immédiatement, ce sont des journaux intimes de ma sœur. Je souris. Cette manie ne lui est jamais passée. Combien de fois suis-je entrée dans sa chambre pour la surprendre en train d'écrire dedans ? Elle le planquait sous son oreiller dès que j'arrivais. C'est pourtant moi qui lui ai offert le tout premier. Cela me donne-t-il le droit de lire ce qu'elle a écrit à l'époque ? Je me marre toute seule en regardant à l'intérieur du premier. *Il y a prescription maintenant !*

Il commence quand elle avait 11 ans, se termine à 12. Le deuxième couvre l'année de ses 13 ans. Il y a des photos à l'intérieur, elle avait hérité d'un vieux Polaroid de maman. Je souris en tombant sur nos nombreuses grimaces.

Je referme les carnets et relève la tête vers le lit. Curieuse, je vais soulever le matelas. Elle avait 14 ans quand on est parti. Il manque donc un carnet. *Bingo !* Je me fais l'effet d'un Indiana Jones junior.

Pendant quelques instants, je replonge avec bonheur dans cette période insouciante, avant qu'autre chose attire mon attention : le carnet n'est pas seul sous le lit. Je retrouve plusieurs bouquins, dont un qui attire mon attention.

***

– T'as pas vu mon livre, Emeline ?

J'ai beau fouiller partout, impossible de remettre la main sur lui. Pourtant, la couverture cartonnée et le titre doré ne passent pas inaperçus !

– Non, je l'ai pas !

– Je l'avais laissé sur le bureau, insisté-je en me revoyant le poser en évidence pour ne pas le perdre.

– T'es sûre ?

– Allez, arrête de faire l'andouille et rends-le-moi ! Je dois le montrer à Brice tout à l'heure ! Je fais comment si je l'ai pas ?

– T'as qu'à rester avec moi ! On pourrait aller manger une glace, ça fait longtemps !

Je retiens un soupir. Ça m'embête d'avoir perdu ce livre, mais j'ai bien envie d'un truc sucré !

– Bon, je le chercherai mieux tout à l'heure !

***

J'avais trouvé ce livre à la bibliothèque de la ville voisine. Mon père m'y avait emmenée exceptionnellement, et j'avais trouvé cette nouvelle édition d'un roman que nous adorions tous les deux avec Brice. J'avais été désespérée en ne la retrouvant pas. Car notre père devrait payer une amende pour sa perte, mais surtout, car je ne pourrais pas le partager avec mon ami. Je devais avoir 15 ans, et Emeline m'avait juré qu'elle ne l'avait pas pris. Ça ne m'étonne pas vraiment. Elle adorait me faire des blagues de ce genre avant d'éclater de rire et de tout avouer. *Tout ça n'a plus d'importance, maintenant !*

Je repose le livre et regarde le dernier carnet. D'autres photos en dépassent. La plupart, de nous deux, ados. Une où elle pose avec un Raph mort de rire. Je prends le cliché dans les mains. Maintenant que je le connais plus âgé, je me rends compte que Raph a gardé ses yeux coquins. La même bouille mais en plus brute, moins ronde, avec des yeux aux pensées si adultes que c'en est déstabilisant !

– Je vois que tu retrouves des dossiers !

Je sursaute en me tournant vers la porte de la chambre. Raph s'y tient, fièrement dressé, souriant mais les bras croisés sur son torse. Encore une fois, je reste bloquée sur la puissance de ses muscles qu'on devine aisément sous ses vêtements d'été. L'une des dernières images que je garde de lui est celle de cet ado s'empiffrant de glace vanille devant un manga à la télévision.

– Je suis en train de comprendre pourquoi ma sœur avait le béguin pour toi, même si tu étais plus jeune qu'elle.

– Le béguin ? s'étonne-t-il en entrant dans la pièce. Elle n'a jamais eu le béguin pour moi, Vic. On se comportait comme un frère et une sœur qui se chamaillent tout le temps.

– Je ne crois pas qu'elle le voyait comme ça. Elle était bouleversée quand elle m'a avoué qu'elle avait réussi à t'embrasser.

Il secoue la tête.

– Elle est pas croyable… Elle t'a raconté des bobards. Jamais je l'aurais laissé faire, et jamais je serais sorti avec elle.

– Pourquoi ?

Raph marque un temps d'arrêt avant de répondre.

– Parce que ce n'était pas avec elle que j'avais envie d'être, avoue-t-il sans me lâcher du regard. J'allais pas sortir avec une fille alors que j'en voulais une autre…

– À 13 ans, tu réfléchissais déjà comme ça ?

– Dès 8 ans, je savais que je la voulais.

Son regard est limpide, il parle de moi. Les mots « je savais que je *te* voulais » flottent entre nous. Il ouvre la bouche pour les prononcer, j'en suis certaine.

– On devrait continuer de ranger, le coupé-je.

Je me lève du lit précipitamment pour empiler les affaires d'Emeline dans un carton. Il faudrait que je lui rende ces journaux, peut-être qu'ils lui feraient plaisir. Je l'espère, car la voir sourire est une des choses que je préfère au monde. C'est suffisamment rare pour que je le savoure.

Raph est étrangement silencieux dans mon dos. En jetant un coup d'œil par-dessus mon épaule, je le vois en train de mater le lit, puis de me regarder. Mes yeux tombent sur son poignet et le bracelet fluo qui s'y trouve.

– Je crois que je t'ai vu au lac, hier, lancé-je, l'air de rien.

– J'y suis tous les jours.

– Je t'ai vu. Avec cette fille qui s'est fait harceler. Tu l'as défendue.

Il hausse les épaules.

– On emmerde pas mes potes.

– Potes ou pas, c'est bien, ce que tu as fait.

– On devrait tous faire pareil face à des connards…

J'acquiesce, les yeux dans le vague tout à coup.

– S'il y avait eu un garçon comme toi auprès de ma sœur, rien ne serait arrivé…

– Peut-être.

C'est quoi, cette mine contrariée, subitement ?

– Tu as tellement changé… soufflé-je plus pour moi que pour lui.

– Et c'est mal ? questionne-t-il, sur la défensive.

– Je m'attendais à retrouver le petit garçon qui me collait…

– Tu veux que je te colle ? Ça peut s'arranger !

Sans me laisser le temps de comprendre, Raph se retrouve à un pas de moi.

– Raph… Qu'est-ce que tu fais ?

– Il y a des choses qui ne changent jamais, tu sais. Peu importe le temps qui passe…

Alors qu'il approche une main de mon visage, nous sommes interrompus par une voix dans le couloir.

– Vous vous en sortez ?

8

Vic

Je sursaute une seconde fois. Les frères Loison vont me faire avoir une crise cardiaque ! Instinctivement, je m'éloigne le plus loin possible de Raph.

– Ouais… ne se démonte pas le benjamin. Je vais retourner dans la chambre de Nanou, histoire de terminer avant de retourner au spot. J'ai encore du taf.

– Et puis tu vas sortir… précise Brice.

– Je dois rejoindre Enzo et Robin, oui.

– Comme tous les week-ends, non ?

Brice se veut ironique, mais son frère n'a pas l'air réceptif à son humour.

– Hum…

C'est le seul son qui sort de sa bouche au moment où il franchit la porte. L'aîné des Loison se tourne vers moi.

– S'il y a bien une chose qui n'a pas changé, c'est son caractère !

– Je ne me souviens pas qu'il était si…

Confiant ? Provocateur ? Indomptable ?

– Obstiné et susceptible ? Si, je t'assure. Déjà gamin, il pouvait être très énervant. Maman lui a laissé passer trop de choses. Bref, je viens t'aider !

Le reste de l'après-midi file à une vitesse folle. Brice m'aide le plus possible parce qu'il ne pourra pas revenir avant son départ en vacances. Raph nous quitte en fin de journée, peu avant qu'on sorte les affaires de ma voiture pour les ranger au salon.

Quand Brice m'a ramenée hier, je n'ai emporté avec moi que le strict nécessaire pour quelques jours. J'ose espérer que mon appartement sera plus accessible et plus sain d'ici là. M'attarder chez Brice, c'est m'attarder dans sa famille, dans ses habitudes, et surtout, dans celles de Raph. C'est assez gênant de me dire que ce dernier me déstabilise plus que son grand frère.

Je me tourne vers Brice après avoir fermé la boutique.

– On a réussi à faire tout ce que tu voulais ? me demande-t-il alors que nous nous dirigeons jusqu'à sa place de parking.

– Oui. À peu près. J'ai encore beaucoup de travail, mais ça ne me fait pas peur.

– Je suis heureux que tu sois revenue.

Il ne m'a pas parlé de mon départ. Il n'a pas cherché à en savoir plus sur le pourquoi du comment. Je suis à la fois reconnaissante de sa discrétion et un peu déçue. N'est-ce pas normal de vouloir connaître tous les détails de la vie d'une personne censée vous intéresser ? Mais ai-je envie qu'il s'intéresse à moi ? Nous deux, ça appartient au passé, non ?

Plongée dans mes pensées, je ne remarque pas qu'il s'avance vers moi et prend mon silence pour une attente. Ses lèvres se posent sur les miennes. De la plus douce et patiente des façons. Une façon qui me laisse indifférente…

Je m'écarte, une main posée sur son torse.

– Je suis désolé, dit-il tout de suite.

– Ne t'excuse pas. C'est juste que… c'est trop tôt.

Il acquiesce, et je me sens obligée de continuer :

– Je sais que toi et moi avons été proches, mais les choses ont changé.

– Je sais, soupire-t-il. Je suis naze d'avoir cru…

– Non, ne t'en fais pas, le coupé-je aussitôt. Laisse-moi simplement du temps. On peut juste continuer à passer du temps ensemble, comme aujourd'hui, et voir où ça nous mène. Sans se prendre la tête.

– Ok. Je suis d'accord avec ça.

Il me sourit. Il a toujours eu des expressions craquantes et une âme douce. Je ne comprends pas qu'il soit encore célibataire. Un homme avec son physique, prof de surcroît, avec une situation stable. La logique m'échappe… En même temps, cette ville est petite, malgré son attrait touristique. Les nouvelles rencontres ne doivent pas se faire tous les jours.

– Efface ce que je viens de faire, ajoute-t-il. On reprend depuis le début. Comme deux amis, ok ?

– Ok.

– On mange un morceau rapidement, puis je te ramène à l'appartement.

C'est à mon tour de lui sourire, le moment gênant est passé.

Lorsque nous poussons la porte de l'appartement, nous découvrons Raph dans le canapé.

– Tu n'es pas sorti, finalement ? lui demande Brice.

Il se redresse et me dévisage pendant que son frère s'adresse à lui.

– Si. Mais je suis revenu.

Toujours aussi causant… Et toujours aussi brûlant quand il pose les yeux sur moi. Est-ce que Brice me regarde de cette façon ?

– Vic est fatiguée. On va aller se coucher.

Raph contracte la mâchoire. Il se réinstalle dans le canapé et se met à nous ignorer.

– Ok…

– Allez, au lit, la bricoleuse acharnée ! me dit Brice en me faisant signe d'avancer dans le couloir devant lui.

Il s'arrête devant le seuil de la chambre de Raph et me fait la bise pour me souhaiter bonne nuit. Il n'entre pas dans ce qui devient mon espace personnel et me surprend encore par sa prévenance.

Je prends mon sac, entre dans la chambre et referme derrière moi. Je n'allume pas, je m'assois sur le lit en me laissant submerger par la fatigue de cette longue journée.

J'entends des chuchotements dans le couloir. Je tends l'oreille, mais je ne distingue rien de compréhensible. Puis une porte se ferme, et des pas s'éloignent. Je me force à me relever, à allumer la lumière, et ouvre ma valise, mais je n'ai pas envie de me plonger dedans. Je n'ai pas envie de retirer mes vêtements, pas envie de finir cette journée.

Mes yeux se posent de nouveau sur les posters autour de moi, et notamment sur la photo de Raph, en suspens au-dessus de l'eau, ses bras bandés par l'effort, ses jambes musclées soulevant sa planche. Il a une expression concentrée mais semble heureux de faire ce qu'il aime. L'eau explose en fines gouttes tout autour de lui. Je reste immobile à détailler son image, un trop long moment.

J'ai besoin de me rafraîchir, il fait trop chaud ici !

La fenêtre a été ouverte pour faire passer l'air de la nuit, mais il fait tellement lourd à l'extérieur que c'est inefficace. Je parviens à me convaincre que ce n'est que pour cette raison que je ressors de la chambre, traverse le couloir et me dirige vers la salle de bains. *Pour rien d'autre.*

Sauf que ce « rien d'autre » se matérialise subitement de l'autre côté du couloir. Raph. Mon cœur se met à jouer à la corde à sauter dans ma poitrine. *Qu'est-ce qu'il fait là ?*

– Tu n'es pas encore couché ?

– Ça se voit pas ?

J'ai une crampe délicieuse dans le ventre en le voyant s'approcher de moi. Il s'appuie contre le mur près de la porte que je m'apprêtais à franchir et reste là.

– Tu as besoin de quelque chose dans la salle de bains ? lui demandé-je en désignant la pièce.

– Non.

– Alors, qu'est-ce que…

– C'était bien, votre fin de journée en tête à tête ?

– Oui.

– Bien.

Le silence qu'il impose me déstabilise.

– C'est tout ce que tu voulais me demander ? le questionné-je.

– Oui. Pourquoi ? Tu t'attendais à ce que je te demande votre emploi du temps ?

– Non.

On peut jouer longtemps à se lancer des monosyllabes.

– Et toi ? Tu as passé une bonne soirée ?

– Ça a été, ouais.

Un sourire de gamin provocateur s'affiche sur ses lèvres.

– Tu devrais venir avec moi, la prochaine fois. Tu t'amuserais.

– Ce n'est pas ma priorité, rétorqué-je pour lui clouer le bec. Merci.

– C'est ce que j'ai cru voir, oui.

Il ne bouge pas, et pourtant, j'ai l'impression qu'il est bien trop près de moi.

Je pose la main sur la poignée pour m'accrocher à quelque chose. Raph tourne la tête vers la porte de son frère.

– Alors, c'est reparti ?

– Qu'est-ce qui est reparti ?

– Toi. Lui. Vous deux.

Son regard revient sur moi.

– Je ne crois pas que cela te regarde.

– Il paraît, ouais. Brice vient de me balancer un truc dans le genre. Vous avez l'air d'être faits l'un pour l'autre.

– À quoi tu joues, Raph ?

– À rien. C'est plutôt vous qui êtes en train de rejouer votre sérénade passée.

– Tu racontes n'importe quoi.

Je veux ouvrir la porte, mais il m'en empêche en se plaçant devant moi. Je relève la tête vers lui pour le regretter aussitôt. Sa bouche est à la hauteur de mes yeux, et ses lèvres sont entrouvertes. Je les imagine sur les miennes, son souffle perdu avec le mien. Mes pensées s'embrasent. Mes joues aussi. Ma main levée trouve son bras. Il a l'air d'apprécier, son expression passe de railleuse à provocante.

– Je peux jouer aussi, tu sais, continue-t-il sur le même ton. N'oublie pas que je suis le petit dernier, j'ai toujours eu ce que je voulais…

– Et tu veux quoi ?

– Si je te le disais, ce serait beaucoup moins drôle.

Il avance, réduisant la distance qui nous sépare à néant. Son corps viril frôle le mien. Je me rappelle la photo dans sa chambre, l'air déterminé qu'il y affiche, et je me demande si ce n'est pas le même que je vois sur son visage à présent. Puis il fait un autre pas pour s'éloigner et retourne dans le salon.

Comme cet après-midi, je ne peux m'empêcher de regarder son large dos disparaître avant de me ressaisir et de m'engouffrer dans la salle de bains en refermant derrière moi.

Raph n'a plus rien d'un gamin… Et il m'attire comme aucun homme ne m'a encore attirée.

9

Raph

J'avais hâte que ces grandes vacances pointent le bout de leur nez. Brice va enfin nous lâcher la grappe. On dirait qu'il a un radar planté sur le crâne. Dès que je m'approche un peu trop près de Vic ou que je tente d'être seul avec elle dans une pièce, il rapplique. Ça fait des jours que ça dure. Et ça commence à me gonfler sévère. Elle n'a pas besoin d'un chaperon. Le pire, c'est qu'elle le laisse faire. Elle lui sourit comme pour l'encourager. Et elle évite la plupart du temps de me regarder. Je croyais que mes premières tentatives d'approche l'avaient un peu perturbée, mais me voilà retourné à la case départ, dans la catégorie « petit frère de mon copain ». *Fait chier.*

Elle a commencé les travaux dans sa boutique et y passe ses journées. Autant dire qu'avec mes entraînements et la présence de ma famille le soir pour lui tenir la jambe, j'ai très peu d'occasions pour retenter le coup. La dernière fois m'a laissé sur ma faim.

Quand je rentre ce midi, les stores de l'appartement sont baissés. Maman se repose dans sa chambre, Brice est en train de faire sa valise dans le salon, et Louis profite de la terrasse, une bière à la main, les jambes étendues sur la balustrade.

– Comment va le cerveau de la famille ? le taquiné-je en le rejoignant.

– Comment va le sportif ? rétorque-t-il.

Je lui souris en me laissant tomber sur un transat à mon tour. Il me tend une des bières qu'il a transportées à côté de lui, dans une glacière pleine de glaçons.

– Qu'est-ce que tu fais là ? Merci, finis-je en prenant la bouteille.

– Je décompresse après une journée pénible remplie de collègues très chiants ! répond-il avec un clin d'œil. Et Brice avait besoin de parler.

– Parler ? De quoi ?

– Plusieurs sujets… Dont un qui le turlupine particulièrement.

Il se décale pour regarder derrière moi.

– Qu'est-ce qu'on disait, déjà ? Que tu n'étais plus sûr de vouloir partir ?

– Ouais.

Brice vient nous rejoindre et s'installe de l'autre côté de Louis en prenant une bière. À nous trois, on forme une belle brochette de glandeurs, cet après-midi. J'aime passer du temps avec mes frères, du moins quand ils ne me rappellent pas que je suis le petit dernier qui a encore beaucoup à apprendre !

– Pourquoi tu ne veux plus partir ?

–Vic, me répond Louis à la place de notre aîné.

En entendant le prénom de son ex, Brice se gratte la tête.

– Il a peur que son départ réduise ses chances à néant.

Ah ouais ? Alors qu'il se casse pour un moment !

–Vous sortez ensemble pour de bon ? le questionné-je en feignant l'indifférence.

– Non, on se laisse du temps.

– Et ça t'emmerde ?

– Ouais. Je ne la sens pas très réceptive.

–Vous vous êtes embrassés ? veut savoir Louis.

– Ouais.

Là, je commence à grincer des dents sévère…

– Mais elle m'a repoussé. Et depuis, je rame.

– Ça ne fait que quelques jours qu'elle est revenue, le rassure le cadet de notre fratrie. Elle compte rester ici, d'après ce que j'ai compris. Tu as tout le temps de la séduire…

– Je vais partir presque un mois. Ce n'est pas l'idéal pour entretenir une relation. Et puis, Lydie vient avec nous.

Je regarde Brice plus attentivement. Lydie est son ex, une amie d'enfance d'un de ses potes. Qu'elle les accompagne ne m'étonne pas, qu'il soit sur la défensive, beaucoup plus. Est-ce qu'il se dit qu'il ne pourra pas tenir sa queue loin de son ancien plan cul ? Ça ne jouerait pas en sa faveur auprès de Vic…

– Tu viens de nous dire que tu ne sortais pas avec Vic, continue Louis. Je vois pas le problème.

– Non, mais est-ce que m'éclater cet été ne réduirait pas mes chances avec elle dans l'avenir ?

Louis et moi haussons les épaules.

– Tu fais ce que tu veux. Le mythe du prince charmant, c'est pour les filles naïves.

– Et Vic n'est pas naïve, complété-je en approuvant les paroles de Louis.

Brice soupire. Nous ne lui donnons ni la réponse qu'il attend, ni la solution. Qu'il parte, il verra bien à son retour si le temps et la distance jouent en sa faveur. Honnêtement, j'en doute, mais je ne vais pas lui dire.

Quand mes frangins décident de s'affaler dans le canapé en face d'un match de foot, j'en profite pour sortir. Si je suis sportif, le foot fait partie de ces sports qui m'intéressent au moins autant que la composition du granite !

La boutique de Vic est en centre-ville, si on peut utiliser ce terme pour un village de deux mille habitants, orienté uniquement vers les sports de montagne. Hors saison, la plupart des magasins sont fermés. Les autres ont su se développer, et notre station de ski devient quasiment une station balnéaire en plein été.

Lorsque j'arrive devant l'enseigne recherchée, Vic a une fois de plus laissé la porte ouverte. J'entre en entendant le son caractéristique d'un vieux poste radio. Comme elle a tout dégagé, la musique résonne sur les murs.

Vic n'est pas là pour plaisanter. Le papier peint est arraché. Dans les escaliers, il y a de la poussière partout, comme si elle avait poncé les marches. À l'étage, je retrouve l'appartement complètement retourné. Vic a retiré la moquette posée partout sur le sol. Là aussi, la tapisserie a disparu. Rien qu'avec le placo mis à nu, la maison a une autre allure. Vic lui donne un sacré coup de jeune. Et toute seule, en plus ! Elle en a abattu, du boulot, en une semaine !

Je m'avance dans le couloir, guidé par le bruit caractéristique d'un chantier en cours dans la chambre du fond. Je ne m'annonce pas. Cela gâcherait le spectacle que je découvre en arrivant dans la pièce. Vic est accroupie, en plein décollage de papier peint. Mes yeux s'attardent sur son cul moulé dans un short archi court déchiré et usé. En haut, ce n'est pas mieux : elle n'a enfilé qu'un débardeur ample aux larges bretelles. Dès qu'elle se penche, il laisse apparaître ce qu'elle cache en dessous, soit une simple brassière de sport qui protège sa poitrine menue. Elle a les cheveux relevés en chignon décoiffé, et une tonne de poussière sur ses mèches éparpillées. Je n'ai jamais vu une femme aussi sexy. Cette chambre en plein travaux devient une scène de fantasme. Que Vic soit sale, en sueur, complètement débraillée m'excite encore plus.

Je reste à l'entrée de la pièce en la regardant s'activer. Je me poste contre le cadre de la porte et fourre les mains dans mes poches, histoire de me calmer deux secondes.

– Tu t'en sors ?

Je la fais sursauter. Vic lâche la spatule qu'elle tenait en se tournant vers moi.

– Raph ! s'exclame-t-elle, le souffle coupé.

– Désolé.

Je m'avance de quelques pas. Elle ramasse ses outils et va les ranger dans un coin. Elle se dépoussière les bras et les jambes pendant que je suis chacun de ses mouvements d'un œil avide. Je détourne la tête quand elle se retourne et examine son chantier.

– Tu as bien avancé, remarqué-je.

– J'ai fait le plus facile. Retirer du papier et poncer, ça ne demande que de la détermination, plaisante-t-elle.

– Alors tu as l'air très déterminée.

Son regard s'assombrit.

– Il paraît, oui. Je veux surtout emménager et ouvrir le magasin le plus vite possible. Je croyais pouvoir le faire avant la fin de la saison, mais je crois que c'est mort. Il y a dix fois trop de boulot.

– Je vais venir t'aider. Je te l'ai dit !

– Tu as mieux à faire. Brice m'a parlé de ton contrat avec tes sponsors.

Je hausse les épaules.

– Je ne reviens jamais sur quelque chose que j'ai dit.

Jamais ! Le premier truc que ma mère m'a appris, c'est qu'on se doit d'être toujours présent pour les gens qu'on aime. Mon père, par exemple, était un beau gros enfoiré de première. Combien de fois a-t-il promis à ma mère d'arrêter ses conneries ? Combien de fois lui a-t-il répété qu'il l'aimait avant de se casser avec une autre ? Après leur divorce, elle n'a eu que des galères, et il n'a jamais été là pour lui venir en aide. J'ai donc décidé de le rayer de mon existence. Bien fait pour sa gueule s'il a pas eu notre garde !

– Je pourrais commencer dès demain, affirmé-je en sortant de mes pensées.

Je laisse Vic ranger et balayer les débris un peu partout. Ce soir, j'attends juste qu'elle vienne avec moi chez ma mère. Je veux faire le chemin avec elle. Jusqu'à elle. Ses réactions lors de nos retrouvailles n'ont pas pu mentir, Vic est troublée chaque fois qu'elle se tient à mes côtés. Je veux en profiter. C'est pour ça que j'avance dans la pièce, vers elle et son bazar.

– Il est tard, précisé-je. Tu ne comptes pas rentrer ?

– Si. Bien sûr.

Elle se redresse et pose son balai contre le mur. Elle hésite en jetant un coup d'œil par la fenêtre. Comme si regarder ailleurs pouvait me faire disparaître.

– Ils ont réparé la fuite, constaté-je pour la faire parler.

J'avance toujours. Un pas après l'autre. Je suis bientôt trop proche pour qu'elle puisse me sortir de son champ de vision.

– Oui. L'appartement est sec et habitable. Dès que j'aurai remis cette chambre en état, je viendrai ici.

– Mais pour le moment, tu es chez nous.

Un autre pas. Mètre après mètre, je vois sa poitrine qui se gonfle profondément. Se donne-t-elle du courage pour m'affronter ? Si c'est le cas, je savoure déjà la suite.

– Oui.

– Brice part demain.

– Je sais, oui.

– Pas trop triste ?

– J'ai vécu six ans sans le voir. Je peux survivre à quelques semaines.

– Hum…

Vic se tourne complètement vers moi.

– Tu attendais quoi, comme réponse ?

– Je ne sais pas, fais-je en haussant les épaules, les mains toujours dans les poches. La vérité.

– Je ne suis pas triste.

Je souris franchement. Nous ne parlons plus pendant quelques instants. Et dans ce silence confortable, chargé d'attente, j'entends nos respirations.

– Tu rentres avec moi ?

– Pourquoi ? Tu as peur pour moi ? Je suis une grande fille, tu sais.

Je m'approche encore, juste assez pour que son menton doive se relever pour continuer de me regarder.

– Il paraît, oui. Bien plus grande que moi.

– Raph…

– Ouais ?

– Qu'est-ce que tu fais ?

– Ce dont j'ai envie.

Je glisse une main sur son bras et remonte sa bretelle légèrement tombée. Sa peau frissonne sous mes doigts. C'est électrisant de regarder un truc pareil. Comme si je déclenchais une avalanche derrière mon snow.

– C'est de ça dont tu avais envie ?

– Tu t'attendais à autre chose ?

Je me penche vers elle, et elle retient son souffle.

10

Vic

Je ne devrais pas combler les derniers centimètres que Raph laisse entre nous. Je n'ai aucune bonne raison de le faire si ce n'est qu'il me plaît beaucoup trop et qu'il ne s'est pas caché pour me montrer que c'était réciproque. J'ai envie de lui. Alors que je ne devrais pas. *Il y a Brice…* Mais mon désir est plus fort que ma raison. Depuis que je suis revenue, depuis que je l'ai revu, celui-ci bouffe mon bon sens.

Les lèvres de Raph sont douces. Pendant un temps, j'en oublie qui il est, notre passé commun, son frère. Il n'est qu'un homme attirant qui a envahi mes pensées bien plus vite qu'aucun autre. Je me laisse guider par sa bouche. Raph sait ce qu'il fait. Quand ses doigts frôlent ma peau sous ma mâchoire et caressent ma nuque, je me sens perdre pied.

Combien de filles a-t-il embrassées pour avoir une telle maîtrise ? Il n'y a rien d'envahissant dans son étreinte. Son baiser est à la fois doux et fort, comme s'il savourait. Tout ce que je peux faire, c'est le savourer avec lui. Mon cœur est complètement d'accord. Jamais il ne m'a paru battre si fort.

Cela ne dure qu'un instant, mais lorsqu'il s'éloigne de moi, j'ai l'impression d'avoir passé cinq minutes contre lui, à le laisser prendre tout ce qu'il voulait de moi. Je suis à bout de souffle, j'ai les joues rouges, et je suis ravagée par un désir brûlant.

– Raph, je ne devrais pas faire ça, murmuré-je alors que tout ce que je veux, c'est continuer.

– C'est juste un baiser.

Son air de gamin un peu trop fier de lui me fait faire un pas en arrière.

– Juste un baiser ? Tu crois ?

Pourquoi est-ce que j'ai l'impression que cela me gênerait si c'était le cas ?

Il hausse les épaules et s'écarte à son tour. Je peux enfin respirer sans être envahie par sa présence qui me donne des envies de bien plus. Je veux qu'il se rapproche, pas qu'il s'éloigne. C'est complètement insensé !

– C'est juste un baiser, réitère-t-il, les mains dans les poches. Depuis mes 8 ans, j'ai envie de t'embrasser. Fallait bien que je tente.

Puis il attend.

– Ok, confirmé-je d'un signe de tête appuyé. C'était juste ça, alors.

Si ce n'était qu'un baiser, pourquoi m'a-t-il mise dans un état pareil ? Est-ce que je ne l'attendais pas moi aussi depuis mon retour ?

– On rentre ? proposé-je pour mettre fin à ma réflexion.

– J'étais venu pour ça, à la base.

Il m'indique la porte et je le suis.

Dehors, la chaleur de l'été est tombée au profit d'une brise légère et fraîche, mais marcher près de Raph produit l'effet inverse sur moi. Je ne cesse de lui jeter des regards de biais, lui se tient droit, un petit sourire au coin des lèvres.

Notre parcours est un supplice. Voilà pourquoi je fais tout pour ne pas me retrouver seule avec lui. Ce qu'il s'est passé il y a quelques minutes prouve bien que tout peut dégénérer. S'il retentait quelque chose, je crois que je pourrais le laisser faire. *Ça ne tourne pas rond chez moi !*

En entrant dans l'appartement des Loison, Raph se tient trop près de moi. Je sens qu'il me suit des yeux quand je passe à ses côtés. Je voudrais ne pas le regarder en retour, mais c'est impossible.

– Tiens, vous voilà ! s'exclame une voix masculine familière un peu plus loin.

Je sursaute et tourne la tête en direction du salon où Brice et Louis sont installés dans le canapé.

– C'est sympa d'être parti sauver la demoiselle en détresse, Raph, le taquine Louis en regardant la télévision.

Ils sont devant un match de foot.

– Je fais le boulot de Brice…

– Ce n'est le boulot de personne, protesté-je.

Le principal concerné par l'attaque se lève et me rejoint.

– Je suis assez grande pour m'occuper de moi.

– Il n'y a aucun doute là-dessus, répond l'aîné des frères.

Brice est joueur, ce soir, je le vois tout de suite. Si j'ai eu un doute sur ses intentions le jour où je suis revenue, ce n'est pas le cas maintenant. Sa phrase cache un sous-entendu. Son air lubrique, lui, ne cache rien.

Raph avance et s'arrête près du canapé, dans le dos de son frère aîné, et se retourne dans ma ligne de mire. Brice enlève un morceau de papier peint collé dans mes cheveux. Son benjamin fronce les sourcils en le voyant faire.

– Tu as bien avancé ? me demande le professeur de littérature.

– Oui. Cette semaine a été intensive, je suis claquée.

Ma fatigue n'est qu'une excuse pour m'éclipser, pour ne pas avoir à répondre à des questions dérangeantes de la part de Brice et éviter le regard trop perçant de Raph par-dessus son épaule.

– Je vais me coucher.

J'ignore mon cœur que le plus jeune fait courir dans ma poitrine et pars vers sa chambre – qui est la mienne pour quelques jours encore –, Brice sur mes talons. Je sais déjà ce qu'il veut me dire et je redoute qu'il le fasse. Je n'ai aucune réponse à sa demande. *Surtout pas ce soir…*

– Est-ce que tu as réfléchi ? me questionne Brice alors qu'il est encore dans le couloir et que je viens de pénétrer dans la pièce.

– À quoi ?

– À nous.

– Il ne s'est passé qu'une semaine, Brice, dis-je en retenant un soupir.

Une semaine et un baiser avec ton petit frère !

– Je pars presque un mois. Ça te laissera peut-être le temps d'y voir plus clair. Histoire de savoir si tu as envie qu'on réessaie.

Il remet une mèche de mes cheveux en place derrière mon oreille. Ses doigts errent un peu trop longtemps sur ma joue, et je le sens espérer plus. Son corps vacille, Brice voudrait combler la distance entre nous, je le lis dans ses yeux. Mais j'ai un infime mouvement en arrière qu'il ne perçoit pas.

– Je rentre, les gars, interpelle Louis près de l'entrée. À plus ! Brice ! Vic !

La main de Brice quitte mon visage et, malgré moi, j'en suis soulagée. Il adresse un signe de main à son frère sans lui faire face.

– Il intervient toujours quand il faut pas, celui-là, grogne-t-il avec un sourire attendri.

Je me dis au contraire qu'il est intervenu au bon moment, mais bien sûr, je le garde pour moi.

– Je vais te laisser. Je pars tôt demain alors je ne crois pas qu'on se verra avant mon départ.

– Ok. J'espère que tu t'amuseras.

– J'espère que tu me laisseras une chance quand je reviendrai.

– Je l'espère aussi.

Ce n'est que la vérité. Retomber amoureuse de Brice serait plus simple, non ? Je n'ai pas besoin de complications dans ma vie. Pas plus que je n'en ai déjà.

Brice me sourit puis me dépose une bise sur la joue.

– Bonne nuit.

– Bonnes vacances.

Il s'éloigne de moi et pénètre dans la chambre qu'il partage avec son frère. Je croise alors le regard de Raph à l'autre bout du couloir. Et celui-ci n'a rien d'amical.

11

Vic

J'ai enfin emménagé dans l'appartement de ma grand-mère. La chambre est pratiquement finie, la salle de bains est opérationnelle, le chauffe-eau réparé, je n'ai donc pas vu l'utilité de rester plus longtemps chez la mère des Loison.

Le gros problème, c'est que même si on ne partage plus le même toit, je ne parviens pas à oublier ce baiser avec Raph, ni à comprendre ce qu'il signifie. J'en ai des sueurs chaque fois que j'y pense. Je revois son corps contre le mien. Et ce n'est pas facile de faire comme si de rien n'était lorsque ce même corps se trouve en short et marcel dans mon appartement.

Il a tenu sa promesse. Il passe tous ses après-midi à repeindre les murs de la boutique. Il est appliqué comme s'il s'agissait d'une tâche vraiment importante. Ce qui fait qu'il y a toujours un moment dans la journée où je ne peux m'empêcher de le regarder. Je me perds dans ma contemplation, imaginant ce baiser se reproduire.

Nous n'avons pas vraiment reparlé depuis la semaine dernière. En tout cas, pas de ça, pas de nous. Depuis que je me suis installée ici, il ne m'adresse la parole que pour ces fichus travaux.

Il tourne la tête vers moi.

– Tu as besoin de quelque chose ?

Grillée…

– Non, j'étais en train de réfléchir à… la déco que je vais mettre ici.

– Ah oui ?

Il pose son rouleau et croise les bras en observant le mur que je lui désigne d'un geste vague. Puis il se tourne vers moi.

– Ça a l'air d'être un truc qui te plaît. Tu souris.

Il se rapproche de moi pas à pas, un sourire victorieux sur les lèvres. C'est grotesque, il est censé être plus jeune que moi, il ne devrait pas avoir cette assurance !

Il essuie ses mains sur son short et finit par s'arrêter. À un mètre de moi.

– Tu es sûre que c'est la déco qui te plaît autant ?

Dois-je être honnête avec lui ? Avec moi ?

– Peut-être pas…

J'ai du mal à le regarder droit dans les yeux.

– Est-ce que ça veut dire que j'ai mes chances ?

– Tes chances ?

– Vic ?

Quelqu'un m'appelle depuis le rez-de-chaussée.

Inconsciemment, je m'étais penchée vers Raph. Je l'entends soupirer au moment où je me redresse.

– Tu attends quelqu'un ? se renseigne-t-il.

– Apparemment.

Il regarde mes lèvres.

– Vic ? répète la voix en bas.

– J'arrive !

M'échapper est certainement la meilleure solution. *Qu'est-ce que j'allais faire encore ?*

Je dévale les escaliers telle une proie devant un chasseur. Je m'arrête sur la dernière marche en découvrant celle qui m'attend devant la porte grande ouverte de la boutique.

– Julie !

Il me semblait bien avoir reconnu sa voix. Je parcours les derniers mètres jusqu'à elle pour la prendre dans mes bras.

– Quel accueil ! s'exclame-t-elle. Je t'ai manqué à ce point ?

– J'ai pas le droit d'être contente de te voir ?

– Oh si ! mais je me disais que, comme tu avais sûrement un très beau « chat » à fouetter ici, tu n'avais pas vraiment le temps de penser à moi.

– Eh bien, tu avais tort.

– Ça va ? demande-t-elle en inspectant mon visage.

Je sens que celui-ci est d'un rouge écarlate, très significatif de mon état.

– On dirait que tu viens de prendre ton pied ! Est-ce que Brice est en haut ? ajoute-t-elle, curieuse, en jetant un coup d'œil vers les escaliers.

– Quoi ? Non ! Arrête de raconter n'importe quoi !

Elle se marre. *Ce n'est pas permis d'être une obsédée pareille !* Au lycée déjà, Julie était obnubilée par les mecs et – je cite – leur « queue ». Elle en a d'ailleurs vu un paquet ! Jusqu'à ce que l'une d'elles sache la retenir.

– Alors, raconte-moi, Brice est toujours aussi beau ?

– Est-ce que c'est tout ce qui t'intéresse ?

– Je suis bientôt mariée. Ta vie sexuelle est la seule source de nouveauté dans ma vie de femme fidèle. J'ai envie d'en profiter un peu !

– Jérémy est adorable, riposté-je pour lui rappeler la chance qu'elle a d'avoir un homme comme lui.

– Bien sûr qu'il l'est, c'est mon mec ! Mais un ou deux détails croustillants de ta vie, ça ne peut pas nous faire de mal. Donc, Brice ? Toujours aussi beau ?

– Oui.

Je ne dois pas être assez catégorique à son goût car elle fronce les sourcils et s'écarte un peu pour m'observer. Comme pour avoir un plan plus large de moi.

– Houlà ! C'est quoi, le souci ?

– Rien ! Y'a aucun souci !

– Arrête tes conneries, je le vois à ton petit regard coupable, là.

Elle pointe du doigt mon visage.

– En plus, tu as le regard fuyant, comme si tu venais de dire un truc que tu ne penses pas du tout. Qu'est-ce que tu ne me dis pas ?

– C'est toi qui en dis beaucoup trop, je trouve. Et t'es là que depuis cinq minutes !

– Ah ! L'attaque est la meilleure défense, tu as raison. Tu vas devoir cracher le morceau à un moment donné, je te connais par cœur.

Évidemment qu'elle me connaît par cœur, on ne s'est jamais éloignées depuis qu'on est petites. Julie est fille unique. En devenant amie avec moi, elle a toujours répété qu'elle avait gagné deux sœurs. Je repense à nos après-midi de fou rire à la maison, nous adorions les jeux de société. Nous étions capables de jouer pendant des heures d'affilée. Du moins quand on ne se chamaillait pas. Soit pas si souvent. Mais peu importe comment se terminaient nos parties, en crises de pleurs ou en crises de rire, nous étions inséparables.

***

Je remplis le plateau avec ce que j'ai trouvé dans la cuisine et je les entends déjà se disputer au salon.

– J'ai pas triché ! s'exclame Emeline.

– Bien sûr que si ! rouspète Julie. Tu crois que je t'ai pas vue ?

– Non, je mens pas !

– Tu peux être une vraie chieuse, parfois. Vic, dis à ta sœur que c'est pas bien de tricher !

Je les ai laissées depuis à peine cinq minutes pour préparer un petit goûter et voilà qu'elles haussent déjà le ton.

– Emeline… soupiré-je en connaissant bien ma sœur qui se sert dans la caisse du Monopoly dès qu'on a le dos tourné, t'arrête un peu !

– Mais j'ai pas triché !

– Tricheuse ! Tricheuse ! Tricheuse ! hurle Julie avant de s'emparer d'un coussin sur le canapé et de partir dans une bataille d'oreillers mémorable.

Emeline hurle de rire et se met à courir partout dans l'appartement, manquant de me rentrer dedans avec mon plateau. Je le dépose vite sur la table du salon et me joins à la bataille.

***

– Alors, raconte ! Qu'est-ce qu'il y a ? Tu as rencontré un autre mec ? Il est aussi canon, j'espère !

Je fais la moue. Je ne peux pas lui parler de Raph…

– Vic ! m'interpelle Julie, trouvant que je suis trop longue à répondre.

– Y'a un peu de ça.

– Tu as vraiment rencontré quelqu'un ? s'excite-t-elle comme une folle, contente d'avoir découvert la vérité.

– Disons que j'ai revu quelqu'un…

– Qui ? À part Brice, tu n'es sortie avec personne ici, si ? À moins que tu ne m'aies rien dit à l'époque ! Mais je ne vois pas comment tu aurais pu me le cacher…

– Non, c'est pas quelqu'un avec qui je suis sortie…

Julie réfléchit. Et quand Julie réfléchit à ma vie, en général, elle n'est pas longue à parvenir à une conclusion très proche de la réalité.

– Un mec qui te plaît ? Que tu as connu ? Pourquoi je suis au courant de rien ?

– Il ne me plaisait pas. Pas à l'époque.

J'ai l'impression d'être une petite fille prise en faute. Je n'aime pas ça. Je suis plutôt sûre de moi en temps normal.

– Vic, tu n'en dis pas assez, là ! Explique !

– Salut ! prononce Raph en descendant les escaliers pour nous rejoindre.

A-t-il entendu toute notre conversation ?

Ma meilleure amie est bouche bée. Elle me rassure, je ne suis pas la seule à qui Raph fait de l'effet. J'ai le sourire aux lèvres quand je me retourne pour le découvrir les mains recouvertes de peinture, son short bas sur les hanches et son marcel un peu large taché. Il a tout du mâle alpha venu revendiquer une de ses louves.

– Salut ! répond Julie, l'air ébahie.

Au même moment, un raffut monstre retentit à l'entrée de ma boutique, provoqué par deux garçons et une fille de l'âge de Raph, si j'en juge d'un regard. Ils se chamaillent bruyamment, dégageant quelque chose de similaire à lui, comme si même la fin du monde ne pouvait détruire leur assurance.

– Ce sont mes potes, déclare le plus jeune des Loison à mes côtés.

– Raph, qu'est-ce que tu fous encore ici ? lance le grand blond, le bras autour des épaules de la fille.

– On va au spot. Tu viens ? demande l'autre.

– J'arrive.

– Tu y vas dans cet état ? m'étonné-je tout en me maudissant intérieurement d'avoir cette attitude maternelle.

Il hausse les épaules et affiche un sourire attendrissant.

– Je vais finir à l'eau, de toute façon.

– Ok, déglutis-je quand son regard se fait persistant.

Des images de lui, torse nu à la sortie de l'eau, s'imposent à moi.

– Raph ! Grouille ! gronde le premier mec.

– Ouais. Ouais. Salut, Vic, susurre-t-il.

Il dépose un baiser sur ma joue. Un baiser qui me fait frissonner tout entière.

– À demain.

Est-ce qu'un sourire peut à ce point paralyser quelqu'un ? Parce que là, je n'arrive même pas à bouger. Tout ce que je veux, c'est avoir ce sourire contre le mien. Et ne plus m'en défaire.

– À demain, réponds-je d'une petite voix.

Raph s'éclipse à la suite de ses amis, toujours avec son sourire de petit con bienheureux. Je n'arrive pas à détourner la tête. Il reste sur le trottoir à discuter avec ses potes. Son regard revient se poser sur moi à plusieurs reprises.

– Wow ! C'est bon, je comprends ! s'exclame la voix de mon amie.

– Tu comprends quoi ? Y'a rien à comprendre !

– Hum, hum…

Elle penche la tête sur le côté pour regarder dans la rue. Raph est en train de s'éloigner.

– Jolie vue !

– Arrête ça !
– Ça te dérange ?
– Tu es mariée, ou presque.
– Et ce gars est à toi, complète-t-elle.
– Il ne se passe rien avec lui.
J'arrive enfin à ne plus regarder à l'extérieur.
– T'es complètement gaga quand un mec te plaît, toi !
– Pas du tout.
– J'aurais dû te filmer. Tu étais à deux doigts de lui sauter dessus et de l'empêcher de partir. Je crois même que tu lui aurais demandé de te sauter contre un mur ici, si je n'avais pas été là.
– On n'est pas toutes obsédées comme toi !
– Mais là, tu l'étais. Sérieusement, je t'ai rarement vue comme ça. Même pas quand tu as décidé de passer le pas pour la première fois !
Je secoue la tête, comme si je l'entendais raconter n'importe quoi. Mais au fond, nous savons toutes les deux qu'elle a raison.
– Donc, en fait, reprend mon amie après réflexion, tu as bazardé tous ces beaux gosses que je t'ai présentés ces derniers temps parce que tu les préfères moins mûrs ?
– T'es con ! C'est le petit frère de Brice.
– Quoi ? Le gamin que tu gardais au lycée ?
– C'est ça…
– Oh mon Dieu ! Comment il s'appelait, déjà ?
Elle claque des doigts en prenant un air très sérieux.
– Raphaël, réponds-je pour interrompre son petit numéro. Il s'appelle Raphaël !
– Raph, c'est ça. Le petit frère… ajoute-t-elle, pensive, en me regardant.
– On peut changer de sujet ?
– Non ! C'est bien trop marrant de te voir comme ça. Attends !
Julie repart dehors à toute vitesse. Sa voiture n'est pas garée loin de la boutique. Elle s'y précipite et ouvre son coffre. Une minute plus tard, elle est revenue, un bagage à la main.

– On dépose ça chez mes parents et on va boire un coup ? J'ai tout mon week-end. Et je sens déjà que ça va être intéressant !

12

Raph

J'annule tout ce que j'ai dit à propos du début de ces vacances d'été : c'est le truc le plus chiant qui puisse exister. Le plan d'eau est pris d'assaut par des amateurs. Mon entraîneur, également propriétaire du club, ne peut pas se permettre de râler sur les touristes. Je m'entraîne donc au milieu des gosses, des sportifs du dimanche et de leurs gonzesses en manque. Je viens de faire cinq tours de lac et j'ai déjà des dizaines de paires d'yeux accrochées à ma board. Pas que je n'aime pas que des nanas me matent, mais en ce moment, je ne suis pas d'humeur. « Comme chaque matin depuis quinze jours », dirait mon coach.

Le wake fait partie de ces sports censés vider l'esprit. Vous devez être concentré en permanence, le regard au loin, toujours sur la trajectoire. Il faut penser à votre position, maîtriser vos coupes et vos blocages, assurer vos réceptions pour pas vous retrouver la tronche sous l'eau.

Depuis deux semaines, alors que la compétition de Bull Air approche et qu'il faudrait que je monte mon niveau d'un cran pour partir dans les meilleures conditions, je reste sur mes acquis. Je ne me plante pas, mais je ne prends pas de risques. Et dans l'univers de mon entraîneur, c'est un truc qui ne devrait même pas exister.

– Tu vas finir par perdre le sponsoring Bull Air si tu continues à jouer les amateurs, beugle ce dernier. Les nouveaux de la team en veulent, et tu es l'homme à abattre. Tu n'auras pas le droit au moindre faux pas.

Pas besoin de me le rappeler, merci. Je soupire en défaisant la fermeture Éclair de ma combi. J'enlève le haut, laissant pendre le tissu trempé de chaque côté de mes hanches, puis je récupère ma serviette dans mon sac rangé dans le coffre de la voiture de mon pote Robin.

Même si ça me fait mal de le reconnaître, mon coach a raison. Je vais finir par tout faire foirer à force de penser à Vic plutôt qu'à mon gagne-pain. Mis à part le sport, je ne suis bon dans aucun domaine.

J'entends glousser dans mon dos. Un groupe de filles passe sur le chemin près du parking du spot. Enzo fait le coq. C'est un de mes potes d'enfance avec qui j'ai testé plein de sports avant qu'on se passionne pour le wake tous les deux. Il est rarement dans le coin car il est parti faire ses études à Grenoble. Il s'entraîne là-bas la plupart du temps. Mais pour l'instant, il est de retour jusqu'en septembre. Il profite des vacances.

Il défait sa combi en feignant de les ignorer mais finit par leur balancer un sourire engageant.

– La vue vous plaît ?

Nouveaux rires. *Mais quel âge ont-elles ?*

– Revenez demain, vous en aurez encore.

Elles s'éloignent sans perdre une miette du spectacle. Quand elles disparaissent, Enzo redevient sérieux. Du moins ce qui s'en rapproche le plus.

– Y'a un truc qui va pas ? me demande-t-il en chopant une banane dans son sac et en la gobant en trois bouchées. C'est ta mère ? Je croyais qu'elle allait mieux.

– Non. Ça va, de ce côté-là.

Du moins, en partie. L'état de ma mère m'inquiétera toujours, mais cette semaine, je la trouve plus active, plus en forme que les jours précédents, du coup, je n'y pense pas trop.

– C'est quoi, alors ? T'es censé être meilleur que moi, et aujourd'hui, j'ai grave assuré. Toi, tu as fait de la figuration. Pas que les nanas aient remarqué, elles bavent toutes sur toi, comme d'habitude. Franchement, soupire-t-il en me matant, tu pouvais pas être blond et gringalet ?

– Et te ressembler ? Même pas en rêve !

– Je suis peut-être blond, mais c'est moi qui tire le plus mon coup ces derniers temps. L'université est un terrain de jeu béni pour moi, mon pote. T'aurais dû venir.

– Et rater une occaz' de me la couler douce et de faire du wake ? Je préfère mon coin perdu et mes coups réguliers.

Quand je parle de « coups réguliers », je pense surtout à une ex avec qui je remets le couvert de temps en temps. Les autres filles ne font que défiler, surtout durant les événements Bull Air.

– Sauf que t'as plus de coup régulier depuis deux semaines, balance Robin qui vient de sortir de l'eau. Beau *slide*[2], Enzo !

Il pose son wake contre sa voiture.

– C'est toutes ces nanas qui te motivent ?

– Y'a de ça ! Faut que je rivalise avec gueule d'ange, ajoute le blond en me donnant un coup de coude. Sauf qu'aujourd'hui, c'était du gâteau, mec !

– C'est encore cette meuf qui te perturbe ? me questionne Robin qui se désape à son tour.

– Quelle meuf ? renchérit Enzo. La propriétaire de la boutique ? Sérieux, mec, elle a quoi ? Genre 30 piges ?

Je secoue la tête. *Il a beau aller à la fac, il est toujours aussi con…*

– Allez, 25, je te l'accorde, se corrige-t-il en continuant de faire l'abruti. Juste parce qu'elle est bonne.

– T'es vraiment un connard.

– Moi aussi, j'ai toujours rêvé de me taper une meuf plus vieille, continue-t-il, toujours dans son délire. Mais j'en aurais pris une avec plus d'expérience, si tu vois ce que je veux dire…

– T'es lourd, sérieux !

– Et toi, t'es trop accroché ! Y'a rien de bon à se rouler aux pieds d'une gonzesse.

– T'en sais quoi ?

---

2. Mouvement fluide à la surface de l'eau.

– J'ai de l'expérience.

– Ah ouais ? J'ai pas eu l'impression que t'étais resté avec une fille plus d'une semaine depuis que t'as découvert que tu pouvais te servir de ta queue.

– Là, Raph a raison, approuve Robin avec un rire gras.

– Quand je vois dans quel état elles sont quand je les largue au bout d'une semaine, ça me vaccine d'éprouver quoi que ce soit, crois-moi !

– Vous parlez de quoi ?

C'est bien ma veine, Amélia qui se pointe ! C'était elle, mon « coup régulier », mais j'ai fini par la dégager il y a peu. Je lui avais déjà fait comprendre qu'une relation sérieuse entre nous serait impossible, et là, j'ai carrément mis un stop à nos plans cul.

Comme nous, elle a laissé tomber le haut. Son maillot de bain sportif trop petit ne cache presque rien de ses seins. Perso, je m'en fous, je les ai déjà vus, mais je guette aux alentours, par réflexe. La dernière fois, elle s'est fait emmerder par des connards.

– Du nouveau crush de Raph.

– Un nouveau crush ?

Elle fronce un peu les sourcils. *Je savais que ça allait pas lui plaire…*

– De l'ancien, tu veux dire, reprend Enzo. Si je me rappelle bien, quand on était ado, il salissait déjà ses calbutes à cause de cette fille. Tu dois être un gosse pour elle. Elle doit encore se rappeler à quel point ton zgeg était petit quand elle te changeait les couches !

– Il aura qu'à lui montrer son zgeg maintenant. Je crois pas qu'il ait gardé quoi que ce soit de cette époque, rétorque Robin, fier de lui.

Je tape dans la main de mon pote pour le remercier de son intervention. Enzo a le bec cloué pendant quelques secondes. Je ne suis pas naïf, je sais qu'il n'a pas fini de parler. Il n'a jamais fini !

J'évite de regarder Amélia. Cette conversation n'est pas pour elle, de toute façon.

– Mec, persiste Enzo, c'est l'ex de ton frère. Ça te fait rien de te dire qu'il a déjà couché avec elle ? Tu vas passer après, c'est limite incestueux !

– Quel con ! lance Robin en se détournant.

– Ouais, approuvé-je à cent pour cent. On se tire ?

Robin choppe son sac, moi le mien.

– Hey ! Vous allez où, les gars ?

– Se doucher, déjà ! Et tu devrais faire pareil, tu pues le poisson ! ricane Robin. Après, on ira boire un verre et on passera toute la nuit dehors.

– Et vous comptez faire ça sans moi ?

On lui sourit. Bien sûr que non ! Ce serait beaucoup moins drôle sans lui. Mais on ferme notre gueule. On ne veut surtout pas qu'il le sache. Enzo passe un bras autour des épaules d'Amélia. Elle est crispée, mais je décide de m'en moquer. Faut bien qu'elle se fasse à l'idée que dorénavant, c'est d'une autre dont j'ai envie.

13

Vic

Les parents de Julie sont adorables, mais qu'est-ce qu'ils parlent ! J'avais oublié d'où ma meilleure amie tenait sa tchatche. Après avoir passé deux heures dans leur salon à essayer de nous éclipser pour boire un coup, nous avons enfin réussi à nous poser dans un bar. Depuis, Julie n'a qu'un sujet de conversation et refuse d'en dévier. Raph, bien sûr…

– Ce mec est une star dans son milieu ! s'exclame ma meilleure amie après avoir parcouru son téléphone pendant cinq minutes.

J'en profite pour regarder le mien qui vient de vibrer. Et le message que j'y découvre perturbe mon enthousiasme.

`Brice : On pourra se voir quand je reviendrai ?`

Je n'aurais pas dû embrasser Raph… Ou peut-être que si. Dès que je pense à lui, j'ai le cœur qui se prend pour une turbine lancée à plein régime.

Je verrouille mon écran en soupirant. Je répondrai à Brice plus tard.

Nous avons retrouvé un des endroits fétiches de nos soirées lycée : la terrasse d'un bar à la décoration proche de celle d'un ranch. Cela s'harmonise assez avec les chalets typiques du coin.

Julie parle toujours dans sa barbe en pianotant sur son téléphone.

– Qu'est-ce que tu racontes ? lui demandé-je, curieuse.

Dites-moi qu'elle a changé de disque et qu'elle a refermé la parenthèse Raph !

Je suis détrompée immédiatement lorsque je me penche vers elle. Elle scrute des photos de Raph où il se tient plus ou moins habillé. Sur l'une d'entre elles, il sourit comme un gosse, les cheveux et le torse mouillés, une planche sous le bras, un casque dans l'autre. Ses fossettes ressortent sous son air heureux. Il est craquant.

– À croquer, pas vrai ? se moque-t-elle gentiment face à mon mutisme.

– Hum…

Je me remets en place pour terminer ma bière. J'ai la gorge sèche.

– Il y en a je ne sais combien. Il y a même des forums qui parlent de lui et… des filles. Le contraire m'aurait étonné avec un sourire pareil !

– Ce n'est pas un mannequin, c'est un sportif. Pourquoi il y a autant de photos ?

– Apparemment, c'est l'un des rares Français à avoir été remarqué par Bull Air… Vu sa gueule, il doit rapporter gros à son sponsor, si tu veux mon avis. Oh !

– Quoi ?

– Il n'est peut-être pas mannequin, mais il a déjà tourné une pub. Pour des maillots de bain. Très original !

Je me penche à nouveau vers elle. Elle relance le mini clip. Raph y est hyper sexy. La scène a été tournée à la sortie d'un plan d'eau. Il enlève sa combinaison et se pavane jusqu'à une cahute, en boxer blanc. Avec son bronzage naturel, le tissu ressort parfaitement.

Il me faut une autre bière. L'air est aussi irrespirable qu'à midi en plein soleil.

– Il donne chaud, hein ?

Oh ! Ça oui !

– Je n'ai jamais vu cette pub.

– Ce n'est pas une marque grand public. On dirait plutôt un truc de sport sur Internet.

– Ok. Arrête de regarder ça !

Elle s'exécute avec un petit air triomphant qui me donne des envies de meurtre.

– Ça doit être frustrant de se dire que des dizaines de filles ont déjà vu ton mec à poil !

– Ce n'est pas mon mec ! protesté-je.

– Il risque de le devenir rapidement vu comment vous vous êtes bouffés des yeux tout à l'heure.

– N'exagère pas…

– Tu veux parier ?

Je baisse les yeux, sachant pertinemment que j'espère qu'elle a raison.

– Et dire que je te croyais accro à l'aîné. Il est plein de surprise, ce petit. Enfin, petit… S'il a grandi de partout proportionnellement, tu risques de bien t'amuser, veinarde !

– Tais-toi !

Elle rit à gorge déployée, et je ne suis pas longue à la rejoindre. J'aime tellement quand elle n'a aucun filtre de cette façon. Elle a toujours rendu la vie des autres plus légère.

La soirée avance doucement. Nous terminons notre première tournée quand le crépuscule tombe. Nous restons en terrasse, profitant de nos retrouvailles avant son départ à la fin du week-end.

– Maintenant que tu es là, tu te vois vivre ici définitivement ?

– Je crois, oui. C'est ce que Nanou voulait. Et mon père a approuvé.

Elle réfléchit une seconde, puis a un léger froncement de sourcils, comme si elle mettait le doigt sur un point.

– Tu n'as aucune autre raison d'être ici, Vic ?

– Non. Bien sûr que non.

– Bien, approuve-t-elle. Parce que j'ai eu l'impression, à une époque, que tu avais une autre idée en tête…

Possible. Mais je ne l'avouerai jamais !

Elle joue avec ses ongles sur la table en me regardant méticuleusement.

– C'était il y a longtemps.

– Bien, redit-elle. Ce serait dommage de faire une bêtise, après tout ce temps.

Je ne réponds pas.

– Non, parce que ce serait plutôt intelligent de tourner la page, insiste-t-elle. Ta sœur va mieux.

– On peut dire ça… Si on considère qu'elle puisse aller mieux alors que justice n'a pas été faite.

Elle grimace.

– Rien n'a jamais été prouvé. Ta grand-mère disait…

– Ma grand-mère s'est fâchée avec mon père à cause de ce qu'elle disait.

– Elle avait l'air sûre d'elle.

– On ne va pas avoir cette conversation encore une fois. Je crois ce que m'a raconté ma sœur.

– Mais c'est quelqu'un de fragile…

Je le sais, ça !

Je lui lance un regard noir.

– Ok ! Ok. Je n'en parle plus. Je veux juste que tu réfléchisses. Tu peux avoir un avenir ici. Et un homme qui n'a pas l'air réfractaire à le partager.

Un homme…

– Et quel homme, pas vrai ? insiste-t-elle avec un air coquin.

– Il a beaucoup changé, avoué-je.

– Hum, hum… fait-elle en reprenant son téléphone. Tu veux encore regarder ? s'amuse-t-elle ensuite en me l'agitant sous le nez.

Julie est douée pour me faire rire, cela a toujours été le cas.

Soudain, nous entendons de la musique non loin. À quelques centaines de mètres à peine, au milieu de la pelouse, près du lac, se tiennent un podium, un DJ, des spots lumineux et une piste de danse où s'amassent déjà des spectateurs. Il s'agit d'une soirée mousse, un rendez-vous typique de l'été, ici.

– Ils continuent de programmer cette soirée ? s'étonne Julie.

– Apparemment !

– Il y a du monde pour un truc qui a cent cinquante ans !

– Les vacanciers ne sont pas aussi regardants qu'une citadine comme toi, ricané-je en la titillant.

Elle se met à rire.

– Ça te dit ? me demande-t-elle avec envie en me montrant la foule amassée près du podium.

– Tu veux vraiment y aller ?

– Ça pourrait être drôle ! On n'a pas fait ça depuis quand ?

– Longtemps ! On était à peine majeures la dernière fois qu'on a participé à un truc de ce genre.

– Tu te rappelles nos vacances de Terminale ? J'ai roulé une pelle à Jérémy au milieu de la mousse, ce soir-là.

– Et il t'a mis un râteau tout de suite après.

– Les mecs ne savent pas ce qu'ils veulent, parfois, répond-elle avec un clin d'œil espiègle.

– Et parfois, ils le savent très bien…

Elle ricane, puis son regard se lève vers l'horizon. Vers la fête et la musique. Il fait nuit et les spots lumineux filtrent au travers des premiers jets de mousse. La plupart des danseurs sont très jeunes. Des lycéens, pour les plus vieux.

– Allez, viens !

Elle m'attrape la main et m'entraîne sur la piste.

Nous nous déhanchons avec ferveur. J'avais oublié à quel point se lâcher peut être bon. Cela fait des années que nous n'avons pas fait ce genre de choses.

Quand la mousse nous recouvre, que nous en avons jusque dans les yeux et la bouche, nous éclatons de rire. Je ferme alors les paupières et danse en sautant.

– Beau gosse à deux heures. Je répète, beau gosse à deux heures, crie-t-elle soudain à mon attention.

– Quoi ?

– Je devrais dire *ton* beau gosse à deux heures.

– Mon… ?

Julie me sourit de toutes ses dents.

– Je retourne chez mes parents pour ce soir. Amuse-toi bien !

Je comprends qu'elle me plante là, au milieu de la soirée, de la musique et du savon, en découvrant Raph à dix mètres de moi. Il est avec les deux garçons et la fille venus le chercher cet après-midi. Mais il n'écoute pas ce que ses amis lui racontent, il marche droit dans ma direction et s'engouffre à son tour au milieu de la foule de danseurs qui bougent sur les basses d'un son électro récent.

Il ne tarde pas à être dans le même état que moi : les vêtements imbibés d'eau et de produit moussant. J'ai les cheveux collants, la peau brillante, et mon short est trempé. Je ne sais pas quelle image je renvoie, mais à son regard, cela lui plaît. Je n'ose pas baisser les yeux sur moi de peur de constater que mon débardeur est devenu transparent.

Quand Raph passe sa main dans ses cheveux courts pour y enlever les traces de mousse et qu'il s'humecte les lèvres en me fixant droit dans les yeux, je crois devenir folle. Je ne peux que l'observer approcher, l'espérer chaque seconde.

Je ne l'invite pas à avancer, mais il le fait. Il se colle à moi. Je reprends difficilement ma respiration en sentant ses muscles tendus contre les miens. Ses mains descendent sur mes bras en une caresse saisissante.

– Tu t'amuses bien ?

Je n'arrive pas à lui répondre, mon esprit est accaparé par ses lèvres que j'ai envie d'embrasser. Je sens ses doigts s'entrelacer aux miens, son pouce masse l'intérieur de ma paume. Je m'appuie sur lui et lui laisse le champ libre, l'accès total à mon corps électrisé. Sa poigne se raffermit sur mes hanches, je le sens s'y arrimer. En une seconde, je me retrouve dans ses bras. Sa tête plonge vers la mienne, et je l'accueille les yeux fermés, les bras enlacés autour de son cou. *Ce qu'il peut être grand !* Il me soulève presque pour que mes lèvres soient clouées aux siennes. Il me dévore en m'empêchant de m'échapper, chose dont je n'ai absolument aucune envie. Tout mon corps s'est embrasé, et cette sensation, je ne veux plus l'éteindre.

– T'embrasser me fait chaque fois le même effet. Je ne veux pas m'arrêter, susurre-t-il contre mes lèvres qu'il reprend immédiatement ensuite.

Collés l'un à l'autre, nous sommes recouverts de cette mousse infecte, mais à ce moment-là, elle devient un élément sensuel de notre étreinte. Ses mains empoignent mes fesses, et jamais un tel geste ne m'a paru si érotique. J'ai envie de me frotter à lui, oubliant toutes mes inhibitions. Je sens son érection contre mon ventre et me cambre pour la sentir davantage. C'est indécent, là, au milieu de tous ces ados.

–Viens chez moi, m'intime-t-il.

– Chez toi ? Ta mère risque de se poser des questions si…

– Non… me coupe-t-il. Je veux dire, chez moi, dans *mon* appartement.

Je n'en crois pas mes oreilles.

–Tu as un appart ?

Raph me le confirme d'un signe. Il m'embrasse encore, plus doucement, comme s'il voulait être sûr que ce qu'il me dit me rentre bien dans la tête.

–Viens avec moi. Tu ne sens pas comme j'en ai envie ?

– Si.

– Alors, viens, tu ne le regretteras pas.

Ses lèvres appuient sous mon oreille, puis ses yeux cherchent une réponse positive dans les miens.

– Ok…

14

Raph

– Faut qu'on prenne une douche, ça devient urgent !

– Laisse-moi encore t'embrasser.

Je crois que je n'ai jamais autant embrassé une fille en si peu de temps. On avait quoi ? un kilomètre ? deux, peut-être, jusqu'à chez moi, mais on s'arrête toutes les deux minutes pour se frotter l'un à l'autre.

On est trempés. Mes mains glissent sur son corps sans arriver à la retenir. Les siennes s'accrochent tant bien que mal à mes cheveux. Dès que nos jambes essaient de s'entremêler, on part en fou rire. Un peu plus, on se casse la gueule. Et cette mousse pue. On grimace plusieurs fois comme deux gosses tout en essayant de nous exciter l'un l'autre un peu plus.

C'est dingue, Vic est aussi impatiente et affamée que moi. J'avais peur que le trajet lui fasse retrouver ses esprits et qu'elle me balance soudain une connerie du genre « C'est une très mauvaise idée » ou « Pense à Brice ». Mais non. J'en deviens encore plus fou.

Elle me plaque contre un mur, se moquant du monde qui pourrait nous voir. Son bassin se presse contre le mien. Elle se hisse sur la pointe des pieds et sa langue vient flirter avec la base de ma mâchoire, puis avec ma bouche. Je l'entends gémir et, pour un mec de 19 ans, j'ai plutôt une résistance à toute épreuve. Je sais même pas comment je fais.

– On n'arrivera jamais si tu continues, dis-je en me concentrant sur autre chose que mon érection bien visible dans mon short mouillé.

– Et ça te gêne ?

Cette fille me plaît de plus en plus ! Je n'ai qu'une envie : la porter, l'emmener chez moi et l'y enfermer pendant des jours, jusqu'à être rassasié d'elle.

– C'est encore loin ?

– Non. À trois rues de là.

– Emmène-moi !

– Je ne fais que ça depuis tout à l'heure, Vic.

– Pas assez vite, apparemment.

Elle m'embrasse encore. Ou peut-être moi… Mes mains parcourent son corps. Les siennes dénouent l'élastique de mon short – j'arrive même pas à comprendre comment il tient encore sur mon cul – et se faufilent à l'intérieur, contre ma peau. Elles se referment sur ma queue. *Bordel ! Elle va me faire jouir en bas de chez moi !*

– On va finir par se faire arrêter, tenté-je pour la refroidir.

– Ah ouais ?

Sa main reste en place et commence à faire des va-et-vient appuyés.

– Ouais… soufflé-je avec douleur de me retenir. Putain… Viens.

Je ne sais même pas comment on y arrive, mais j'insère enfin ma clé dans la serrure de mon appartement. Vic caresse mon dos de ses paumes brûlantes. Elle attrape la base de mon tee-shirt et le fait disparaître. Je me retourne en ouvrant la porte. Elle retire son haut en la refermant derrière elle. Son soutif s'évapore. Son short tombe. Le mien aussi. En trois secondes, on est aussi nus l'un que l'autre. On se fait face. Sans aucune pudeur.

Vic n'en a pas besoin. C'est une sportive. Elle se tient droite et fière, arborant une silhouette longiligne et une petite poitrine. Sa peau est blanche comparée à la mienne. Je bronze facilement, je crois me rappeler que ce n'est pas son cas. Son allure ce soir est aussi naturelle que lorsqu'elle travaille sur son chantier. Ses cheveux châtains mouillés lui collent au visage, ses yeux sombres dégoulinent un peu de noir, ses joues sont rouges, et elle a des traces blanches de savon un peu partout. Elle est saisissante. Et je la désire comme un taré.

Ses yeux descendent sur moi et s'arrêtent entre mes jambes un long moment, sans gêne. Puis elle relève la tête, les yeux brillants.

– Julie avait raison.

– À propos de… ?

– On s'en fout. Où est ta salle de bains ?

– Au fond du couloir. À toi l'honneur.

Elle secoue la tête.

– Non, je t'en prie. Je n'ai pas envie de manquer le spectacle.

Le spectacle ? Je comprends ce qu'elle veut dire quand ses yeux retombent sur mes fesses.

Pourquoi la priver ? Elle étouffe un faible gémissement quand je passe devant elle puis elle me suit.

– Je ne savais pas que tu avais un appart.

– Je ne viens pas souvent.

– Tu veux dire que tu n'y viens pas souvent seul.

Je m'arrête, la main posée sur la poignée de la salle de bains, et je me retourne vers elle.

– C'est un problème ?

– Non. Je ne me suis jamais envoyée en l'air dans une garçonnière.

– Tu sais que c'est un mot qu'on n'utilise plus depuis les années quatre-vingt ?

– Tais-toi et entre !

J'obéis, puis je referme la porte derrière elle tout en la matant ouvertement.

– Tu as des jolis seins.

– Et toi, un joli cul. Pas étonnant que tu t'en serves pour faire de la pub.

– Tu les as vues ?

– Je les ai vues. Ainsi que toutes sortes de photos.

– Elles t'ont plu ?

– A priori. Je ne serais pas là sinon…

Je pénètre dans la douche, en prenant tout mon temps, et ouvre le robinet.

– Ah oui ? Je crois que tu aurais été là tout de même.

– Tu crois ?

Quand je me retourne vers elle, elle s'est approchée, et me frôle presque. Je fonds sur elle, l'entraînant sous le jet d'eau. Son corps est nu contre le mien. Il n'y a aucune barrière, pas d'effeuillage pour faire monter la pression. Vic n'arrête pas de gémir. Je suis aussi dur qu'un roc, elle ne peut que me sentir.

– Je crois que, photos ou pas, tu n'avais qu'une envie : c'était d'en arriver là.

– Tu n'es pas un peu prétentieux sur les bords ? plaisante-t-elle entre deux baisers.

– Prétentieux, non. Jeune, têtu et ambitieux, oui.

– Et qu'est-ce qu'un type comme toi peut faire à une fille comme moi ?

– Je vais te faire jouir encore et encore, jusqu'à ce que tu n'aies plus envie d'en trouver un autre. Surtout pas un de ton âge.

– Montre-moi !

Je lui embrasse l'épaule, puis la poitrine. Je mordille, suce et titille ses seins. Mes mains caressent sa peau, ma langue fait de même avec ses tétons érigés.

Je m'abaisse et dépose un baiser sur sa hanche, puis un près de son nombril. Je m'accroupis pendant que son corps s'arque contre moi. Vic s'offre, sans retenue. Ses jambes s'écartent. J'en attrape une sous la cuisse et la bloque sur mon épaule. Je plonge vers elle. Ma langue s'insinue entre ses lèvres rondes, chaudes, tendues par le plaisir.

– Raph… s'exclame-t-elle au-dessus de moi.

Je ne ferme pas les yeux, et ne manque pas une miette du spectacle. L'eau ruisselle sur son corps avant d'éclabousser les murs autour d'elle. Son ventre s'arrondit encore alors que sa tête part en arrière. Elle a la bouche ouverte et prononce des mots que je n'entends pas à cause de la puissance du jet.

Je distingue mon prénom. Je vois une de ses mains se crisper sur le carrelage. J'adore ce que ma langue déclenche. Vic jouit avec force, s'accrochant tant bien que mal à la paroi de la douche.

Je me redresse en empruntant le même chemin que quelques minutes plus tôt. Je nous lave pendant qu'elle reprend son souffle. Le savon entre mes mains, je passe sur chaque centimètre de sa peau. Vic abaisse le regard, admirant mes paumes sur elle. Elle ferme juste les yeux quand je touche ses seins devenus sensibles, la naissance de ses fesses, puis l'intérieur de ses cuisses où je m'attarde encore.

– Tu en veux un deuxième ? me moqué-je gentiment en l'entendant respirer plus fort.

Elle comprend parfaitement ce à quoi je fais référence et m'envoie un regard assassin.

J'arrête l'eau. Vic essaie d'attraper une serviette, mais je l'intercepte avant qu'elle y parvienne. Je l'enlace et la pousse peu à peu en arrière. La porte de la salle de bains s'ouvre. Ses pas reculent, les miens avancent. Elle tombe sur le lit. Ses longs cheveux s'éparpillent sous elle. Ils sont gorgés d'eau. On risque d'inonder mes draps mais je m'en fous. Entre ses cuisses déjà écartées, je la surplombe de toute ma hauteur. Je me penche vers ma table de chevet, j'attrape un préservatif et l'ouvre pour l'enfiler aussitôt. Vic me regarde faire. Son expression me ferait durcir aussi sec si je n'étais pas déjà en train de bander comme un puceau en manque.

– Et si j'avais envie d'y goûter ? rouspète-t-elle avec une moue boudeuse.

– Une prochaine fois.

Je m'allonge sur elle, retrouvant son corps qui m'appelle. Ils se frictionnent, ondulent ensemble au rythme de nos baisers. Ma queue repose sur son aine, Vic bascule les hanches pour me sentir un peu plus. Ma bouche et mes mains retrouvent ses seins. Ils sont parfaits sous mes doigts, sous mes lèvres. Quand elle s'arque encore, je la pénètre enfin.

C'est.une.putain.de.sensation ! J'ai l'impression d'avoir attendu ce moment depuis que je suis en âge de bander.

Ses jambes se resserrent autour de mes hanches, ses ongles s'enfoncent dans mon dos. Vic ferme les yeux, crie, et m'offre ses seins. Je les prends avant de m'emparer de sa bouche. Elle mord mes lèvres.

– Putain. Je savais que ce serait trop bon d'être en toi.

– C'est bon que tu y sois.

Mes abdos et mes fessiers se contractent. Ma queue plonge profondément en elle.

– Raph… Encore !

J'accélère, passant une main sous ses reins pour la plaquer au plus près de moi. Je l'entends gémir, les yeux fermés. J'essaie de ne pas penser à son corps dont je rêve depuis si longtemps sous le mien, aux mouvements qu'il produit autour de ma queue. Je soulève une de ses jambes pour la mettre contre ma taille. Vic s'ouvre sous moi. Elle laisse échapper de petits cris doux et incohérents. *C'est tellement bandant, comme son !* Je veux encore l'entendre.

Je touche un point sensible, elle se crispe, et je déclenche enfin son orgasme. *Heureusement ! Je n'en pouvais plus !* Dès qu'elle décolle, je me laisse aller, savourant une libération qui me fait planer comme jamais aucune fille n'a réussi à le faire.

Je m'écroule sur elle. Vic m'accueille en douceur, ses mains caressent mon cuir chevelu. Je pose ma tête sur son épaule et me décale sur le côté pour ne pas l'écraser. Nous ne disons rien, nous respirons profondément sans nous écarter l'un de l'autre.

Les doigts de Vic se font joueurs. Alors qu'elle devrait être épuisée, ils parcourent mon corps, mon torse, la ligne de duvet sur mon ventre, les creux de mon aine. Je frissonne quand elle descend plus bas et me prend dans sa main. Sa jambe remonte pour venir m'exciter elle aussi. Son sexe masse ma cuisse. Un instant plus tard, elle se frotte sur moi en me chevauchant de toute sa nudité parfaite. Ses fesses au creux de mes mains, elle se penche vers moi et me chuchote d'une voix torride :

– Je crois que j'en veux un troisième.

15

Vic

Raph n'a pas bougé. En ouvrant les yeux, je le découvre dans la position dans laquelle il se trouvait lorsque je me suis endormie : il est contre moi, un bras passé autour de ma taille, sa tête baissée pour toucher mon épaule. Il a l'air reposé, et… repu. Sur ses lèvres se dessine un sourire bienheureux. J'ai envie de les embrasser, de les sentir courir encore sur ma peau qui se rappelle si bien leur caresse. Mais je ne le fais pas, quelque chose me retient. Je me dégage doucement. Le bras de Raph retombe sur le matelas, il fronce un peu les sourcils, ses jambes bougent, mais finalement, il tourne la tête et ne se réveille pas.

Je m'assois au bord du lit, laisse le silence m'envahir et observe autour de moi. Je n'ai rien vu de l'appartement de Raph hier soir. Sa chambre est très différente de celle de son enfance : le lit est spacieux et les lieux ordonnés. Au-dessus de la tête de lit trône un immense tableau de montagnes. Il est époustouflant. Je me demande s'il a déjà sauté d'un de ces sommets, s'il y a déjà risqué sa vie. En me souvenant des remarques de ses frères, je me dis que oui.

Je me lève et je vais chercher un de ses tee-shirts bien pliés sur l'étagère plus loin. Avec ma carrure, j'ai l'impression d'enfiler un de ces k-way qu'on distribue dans les parcs d'attractions ! Je remets mon short puis je quitte la chambre sans bruit.

À l'extérieur, je retrouve ce petit couloir que nous avons emprunté en pleine euphorie hier soir. Mes yeux font le tour de l'appartement. C'est un F2. En cinq pas, je suis dans son salon. Des vêtements traînent un peu partout, je retrouve ses habitudes bordéliques. Des DVD sont éparpillés sur la table basse, et quand je vais jusqu'à sa cuisine, je trouve des tasses et des verres dans l'évier. Il n'y a pas longtemps qu'il est venu ici. Mais quand ? Il dort chez sa mère tous les soirs. Est-ce qu'il ramène toutes les filles qu'il drague dans cet appartement ?

Je suis un peu contrariée en décidant de me faire couler un café.

Une dizaine de minutes plus tard, Raph débarque dans le salon. Je suis postée à la petite table de sa cuisine, une tasse à la main, et je regarde par la fenêtre. Il se racle la gorge pour ne pas m'effrayer. J'ai du mal à ne pas mater ailleurs que son visage encore ensommeillé. Il est torse nu, portant seulement un jogging qui laisse tout le loisir d'observer un haut de boxer sur ses muscles tendus. Je crois qu'il a parfaitement conscience de ce qu'il provoque chez moi dans cette tenue.

– Je pensais que tu étais partie.

– Ce n'est pas mon genre. Café ?

– Non. Je n'en bois jamais. J'en achète pour mes potes.

Il se rend à son frigo, y récupère une bouteille de lait, puis cherche dans ses placards un bol et un paquet de céréales sucrées au miel. Je le regarde faire tandis qu'il s'installe face à moi et commence à manger. Je dois avoir une drôle d'expression car il s'arrête en pleine bouchée :

– Quoi ?

Je plonge la main dans le paquet.

– Ça fait une éternité que je n'ai pas mangé de ces trucs.

– Me dis pas ça. J'ai l'impression d'avoir 15 ans et toi 30 ! s'indigne-t-il.

– Ce n'est pas le cas.

Il pose sa cuillère.

– Tu veux que je te montre ce que ne ferait jamais un gamin de 15 ans ?

Pendant qu'il dit ça, sa main remonte le long de ma cuisse. Je me penche vers lui pour jouer un peu plus.

– Il y a des gamins de 15 ans qui sont déjà très doués dans ce domaine, réponds-je. Je t'imagine bien être un de ceux-là !

Je me renfonce sur le dossier de ma chaise. Il me regarde faire et sourit, espiègle.

– C'est que j'ai dû être vraiment très doué hier soir pour que tu penses ça de moi.

Ses yeux descendent sur ma bouche puis jusqu'à ma poitrine. Il n'y a pourtant rien à voir, mais il doit se souvenir de notre nuit, parce que son regard brûle du même feu.

– J'aurais pu te montrer ce que je devenais si…

Raph s'arrête avant de finir. Il se gratte l'arrière du crâne. Je perds mon sourire.

– Si quoi ? Si je n'étais pas partie ?

Il ne répond rien.

– Je n'avais pas le choix, m'expliqué-je alors que je n'ai aucune raison de le faire. J'ai suivi mon père et ma sœur.

– Je sais. Et je crois que c'était une connerie.

***

– Je connais ce garçon depuis qu'il est petit, affirme Nanou. Il ne ferait jamais une chose pareille.

– Qu'est-ce que tu sous-entends exactement en disant ça, maman ? Qu'Emeline ment ?

Papa croise les bras. La tension est en train de monter. Je le connais, quand il se braque de cette façon, ça ne termine jamais bien…

– Tu sais bien qu'elle a toujours un peu… enjolivé la réalité.

– On parle d'une agression, là ! Pas d'une histoire qu'une ado invente pour se rendre intéressante !

Le ton de papa monte d'un cran.

– Je n'arrive pas à croire que tu puisses le défendre ! Crois-moi, je vais porter plainte. Et nous chercher un appartement loin d'ici. Il est hors de question qu'elle doive le recroiser un jour.

– Ne prends pas des décis…

Il l'interrompt :

– Tu as vu dans quel état elle est ?

– Ce n'est pas la fuite qui l'aidera mais un médecin !

***

Je me rappelle parfaitement cet échange. Cela a été l'un des derniers entre Nanou et mon père. Je ne comprends toujours pas pourquoi ma grand-mère n'a pas défendu sa petite-fille. Nous nous sentions déjà impuissants, cette dispute a ajouté une douleur supplémentaire.

Raph sait très bien pourquoi on est partis. Tous ceux de notre entourage de l'époque le savent. Sa remarque me blesse donc profondément. *Comment peut-il me reprocher mon départ ?* Par ces mots, il me fait du mal. Je décide d'en faire autant.

– Si je n'étais pas partie, jamais je ne t'aurais regardé. J'étais avec Brice.

– Ouais. Peut-être. On n'en saura jamais rien. C'est de mon lit que tu sors, en attendant !

Je reste perplexe. Raph croise les bras, attendant ma réaction. Je me lève et vais poser ma tasse dans l'évier.

– Je n'aurais pas dû rester, ce matin.

Je passe devant lui pour aller récupérer mes affaires dans sa chambre. En ressortant, il se tient devant moi, prêt à m'affronter.

– Pourquoi tu dis ça ? On n'a pas le droit de parler de toi ? Est-ce que je suis relégué au coup d'un soir ?

– Je n'ai pas de coups d'un soir, me révolté-je.

– Alors, je suis quoi ?

– Une… incartade.

– Tu veux dire une erreur… C'est ce que je suis ? Une foutue erreur ?

Je ne réponds pas. *C'est vrai, qu'est-ce qu'il est ?* J'ai dit à Brice que je ne voulais pas aller trop vite et, quelques jours après, je me retrouve dans les draps de son petit frère. De son petit frère sexy. Je ne tourne pas rond.

Raph continue de me barrer le passage.

– Tu étais différente, hier soir.

– Et tu préférais ?

– Ouais. Quand t'étais en train de jouir dans mon lit, il n'y avait pas de place pour ce débat.

– Tu es trop intelligent pour un garçon de ton âge.

– Je sais ce que je veux, nuance.

Et moi, je sais ce qu'il veut. Son corps penché vers moi est tout sauf trompeur.

– Je dois rentrer, soufflé-je en me battant contre moi-même. Julie ne va sûrement pas tarder à partir, j'aimerais passer du temps avec elle avant.

Il fait un pas de côté pour me libérer le chemin.

– Ok.

– Merci.

Je serre mes vêtements contre moi en passant tout près de lui. Comme s'ils pouvaient être un rempart. Mais ils ne le sont pas. Il n'y a pas de rempart. C'est clair que non.

Je descends les escaliers en vitesse pour tenter d'effacer les sensations qu'il attise chez moi. Raph habite en centre-ville, pas loin de ma boutique, je reconnais les rues.

En quelques minutes, je suis devant chez moi. La porte est ouverte. En entrant, je trouve Julie en train de lire un magazine.

– Te voilà ! s'exclame-t-elle. J'ai bien cru que tu passerais toute ta journée au lit.

Elle se moque, la bougresse !

– Alors, j'ai bien fait de partir ?

Elle joue avec ses sourcils. Parfois, j'ai l'impression que ma meilleure amie est un mec !

– J'ai… couché avec Raph, avoué-je.

– Ah ! Oui, je le savais ! Tu as la tête de quelqu'un qui vient de s'envoyer en l'air et qui a pris un pied monstrueux.

– Ouais.

– Qu'est-ce que tu as ?

– J'ai couché avec le petit frère de mon ex.

Le dire à voix haute est encore pire.

– Et qu'est-ce qui te dérange ? Le petit frère ou l'ex ?

– Je… Brice m'a envoyé un message.

– Et ?

– Et… J'en sais rien. Il veut toujours sortir avec moi.

– Normal. Tu lui plais.

– Est-ce que la logique ne voudrait pas que je sois raisonnable et que je sorte avec lui ? Je lui ai dit que je l'attendrais. Ou du moins que j'espérais que nous pourrions reprendre quelque chose tous les deux. Et je me retrouve à prendre mon pied avec son frère…

– Son frère sexy, corrige-t-elle. On peut dire que tu as une façon particulière d'attendre un homme !

– Julie !

Elle referme son magazine d'un coup sec en adoptant un air de Madame Je-sais-tout.

– Ok, Question importante : as-tu couché avec Brice ?

– Non !

– Non ? s'étonne-t-elle. Non ces derniers jours ou non même avant ?

– Même avant. Nous n'avons jamais couché ensemble.

– Alors, logiquement, on s'en fout.

– Je suis censée sortir avec lui quand il revient.

– Et c'est quand ?

– Dans trois semaines ?

Elle tapote son magazine contre son menton en faisant mine de réfléchir.

– Alors soit tu décommandes, soit tu t'éclates avant qu'il revienne. Dans tous les cas, continue de t'envoyer en l'air avec le petit jeunot. Il m'a l'air fougueux, celui-là !

6 ans

Fougueux, Raph l'est complètement. Ce qui me fait hésiter, c'est que je le deviens à mon tour chaque fois un peu plus quand je suis avec lui.

16

Raph

Il est encore tôt, je devrais en profiter pour filer à l'entraînement, faire des tours et des tours de lac sur mon wake, mais c'est la dernière chose dont j'ai envie. Vic me retourne le crâne, impossible de me concentrer sur la compétition à venir, je ne pense qu'à elle. Et ça m'emmerde sévère de me dire que ce n'est peut-être pas réciproque. *Putain, ça l'est forcément. On ne se lâche pas comme ça avec un mec s'il ne vous fait pas d'effet…*

Je me ressaisis en ouvrant la porte d'entrée de chez ma mère. Les volets sont tirés, ce n'est pas un signe annonciateur d'une bonne journée. La lumière lui fait parfois mal aux yeux au point qu'elle doit s'enfermer. Moins souvent qu'avant, mais cela signifie qu'elle n'est pas encore tout à fait guérie. En plus de devenir un sportif moyen, me voilà fils indigne…

– Maman ?

J'avance dans le salon. Elle est allongée sur le canapé, avec un plaid sur elle. Par cette chaleur, je devine tout de suite qu'elle couve encore un truc.

– Tu vas bien ?

– Oui. Un peu fatiguée.

Je l'embrasse sur la tempe et je m'assois à ses côtés pendant qu'elle me regarde faire en souriant. Je n'ai pas l'impression que le cœur y est.

– Contrariée, aussi.

– Contrariée ? Par quoi ?

Elle se redresse et laisse passer du temps avant de répondre. Comme si elle cherchait comment amener la conversation. *Ça pue…*

– Je ne te vois pas beaucoup en ce moment, se plaint-elle doucement.

– Je suis désolé. Je passe pas mal de temps au spot.

Je me relève pour aller lui faire chauffer un thé. Quand je reviens, elle enchaîne tout de suite :

– Sur le chantier de Vic, aussi…

Je m'écarte d'elle pour la regarder dans les yeux. Je veux la questionner pour savoir ce qui cloche, au juste, mais elle me devance :

– Louis m'en a parlé. Il n'est pas sûr que tu sois aussi assidu aux entraînements qu'avant. Il s'inquiète. Moi aussi. N'oublie pas que c'est ton travail.

– Je gère, maman. Je peux faire deux choses en même temps. J'ai promis à Vic de l'aider…

– Et ton entraînement ? Tu n'as pas une compétition bientôt ?

Si. D'ici trois semaines. *Mais j'ai pas envie de me casser…*

– Je fais du wake tous les jours, riposté-je.

– Mais tu y consacres moins de temps.

– C'est quoi, cet interrogatoire ?

– Je trouve que tu passes beaucoup de temps chez Vic.

– Et ?

– Et elle n'est pas censée être l'ex petite amie de ton frère ?

Pourquoi tout le monde me prend la tête avec ça ?

– Ils sont sortis ensemble il y a six ans, maman. Et ça n'a pas duré.

– Tu crois que ça te donne le droit de faire ce que tu veux ?

Je me lève soudain, exaspéré. *Pour me faire des remontrances comme à un petit garçon, elle n'est pas malade !*

– Je ne fais rien de mal.

– Mais tu en feras à ton frère, si tu continues.

– Maman…

– Non, je veux que tu m'écoutes, insiste-t-elle d'une voix plus dure. Je sais très bien ce qu'il se passe. Dès que vous vous êtes trouvés dans la même pièce, je l'ai vu, Raph. Mais cette fille fait aussi tourner la tête de ton frère. Vous êtes mes deux garçons, je ne prendrai parti pour aucun de vous, mais je veux que tu fasses attention. Tu ne dois pas te fâcher avec ton frère pour une fille. Surtout si ce n'est qu'un amusement pour toi.

– Tu crois que, parce que j'ai 19 ans, je ne fais que m'amuser avec les filles ?

– Tu n'as pas la même situation que ton frère.

– Eh bien tu te goures, si tu crois que je ne suis pas sérieux. Je le suis, avec Vic.

– Vraiment ?

– Vic n'est pas un amusement. Je…

Je m'arrête.

– Tu ?

– Ça me soûle d'avoir ce genre de conversation avec toi.

– Et de quoi veux-tu qu'on parle ? De mon cancer ?

– C'est nul d'utiliser ça pour me faire culpabiliser.

Je repars vers l'entrée. *Finalement, je vais aller à l'entraînement plus vite que prévu. Les femmes sont d'un compliqué ! Elles peuvent pas se contenter d'être heureuses ?*

– Raph…

– J'me casse, lui balancé-je simplement sans ralentir.

– Raph !

Je me sens un peu coupable en refermant la porte derrière moi. Mais s'il y a bien une chose qui m'énerve, c'est de me faire gronder comme un petit garçon.

J'ai les nerfs quand j'arrive au plan d'eau, les nerfs quand j'enfile ma combi, et encore plus les nerfs quand je me vautre comme un débutant au second module.

Pendant une heure, je me force à croire que je peux penser à autre chose qu'à la bouche de Vic plaquée contre la mienne, à sa peau sous mes paumes, à son ventre, ses seins, ses gémissements qui m'excitent encore rien que de les imaginer.

– Putain, Raph, concentre-toi, bordel ! Sinon, c'est moi qui viens te botter le cul pour te faire sortir de l'eau !

C'est certainement l'entraînement le plus pourri de l'histoire. Enzo et Robin ont compris qu'un truc clochait, ils ne cherchent même pas à essayer de me dérider. Quant à Amélia, la voir ramène Vic au premier plan dans mon esprit. Mon ex peut toujours courir, elle ne lui arrive pas à la cheville. Côté sexe, aucune fille ne m'a autant fait bander que Vic. Aucune ne m'a fait fantasmer et jouir comme elle le fait. Et elle n'en est même pas consciente. Hier soir, j'ai cru qu'on était sur la même longueur d'onde. Et me voilà sur la touche. Encore une fois.

Je balance ma board par terre d'un coup rageur après avoir rejoint la rive. Mon coach arrive aussitôt, furax.

– Les sponsors sont là. Alors tu vas me faire le plaisir d'y retourner et de leur faire la meilleure performance qu'ils t'aient vu faire. Tu crois qu'avec ce que tu viens de leur montrer, ils vont te garder ? T'étonne pas s'ils donnent ta place à quelqu'un qui en veut vraiment !

– J'ai besoin d'une pause, craché-je simplement avant de me détourner de lui.

– Raph, tu ne peux…

– J'ai besoin d'une pause, répété-je d'un ton qui n'attend pas de retour.

– T'as intérêt à remettre de l'ordre dans ton crâne. C'est pas comme ça que tu continueras d'être le meilleur.

– Je sais.

Cause toujours, tu m'intéresses !

Je défais ma fermeture et laisse pendre le haut de ma combi. Je suis trempé, l'eau est glacée en montagne, mais au moins, ça me gèle les idées sur place.

En m'allongeant dans l'herbe, j'entends un mec s'asseoir à côté de moi. Je ne vérifie pas de qui il s'agit, je reconnais son parfum d'intello de première. *Je suis maudit aujourd'hui, je sens que ça va encore être ma fête !*

– Tu bosses jamais ? attaqué-je aussitôt.

– Ce sont les vacances, c'est plus calme au labo.

– Donc t'as décidé de venir m'emmerder ?

– J'avais plutôt dans l'idée de te regarder et d'aller boire un coup avec toi après, mais si tu préfères que je t'emmerde…

– Au point où j'en suis…

– Tu es un peu tendu, non ? Ce sont les types qui n'arrêtent pas de regarder dans ta direction là-bas qui te mettent dans cet état ?

– Ouais, mens-je sans grande conviction.

Je passe une main à la base de mon crâne. Mes cheveux repoussent, Vic a passé les mains dessus hier soir. *Merde, j'ai vraiment un problème !*

– Ça n'a donc rien à voir avec la fille qui se tient près du ponton depuis dix minutes à t'attendre ?

– Où ? demandé-je trop vite pour que Louis ne tique pas.

En me redressant, j'aperçois Vic. Sa copine n'est pas avec elle. Elle s'est changée, elle porte un de ses éternels minishorts, a les cheveux relevés et un tee-shirt court. Elle a un corps à tomber.

– Est-ce qu'il faut que je précise ce qui ne va pas ?

– Quoi ?

Louis se lève en même temps que moi. Il me fait un signe en direction de Vic. Je grogne de frustration.

– Putain, c'est la journée ou quoi ?

– Comment ça ?

– J'ai eu le droit au même discours de la part de maman ce matin !

– C'est parce qu'on s'inquiète…

– Je suis un grand garçon.

– Un grand garçon qui s'intéresse à la potentielle copine de son frère.

– Et ?

– T'es con ou tu le fais exprès ?

– C'est à Vic de choisir. Ils ne sortent pas ensemble, je ne fais rien de mal.

– Mais il en avait envie. Il a failli ne pas partir pour être avec elle.

– Il est quand même parti.

– Et tu crois que ça change quelque chose ? Quand il va revenir, il voudra toujours d'elle. Tu crois qu'elle te choisira ?

Sa remarque me fait tressaillir. J'ai peur qu'il ait raison.

– Y'a pas de choix à faire. Vic et moi, on ne sort pas ensemble non plus.

– Mais vous passez beaucoup de temps ensemble…

– Je l'aide seulement à repeindre sa baraque.

– Hum…

– Tu me soûles, putain. On dirait maman quand tu soupires comme ça !

Je vais lui en coller une s'il continue !

– Je te connais, Raph, je sais très bien que tu ne veux pas juste l'aider à repeindre sa baraque ! Elle, par contre, ajoute-t-il en la regardant, je ne saisis pas bien ses intentions.

– On est deux, murmuré-je pour moi-même.

Et je sais qu'il m'entend.

– Je vois bien que tu craques pour cette fille, mais je pense à Brice. Y'a forcément un de vous deux qui va souffrir, et ça va semer la merde.

Je fixe longuement du regard la silhouette qui m'attire, près du ponton. Elle m'a vu, elle est tournée dans ma direction.

– J'en ai rien à foutre de souffrir, lancé-je à mon frère sans la quitter des yeux.

Puis je me barre en direction de Vic. Je ne renoncerai pas à elle. Frère ou pas, je ferai tout pour la faire craquer. Encore et encore. Jusqu'à ce qu'elle en redemande.

17

Vic

Raph est en terrain conquis au bord du lac. Quand il marche vers moi, son wake sous le bras, c'est comme si rien ne pouvait l'empêcher de me rejoindre.

Le haut de sa combinaison tombe de chaque côté de ses hanches et se balance au rythme de ses pas. Le spectacle est captivant : chacun de ses muscles bouge pour me rappeler qu'il est sculpté comme un dieu et qu'il a su utiliser tous ses atouts pour me faire l'amour la nuit dernière.

Il s'arrête à deux pas de moi, j'ai du mal à me retenir de le toucher.

– Qu'est-ce que tu fais là ?

Son ton n'est pas très encourageant…

– Je voulais qu'on discute.

– Si tu veux continuer de me rabâcher la même chose que ce matin, ce n'est pas la peine.

Il continue de marcher. Je fais un bond des années en arrière, quand il n'était qu'un gamin joueur, mauvais perdant et parfois capricieux. Il a la même expression vexée sur le visage. Je décide de le suivre.

– Tu as l'air énervé.

– Ah oui ?

Il se met face à moi, et je peux voir à son regard qu'il ne plaisante pas du tout.

– Donc ? soupire-t-il comme s'il avait hâte d'en finir.

Il croise les bras, et je baisse les yeux sur ses biceps contractés.

– Je… Je suis désolée pour ce matin.

Je relève la tête pour affronter son regard orageux.

– J'ai été contrariée par ta remarque sur mon départ, et j'ai été maladroite. En revenant ici, je ne pensais pas…

J'hésite. Et si je me mettais à nu pour une simple aventure ?

– Tu ne pensais pas quoi ?

– Que tu me ferais autant d'effet. Je n'ai plus aucun repère. Tu me chamboules, Raph. Ce que je croyais retrouver ici est faux. Toi et moi : je ne l'avais pas du tout prévu.

Son sourire renaît. Le même qu'il a toujours quand je perds pied face à lui. Raph sait l'effet qu'il me fait.

– Moi, je l'ai toujours attendu, répond-il simplement.

De toute évidence, je provoque la même chose chez lui.

– J'ai été patient pour un gamin de 13 ans, tu crois pas ?

– Et si je n'étais pas revenue ?

– Tu as toujours dit que tu voulais passer ta vie ici…

– Je ne me souviens pas avoir eu cette discussion avec toi.

– Tu l'as eue avec Brice. J'étais dans le coin à ce moment-là.

Je ne peux m'empêcher de sourire.

– Et si j'avais été mariée ?

Il hausse les épaules.

– J'aurais été un amant parfait.

– Quel petit con arrogant ! m'exclamé-je en levant les yeux au ciel, toujours en souriant.

– Je parle d'expérience.

Et pour appuyer ses dires, ses yeux descendent outrageusement sur ma bouche, puis au creux de mes seins. Je le laisse me mater, consciente que tout ce que je désire, c'est qu'il aille plus loin. Qu'il se rapproche et me touche.

– Je ne peux pas t'embrasser maintenant. Tu vas devoir patienter.

– Pourquoi tu ne peux pas ?

Je tourne la tête en arrière, là où son regard se dirige. Louis se tient droit et nous observe de loin. Je ne l'avais même pas vu, trop absorbée dans ma contemplation de son petit frère.

– C'est lui qui t'a énervé ?

– Ouais. Mon frère croit que je vais faire une connerie…

Il reporte son attention sur moi.

– Et toi, qu'est-ce que tu en penses ? C'est une connerie ? tenté-je de savoir, le ventre tordu d'impatience.

– Pas pour moi.

Il est si déterminé…

– Mais j'aimerais autant qu'on évite le sujet Brice jusqu'à ce qu'il revienne… poursuit-il.

– Ok.

Ça me va.

– Et on fait ce dont on a envie en attendant, complète-t-il, cherchant une confirmation dans mon regard.

Il ne s'en rend sûrement pas compte, mais il s'est penché légèrement vers moi. Je me liquéfie en pensant aux frissons que ses mains feraient courir sur moi en parcourant mon corps…

– Va falloir que j'aille m'entraîner. Tu restes ?

J'acquiesce, et il prend tout son temps pour se rhabiller. Je vois clair dans son manège, il m'allume, mais ça ne me fait pas moins d'effet pour autant. Je suis ses mains qui remontent lentement sa fermeture Éclair tout au long de son torse, puis ses lèvres qui esquissent un sourire de crâneur.

– Tu ne peux pas dire que tu imagines la déco, là ! se moque-t-il en faisant référence à mes tentatives de justification à l'appartement de Nanou.

Sans attendre de réponse, il s'en va après un clin d'œil. Je le vois serrer les mains de quelques types près du ponton avant de remonter sur sa planche.

Ce mec vole ! C'est du moins l'impression qu'il donne quand il passe et repasse devant moi à chaque tour, et qu'il décolle dans les airs après avoir tiré sur la corde qui le tracte.

– Il est doué, intervient Louis qui m'a rejointe. Ce sport, c'est son truc.

– Je le pensais plus neige.

– Il est les deux. Mais le wake lui permet de gagner sa vie. Son sponsor paie bien. Pourtant, ça ne l'empêche pas de continuer à faire des vidéos en snow… Ce gamin cherche à se faire un nom dans le monde de la glisse. Et il est bien parti pour.

– Tu ne devrais pas arrêter de l'appeler « gamin » ?

– Quand il agit comme bon lui semble et qu'il n'écoute rien, je crois que j'ai le droit. C'est mon petit frère.

– C'est un adulte.

– Ouais, je sais.

Nous restons silencieux un moment. J'ai toujours apprécié Louis, mais à cet instant précis, j'ai envie de lui coudre les lèvres l'une sur l'autre !

– Tu sais qu'il va partir ? me demande-t-il soudain. Il est barré aux quatre coins du monde toute l'année et ne revient pas souvent…

– Pourquoi tu me dis ça ?

– Pour que tu aies toutes les infos avant de t'engager avec lui. Ce n'est pas lui qui t'en parlera.

– Et en quoi ça te regarde ?

– Raph et Brice sont mes frères. Ça fait deux semaines que tu es revenue, et tu leur as déjà fait péter tous les neurones.

Raph a dû voir que Louis et moi discutions. Je le vois nous jeter un coup d'œil deux fois de suite puis arrêter ses tours de lac. Mais en descendant de sa planche, il se fait alpaguer par les types qu'il a salués avant d'entrer sur l'eau.

– Ce sont les types de Bull Air, avec son entraîneur, précise Louis.

Raph a le sourire aux lèvres et fait de grands gestes en parlant. Il est enthousiaste. Ses yeux ne se portent sur moi qu'une seule fois. Il réfléchit un instant et hoche la tête.

– Je vais vous laisser. J'espère que tu seras la plus adulte des deux.

Je suis contente que Louis parte, ses paroles font tourner trop de choses dans ma tête. Ce qu'il se passe entre Raph et moi ne devrait-il pas rester seulement entre nous ? Je ne sais même pas où nous en sommes…

– Alors, tu as aimé ? me questionne Raph en me rejoignant.

– Oui, ça a l'air génial.

– Faudra que t'essaies. Toi qui aimes *rider*, ça ne peut que te plaire. Je te servirai de coach, si tu veux.

Il me fait un clin d'œil.

– Je vois le genre.

Raph rit. J'adore l'entendre. C'est un son mélodieux, et quand il laisse sa tête partir en arrière, je peux observer en toute indiscrétion son cou et sa pomme d'Adam. Je trouve cela très viril.

– Ce sont tes sponsors ? demandé-je en désignant les hommes restés au bord du lac.

– Ouais… Ils voulaient parler contrat, semble-t-il se justifier.

– Wouah ! C'est du sérieux.

– Ça commence à l'être, oui. Je bosse pour eux depuis deux ans, explique-t-il en toute normalité. Ils sont présents au niveau mondial et nous font pas mal tourner…

– Tu vas partir bientôt, alors…

– Ça se pourrait. Mais je n'ai pas encore de dates exactes.

J'ai subitement froid. Je n'avais pas envisagé cette perspective. Combien de temps pourrait-il partir ?

– Est-ce que tu veux essayer ?

– Essayer ?

– Le wake, je veux dire !

Est-il en train de changer de conversation ? Je le dévisage puis choisis de ne pas approfondir le sujet.

Je me fais l'effet d'une collégienne. Mon cœur saute dans ma poitrine à l'idée de passer du temps avec lui.

– Oui. D'accord.

J'ai envie de me rapprocher de lui, d'entrer dans son monde, au moins le temps de voir où ça nous mène.

18

Vic

– Bon, on va d'abord voir les bases sur la terre ferme. Ensuite, t'essaieras de faire quelques tours.

– Ça me va.

On est repassés par chez moi chercher un maillot dans le fin fond de mes affaires, puis on est revenus. Raph m'a conduite au vestiaire des membres du club, mixte évidemment. Il me tient tout un discours sur l'absence de pudeur dans les sports d'eau. Mais peu importe, c'est désert, pour le moment.

– Je vais te chercher un équipement, me précise-t-il en s'éloignant dans une pièce plus loin.

J'en profite pour passer mon maillot de bain. J'ai pris le premier qui venait dans ma valise, c'est-à-dire un bikini pas du tout adapté pour le sport. *Forcément !* Il est court, un peu trop rouge et criard, mais sous une combi, on s'en fout, non ?

Le bruit d'un choc suivi d'un son étouffé me fait me retourner vers le fond de la pièce.

– Merde, jure Raph en se frottant le bras.

A priori, il s'est mangé le mur séparant les deux espaces. Il reste immobile et me parcourt du regard.

– Je m'attendais pas à…

Il n'a pas le temps de finir sa phrase, la porte du local commence à s'ouvrir. Des voix d'hommes proviennent de l'extérieur. Raph lâche tout ce qu'il tenait pour se précipiter sur le battant et le repousser afin de fermer l'accès.

– Qu'est-ce qui se passe, là-dedans ? s'étonne un des types de l'autre côté en cognant contre le bois.

– Deux minutes !

– Raph ?

– J'ai dit « deux minutes » ! crie-t-il plus fort.

– Je croyais qu'on était pas pudique en sport nautique ? raillé-je en comprenant qu'il refuse que les autres me voient comme ça, même si de mon côté je m'en moque.

En guise de réponse, je récolte un grognement dans lequel je crois distinguer un « c'est pas pareil… ».

– Je t'ai apporté une combi, me lance-t-il en me regardant finalement dans les yeux.

Il retient toujours la porte et me désigne l'équipement tombé au sol. Je récupère la combi et enfile les jambes, mais pas le haut. Je prends délibérément mon temps, attachant mes cheveux en queue de cheval basse. L'effet est immédiat : le regard de Raph est attiré comme un aimant sur ma poitrine à peine couverte. Est-ce qu'il serre la mâchoire ?

– Ce bikini est beaucoup trop court.

– Ah oui ?

Je remonte la fermeture Éclair très, très lentement.

– Vic…

Je suis à deux doigts d'exploser de rire en le voyant se crisper sur la poignée.

– Je te jure que je vais trouver un moyen de bloquer cette porte et qu'on ne va jamais aller faire cet essai.

– Pourquoi tu ne le fais pas ?

Je me rapproche de lui, pas encore tout à fait couverte. Raph se penche vers ma bouche.

– J'ai trop envie de te voir toute mouillée…

Il s'écarte en me lançant un clin d'œil joueur. Puis, c'est comme si un détail se rappelait à lui.

– Putain… une trique dans une combi, c'est la première chose qu'on capte !

Je baisse les yeux alors qu'il tente de camoufler son érection. En vain.

– Je vois ça ! constaté-je en me marrant.

– T'es une peste, en fait ! Et après, on dit que c'est moi, le gamin !

Une fois certain que je suis prête, il lâche la poignée et m'attrape par le bras pour m'attirer à lui. Dans son dos, la porte s'ouvre presque aussitôt.

– Raph, qu'est-ce que tu fous à bloquer l'accès comme ça ? Faut que j'aille aux chiottes.

Charmant ! Le type qui vient d'entrer ne fait même pas gaffe à ma présence tant il est pressé de faire son affaire : il disparaît derrière le mur du fond. Le gars qui l'accompagne commence à se déshabiller sans faire attention à nous.

Raph me tend un casque, prend deux gilets – qu'il m'explique être antichocs – rangés sur une étagère en hauteur, et on file dehors, près des planches rangées les unes contre les autres. C'est à cet endroit que se trouvent son wake et son casque à lui. Après m'avoir demandé ma pointure et m'avoir confié une paire de chausses, il nous emmène un peu plus loin sur l'herbe, là où l'on a une vue imprenable sur le parcours. Il se place derrière moi et en profite. Son corps m'englobe tout entière pour m'indiquer la bonne position pour le départ : bras le long du corps, coudes bien collés.

– Quand t'es sur la board, tu dois être gainée.

Il me touche les abdos, imprime sa main sur moi.

– Contracte ton ventre, serre les fesses, garde les bras pliés près du corps, regarde au loin comme au snow. Tiens-toi droite. Et tu gardes les deux mains sur le palo.

– Le palo ?

– Ah oui ! Merde. Le palonnier ! C'est le bout de bois accroché à la corde qui va te tracter.

Ok !

Collé à moi, Raph joue à merveille le rôle d'instructeur. Il utilise beaucoup de mots en anglais, comme en snow, j'ai donc l'habitude. Pour ceux qui diffèrent du snow, Raph me pousse sur les doigts de pied ou me tire sur le talon pour me montrer comment appréhender les vagues.

Je le regarde du coin de l'œil pendant qu'il m'explique la position de la poulie moteur, la tension du câble, le mouvement que peuvent faire mes bras si celui-ci se tend ou se détend, comment sortir le nez de la planche de l'eau ou aborder des virages…

– On va faire un essai. Viens !

Il me fourgue un casque sur le crâne, met son gilet sur son torse et m'aide à enfiler le mien par-dessus ma combi. Puis, nos wakes sous les bras, il m'entraîne vers le ponton.

Plusieurs membres du club nous saluent. Il y a tous les âges.

Les uns après les autres, je les regarde se lancer sur l'eau avec agilité. Vu de l'extérieur, ça a l'air facile.

– On commence assis pour toi.

Je m'installe à côté de lui.

– C'est toujours la même position. Tes coudes le long de ton buste, tu dois contracter tes abdos. Et quand le câble va te tirer, tu places le poids de ton corps vers l'arrière pour faire sortir le nez de ta board de l'eau. Si t'es en dessous, tu vas tomber.

– Regarde comment elle fait, me lance-t-il en désignant la *rideuse* qui vient de s'élancer.

La fille est agile, elle doit faire ça tous les jours ou presque…

– Et comment tu démarres, toi ?

– Je saute.

– Montre-moi !

On dirait qu'il n'attendait que ça. Son sourire me rappelle celui du gamin dont les yeux brillaient dès que je passais du temps avec lui.

Raph ne fait pas la queue, les autres le laissent passer lorsqu'il s'approche. Il pose son wake au sol et attache ses pieds. On lui file une corde. Je n'arrive pas à détacher mes yeux de lui. Dans son élément, en tenue complète, il est encore plus sexy. Puis le câble se tend, ses biceps se bandent. Sa board décolle. J'observe ses muscles se contracter : ses cuisses, ses mollets, ses avant-bras. Il atterrit sur l'eau sans presque faire une éclaboussure, lâche le palo d'une main pour se tourner vers moi et sourire.

– Frimeur ! crié-je à son attention.

Je le vois lâcher le palonnier à peine quelques mètres plus loin et s'enfoncer dans l'eau. Il revient rapidement vers la plateforme.

– C'est toi qui as voulu voir !

Il appuie sur ses bras pour s'extirper du lac, à hauteur de mon visage. Ses lèvres trempées viennent se poser contre les miennes. Sa langue m'envoie un frisson glacé dans tout le corps.

– Avoue que ça t'excite, murmure-t-il.

– Ça se pourrait…

Il ne lâche pas ma bouche.

– J'ai vraiment… vraiment envie de toi. Mais j'ai aussi vraiment… vraiment envie de te voir tomber à l'eau !

– Quel petit con !

Je le repousse dans le lac.

– Tout le monde rate son premier virage à un moment ou un autre à la première séance.

– Même toi ?

– Je suis une exception !

Clin d'œil. Raph monte enfin sur le ponton sans défaire ses chausses. Il avise le départ. Il ne reste que deux mecs.

– Après eux, c'est ton tour.

Je passe le reste de l'après-midi avec lui. La première traction me prend par surprise, mais grâce à mes années de snow, je ne m'en sors pas trop mal. Maintenir la board à la surface est plus compliqué que sur un terrain dur comme la neige, mais j'ai gardé les bons gestes. Je fais plusieurs tours et suis peu à peu plus à l'aise.

Quand j'essaie de faire un peu de style, me sentant en confiance, le wake passe sous un trop-plein d'eau, et je me retrouve la tête la première dans le lac.

En réapparaissant à l'air libre, le son du rire de Raph attire mon attention.

– Bah alors, je croyais que t'étais plus douée que ça sur une planche ?

– C'est pas la même chose ! protesté-je, un peu vexée d'être tombée.

– Tu t'en sortais bien, pourtant !

Je l'éclabousse, tentant d'effacer son sourire de crâneur, et nage jusqu'à lui.

– On recommence ? lui proposé-je en sortant sur les fesses, les chausses toujours accrochées à mes pieds.

– Avec plaisir !

Il m'aide à retirer les attaches des chausses, mais au moment de me lever, ses bras me clouent au sol de part et d'autre. Je retombe en arrière, son corps s'appuyant sur le mien.

– Et ce soir, on va chez moi. Ce bikini m'a donné trop d'idées ! J'ai mes potes qui doivent passer, mais on aura toute la nuit pour nous quand ils seront partis !

Et pour appuyer ses dires, Raph s'empare de ma bouche dans un baiser possessif. Un baiser qui me détourne de tout ce qui se passe autour de nous. Une de ses mains remonte sur ma poitrine, tendant une de ses extrémités entre ses doigts. Je gémis contre sa bouche quand il s'écarte, un grand sourire fier sur le visage.

– On y va ? demande-t-il sans attendre de réponse.

Dernier baiser furtif, dernier clin d'œil, et il nous redresse d'un geste souple. Je comprends qu'il m'a chauffée exprès. *Allumeur !*

19

Raph

– C'est rare que Raph ramène une nana chez lui, balance Enzo devant Vic. La dernière, c'était qui déjà ? La petite stagiaire de la fac d'Annecy, là... Comment elle s'appelait ? Elle avait un cul d'enfer, celle-là !

Pourquoi je l'ai invité ? Il n'aurait pas pu être à Grenoble, comme d'habitude ? Quand il a un coup dans le nez en plus, celui-là, rien ne l'arrête dans la connerie ! Robin se marre comme un con, dans sa bière. Question soutien, on est proche du néant.

– C'est drôle, le dernier mec avec qui j'ai couché était étudiant, lui aussi.

En disant ça, Vic me lance un sourire et un clin d'œil. *J'ai pas besoin de savoir ça, putain !* Le seul mec avec qui je veux qu'elle couche, c'est moi. Elle sort de la cuisine alors que Robin se fend toujours la poire.

– Qu'est-ce qui te fait rire ? demandé à mon pote sur un ton de défi.

– Tu es devenu tout pâle, c'était marrant !

– Je l'aime bien, elle, ajoute Enzo avec un sacré coup dans le nez.

– On lui dira.

Je rattrape Vic dans mon salon. Elle n'a pas l'air vexée le moins du monde. Je passe une main sur sa taille et la prends dans mes bras, elle se laisse aller contre moi.

– Tu as des copains intéressants. Je pourrais en apprendre, des choses sur toi…

– Ne fais pas ça ! Enzo ne sait pas s'arrêter de parler.

– Oui… Mais te voir tout gêné pour une fois, ça vaut le coup.

– Tu t'entendrais bien avec Robin.

– Heureusement qu'il est là, sinon vous formeriez une belle bande de branleurs.

– De branleurs ?

– De petits cons trop sûrs d'eux. Tu vois le genre ?

Elle a un sourire irrésistible. Heureusement pour elle que mes potes ne sont pas loin, sinon je l'aurais déjà fait taire. Elle se la joue insolente, et c'est comme ça que je la préfère.

Je la serre un peu plus contre moi.

– Est-ce que tu trouves que je le suis trop ?

J'attends sa réponse, le cœur battant. Jamais une fille ne m'a atteint comme ça. Peut-être parce que depuis tout ce temps, j'ai toujours eu son image qui me collait à la peau. J'ai eu des copines et je sais que je suis encore jeune, que tout le monde me répétait que c'était un béguin de gosse, mais aucune n'a su effacer son souvenir. Celle que je retrouve aujourd'hui me rend encore plus accro. J'ai envie de l'embrasser.

On frappe à la porte. Je m'arrête dans mon élan. *J'ai invité quelqu'un d'autre ?*

– Ça doit être Amélia, lance Enzo en se précipitant vers la porte sans faire attention à nous deux plantés au beau milieu du salon.

Quoi ?

– Tu te fous de ma gueule ? grogné-je à son attention.

Je vais le tuer !

– C'est notre pote ! dit-il comme si c'était le truc le plus logique du monde.

– Et tu t'es cru chez toi ?

– Elle sort toujours avec nous ! riposte-t-il. Je vais pas la virer juste parce que t'as une meuf !

La main de Vic sur mon bras interrompt la réplique hargneuse que je voulais lui balancer.

– Laisse, c'est pas grave !

Elle colle sa bouche à mon oreille pour murmurer :

– Ça va te compliquer un peu les choses, non ?

Je crois que la situation la fait rire. Moi, il me semble avoir plongé dans la quatrième dimension. Avoir mon ex et la fille qui m'a toujours fait planer dans la même pièce, ça me paraît impossible. Et pourtant… Vic et Amélia se présentent l'une à l'autre. Je vois bien qu'elles ne sont pas très à l'aise, mais au moins, les sourires sont là. Elles en viennent même à trinquer au moment où Enzo leur apporte à boire.

– Intéressant comme spectacle ! ricane Robin en venant près de moi.

– Donne-moi cette bière !

– Ouais, je crois que tu vas en avoir besoin.

Je vide sa bouteille cul sec. Mais ce n'est pas suffisant. Après quelques minutes à rester spectateur d'un truc dingue, je file à la cuisine.

– Je vous ramène des recharges, du pop-corn, et on se mate enfin ce film, lancé-je à tout le monde pour stopper les conversations dérangeantes.

Tandis que je prépare tout ce qu'il faut pour mes potes et moi, Amélia débarque dans la cuisine.

– Elle est sympa, ta nouvelle copine. Elle a l'air intelligente, pas comme celles d'avant…

– Tu te comptes dans le lot ?

– Très drôle ! Bravo.

– Je suis bien avec elle, ne fais pas tout foirer !

– Est-ce que je l'ai déjà fait ? Je te laisse vivre ta vie, Raph. C'est toi qui reviens toujours à un moment donné parce que tu n'arrives pas à t'accrocher à une fille. Moi, je n'ai eu que toi. Toi, tu te lasses. Pourquoi elle serait différente ?

– Elle l'est.

– Ouais… On verra.

– On verra quoi ?

– Elle a six ans de plus que toi. On croirait pas comme ça, mais c'est une sacrée différence.

Et encore une…

– T'es à peine arrivée et tu trouves déjà le moyen de me faire chier ?

– Raph, on sait toi et moi ce qu'attendent les filles de son âge.

– Ah ouais ? Quoi ?

– Un couple stable. Des enfants. Une baraque avec un chien.

J'ai un éclat de rire mauvais.

– Tu es remplie de clichés, ma pauvre.

– Je sais ce que je dis. J'ai une sœur qui a cet âge-là.

– Ta sœur est une connasse opportuniste qui sort avec un mec plein aux as…

Ses yeux flamboient de colère. Amélia est facile à déstabiliser, et, dès qu'elle perd le contrôle, on a le droit au grand spectacle de la petite fille gâtée. Nous n'en sommes pas loin.

– Me fais pas chier avec Vic et me fais surtout pas chier avec son âge ! Toi et moi, on a le même, et rien n'a jamais collé entre nous. On sait tous les deux ce que tu cherches, et ça n'arrivera pas.

– On verra, répète-t-elle. Si dans un mois ta belle t'a plaqué pour un type capable d'assumer, préviens-moi. Tu auras toujours une place de choix dans mon lit.

Je la maudis en silence, et elle quitte la pièce aussi vite qu'elle y est entrée pour me cracher son venin. *J'en ai marre qu'ils se mêlent tous de ma vie !*

– Ça va ?

Vic fait son apparition devant moi.

– Ouais.

– Un petit accrochage ?

– M'en parle pas.

Elle s'insère dans mes bras et me vole un baiser. Celui-ci est appuyé et dure longtemps. Elle caresse mes lèvres avec les siennes, son nez contre le mien, avant de me contempler avec un sourire ravi.

– Tu as de la glace ? Je préférerais au pop-corn.

Je lui donne ce qu'elle me demande et nous retournons dans le salon. Enzo nous fait une place pour que nous puissions nous asseoir l'un à côté de l'autre et lance enfin le DVD.

C'est un film d'action, avec plein de testostérone pour qu'il se rappelle qu'il est un vrai mec !

J'aime ce film, je le connais par cœur, et je pourrais encore le regarder des tas de fois sans m'en lasser. Seulement, j'ai Vic à côté de moi qui lèche une cuillère remplie de crème glacée. Et qui prend son temps. Je reste bloqué sur sa bouche et sa langue. *Je vais finir par baver, si elle continue !*

Je me réinstalle, mine de rien, pour masquer l'érection que je sens déjà monter. J'entends le rire discret de Vic à côté de moi, elle m'a grillé.

– T'es en train de m'allumer ou je rêve ? lui chuchoté-je près de l'oreille.

– C'est sûrement ton imagination qui te joue des tours.

Elle peut bien me dire ce qu'elle veut, je vois bien qu'elle a toujours un petit sourire plaqué sur les lèvres quand elle se met à regarder le film. J'ai des idées salaces en voyant sa langue lécher la crème. Comment je peux rester une seule seconde concentré avec cette fille à mes côtés ? Cette fille… avec une glace !

– T'es sûre que tu veux rester jusqu'au bout ? On sait tous qu'il meurt à la fin.

– Tu viens de me pourrir le film, grogne-t-elle en avalant une grosse bouchée. C'est pas de cette façon que tu vas réussir à m'emmener dans ta chambre.

– T'as raison. J'ai un autre moyen pour ça !

Je me lève. Enzo sursaute à côté de moi, il devait dormir. Tant mieux, ça lui fera les pieds !

Vic me regarde, intriguée par ce que je vais oser faire. Je passe une main sous ses jambes et l'autre dans son dos. J'avale la cuillerée restée en suspens entre nous et lui fais signe d'abandonner le pot. Elle le tend à Enzo, qui s'en empare sans comprendre ce qu'il se passe. *Fini la torture !*

Mes potes peuvent bien rester au salon, c'est le dernier de mes soucis. Quant à Amélia, son petit air énervé, je m'en carre. J'avance, avec Vic dans mes bras, en direction de ma chambre. Je crois entendre des voix, la porte d'entrée qui claque mais je ne m'en occupe pas du tout.

Je pose Vic sur mon lit et je la recouvre tout de suite de mon corps pour l'embrasser. Ma bouche dérive vers sa mâchoire puis vers sa nuque. Elle halète déjà.

– Ce n'est pas très sport de faire ce genre de truc.

J'appuie ma phrase d'un mouvement de bassin équivoque. Vic écarte les jambes pour me faire de la place.

– Ton ex est là, souffle-t-elle. Il faut bien que je marque quelques points.

– Crois-moi, t'as pas à t'en faire.

– Tu as disparu dans la cuisine avec elle…

– Et ?

Je me redresse pour la regarder.

– Est-ce que tu es jalouse ?

– Jalouse d'une gamine de 19 ans ? Pitié !

Sauf que ce qu'elle dit sonne faux ! Je dois avoir un sourire de gosse. *C'est Noël, c'est ça ?*

– Tu es craquante quand tu es jalouse.

– Tu es irrésistible quand tu te la boucles.

Cette fois, c'est elle qui vient chercher mes lèvres, puis qui me plaque contre le matelas et se met à onduler sur moi en gémissant à mon oreille. *Je vais devenir accro à ce son !*

– Tu sais ce que je fais très bien en dehors de manger des glaces ?

Elle n'attend pas de réponse. Ses mains descendent sur mon torse et relèvent mon tee-shirt. Elle m'embrasse les pectoraux, joue avec sa langue entre mes muscles dessinés.

– Ça aussi, c'est beaucoup mieux que le pop-corn, précise-t-elle avec un sourire transparent sur ses intentions.

Elle continue de descendre et me mordille la peau, juste au-dessus du short. *Elle va me faire dérailler !*

– Soulève tes hanches !

J'obéis et mes vêtements disparaissent, ses yeux ne quittant pas les miens. Son nez parcourt la ligne de mes cuisses jusqu'à ma queue. Quand elle la prend dans sa bouche, je n'en peux déjà plus.

– Vic… Oh bordel de…

J'ai plus de réseau après ça.
Ouais. Accro. Complètement accro.

20

Vic

– Tu sais que ce n'est pas une piscine ?

Raph explose encore de rire au moment de se lâcher dans l'eau pour venir me rejoindre. Pour la troisième fois, je me retrouve assise à retirer les chausses de mes pieds tout en flottant sur l'eau. J'ai essayé, vraiment essayé, mais on dirait que le wakeboard me résiste. Ou alors, c'est d'être derrière Raph qui me perturbe. Je n'arrive pas à me concentrer pour franchir ce foutu module. Et lui se marre. Je retrouve le petit garçon qui s'amusait avec moi lorsque j'avais 16 ans. Raph était un clown, un enfant plein de gaieté qui aimait ses grands frères et adorait leur jouer des tours. *Le clown a juste enfilé un costume de sportif irrésistible !*

– Tu es définitivement plus douée sur un snow que sur un wake, me taquine-t-il en nageant vers moi.

– Et toi, tu es plus doué quand tu fermes la bouche.

Sa main m'attrape et m'attire à lui. Je laisse échapper ma planche, et lui la sienne. Je passe mes jambes autour de sa taille pour me maintenir pendant qu'il m'embrasse. Nous ne sommes pas vraiment stables, l'eau s'invite dans notre baiser. On s'enfonce sous la surface avant de battre des pieds et de remonter, mais nos lèvres restent toujours scellées les unes aux autres. Je ferme les yeux pour savourer davantage ce moment. Avoir Raph contre ma bouche, c'est être dans un état second, entre désir et avidité. C'est en redemander encore et encore jusqu'à être rassasiée. Sauf que je ne le suis jamais. *Est-ce que ce sera toujours comme ça entre nous ?*

Le wakepark n'est absolument pas vide. Il y a des membres de son équipe qui continuent de s'entraîner, mais c'est comme s'ils n'existaient pas. On entend quelques sifflets, toutefois, je n'ouvre pas les yeux, je me laisse porter par Raph. Il m'entraîne loin du parcours, toujours dans l'eau.

Une de ses mains descend sous mes hanches, empoignant une de mes fesses. Je reprends de l'air avant de suffoquer et le regarde comme je crois n'avoir jamais regardé un homme.

– Tu serais craquant avec des cheveux plus longs, le taquiné-je en jouant avec sa tignasse.

– Encore plus que maintenant ?

Nous avons chacun un sourire sur les lèvres, comme deux gosses complices en train de faire une bêtise qui, elle, est loin d'être enfantine. Raph fait descendre la fermeture Éclair de ma combinaison entre mes seins, sur mon ventre. Ainsi ouverte, elle laisse l'eau s'engouffrer à même ma peau. Elle est hyper froide mais j'adore le contraste avec le corps chaud de Raph qui ne montre aucune trace de pudeur. Son index caresse l'arrondi de ma poitrine, s'immisce sous le haut de mon bikini, effleure mon téton transi de froid et pourtant brûlant sous ses doigts. Je ne décolle pas une fois de sa bouche, j'aime tellement la façon qu'il a de m'embrasser, de me faire me sentir importante. Comme s'il était aussi perdu que moi, dans un désir incontrôlable.

Alors que j'ai perdu la notion du temps, sa langue suit les gouttes d'eau sur le haut de mon torse. Je me cambre vers l'arrière.

– Prends une chambre, Raph ! entends-je un peu plus loin.

J'ouvre les yeux pour me rendre compte que nous sommes toujours au plan d'eau. Pas dans sa chambre où, tous les soirs, mon corps en redemande.

– Je suis occupé, là, rétorque-t-il.

Il reprend sa nage pour nous écarter du spot de wake. Nous arrivons vers un morceau de rive où l'herbe est un peu plus haute et les arbres plus nombreux. Il sort de l'eau sans me reposer et m'allonge sur le sol avant de se redresser pour dézipper sa combinaison. La mienne ne laisse entrevoir que mon maillot et le creux entre mes seins. Lui retire carrément le haut et la laisse tomber sur ses hanches. Cette vision envahit mes nuits, jour après jour. C'est devenu la tenue dans laquelle je le préfère. Raph y est dans son élément, un sex-appeal à flinguer toute morale. Soit ce qu'il est en train de m'arriver maintenant. Mes jambes bougent toutes seules pour le ramener sur moi et reprendre sa bouche et sa langue si sensuelle.

L'eau du lac a refroidi nos corps, je frissonne dès que nos peaux entrent en contact. Mais étrangement, rien n'est plus bouillant que lui sur moi. Raph s'appuie de tout son poids entre mes cuisses, son érection nichée sur la partie la plus en manque de mon corps. J'ai la sensation de le réclamer et, chaque fois qu'il a un infime mouvement de friction au creux de mon entrejambe, je me sens défaillir.

– Tu ne peux pas faire ça chaque fois qu'on se retrouve tous les deux, feins-je de protester.

– Si, je peux.

– Tout le monde risque d'en profiter.

– Il n'y a personne, ment-il effrontément.

Il continue de déposer des baisers sur ma peau. J'ai la poitrine dégagée, Raph y plonge sans hésiter : sa bouche dévore ma gorge de haut en bas, sa langue pointe et trace une ligne jusqu'à mes seins. Mon corps s'arque sous la caresse.

– Tu sais que je ne peux pas passer mon temps à me retrouver allongée avec toi ?

– Tu appelles ça comme ça ? J'aurais plutôt dit qu'on baisait comme des lapins.

Je me mets à rire.

– Très sexy, comme image !

Sa barbe naissante qui me chatouille la mâchoire me fait taire. Elle me fait frissonner aussi. De la plus délicieuse des façons. Je suis certainement maso pour ne pas vouloir rester contre lui, à l'embrasser.

– Je dois rentrer chez moi, essayé-je de protester.

– Pas encore.

– Raph… nous interrompt une voix.

Il s'arrête et relève la tête. Je vois deux pieds plantés dans le gazon, puis reconnais son entraîneur, les bras croisés, qui nous examine, l'air exaspéré.

– T'es pas payé à faire bander tous les ados du coin.

– C'est parce qu'ils envient mon corps de rêve…

– Je ne te parle pas de ça. Plutôt de… ça.

Le coach fait des allers-retours avec son doigt de Raph à moi. Le wakeboardeur s'écarte, et m'aide à me relever. Au moment de me lâcher, ses yeux continuent de me déshabiller. *Je dois vraiment partir, sinon Raph ne va pas arrêter de me sauter dessus.* Je referme ma combinaison, il prend un air de chiot attristé.

– Désolée, mademoiselle, mais Raph a un emploi du temps chargé. Et je ne suis pas sûr qu'il soit tout à fait concentré quand vous êtes là !

– Je fais de meilleurs tricks, réplique-t-il insolemment.

– Parce que tu ne cherches qu'à crâner !

Je me retiens de rire.

– Il va pouvoir se concentrer, je vais vous laisser.

Je dépose un baiser sur la joue de Raph et file en vitesse, avant qu'il essaie de me retenir.

– Vic, attends !

Ah ! Loupé, je n'ai pas été assez rapide !

– Raph, bordel ! râle l'entraîneur bedonnant derrière lui.

Il l'ignore et me rejoint. Je sens mon cœur fondre de joie.

– On se voit ce soir ?

Je lui réponds par un sourire. J'en ai envie autant que lui.

– Qu'est-ce que tu veux faire ?

– On va chez moi ?

– Ta mère ne va pas trouver louche que tu ne rentres plus du tout chez elle ?

– Je suis majeur. J'ai pas de compte à lui rendre.

– Elle ne sait pas que tu as un appart. Tu devrais peut-être lui dire.

– Pour qu'elle me lâche pas la grappe ? Non, merci ! Alors ?

– On peut aller chez toi… Ou on peut sortir.

– Où ? Y'a pas grand-chose à faire dans le coin.

– Il y a un cinéma. Vu que tu m'as pourri un film la dernière fois, tu m'en dois un !

Il a un sourire malicieux.

– Ose dire que tu n'as rien gagné en échange.

– Je gagne tous les soirs depuis ce jour-là, lui réponds-je, des images de nous deux plein les yeux.

Il m'embrasse une dernière fois.

– Je viens te chercher chez toi.

– D'accord.

Je passe le reste de la journée dans ma boutique, à rêvasser comme une adolescente. J'entreprends un peu de rangement dans mon appartement, histoire de penser à autre chose, et me charge enfin de donner les affaires inutiles de ma grand-mère.

Je n'ai encore rien acheté pour la partie boutique parce qu'il me fallait rattraper les dégâts des infiltrations et gérer l'électricité et les arrivées d'eau avec des professionnels ; mais la déco que j'y veux se dessine dans ma tête. J'espère avoir tout installé d'ici la fin des vacances, même si ça me paraît compliqué…

Cela fait près d'un mois que je suis revenue, et je commence à angoisser. Mes maigres économies sont en train d'être grignotées. J'ai appelé mon père et ma sœur pour prendre de leurs nouvelles et pour leur répéter à quel point ils me manquaient, mais il n'est pas question que je les inquiète avec mes problèmes d'argent. Je ne demanderai pas d'aide financière à qui que ce soit.

Rejoindre Raph au plan d'eau plusieurs fois par semaine n'est pas du tout le moyen idéal pour avancer, même s'il continue de venir m'aider. On ne peut pas dire que nous sommes efficaces. Nous nous voyons tous les jours, et tous les jours, il creuse un peu plus son chemin dans ma poitrine. Pourtant, il ne devrait pas. Ce n'était pas prévu comme ça.

J'en suis là de mes réflexions, terminant le dernier carton pour Emmaüs, lorsque je sursaute en le découvrant adossé contre un mur, à me regarder travailler.

– Tu n'es pas prête ! remarque-t-il quand je glisse une mèche de cheveux derrière mon oreille.

– Je voulais terminer ça.

– Tu as besoin de moi ?

Il retire déjà sa veste.

– Je crois que je continuerai demain. J'ai trop envie de sortir avec toi.

Raph s'accroupit près de moi. Il passe un doigt sur la mèche que je venais de ranger mais qui s'est encore échappée.

– Tu es toute transpirante.

– J'ai besoin d'une douche, lui chuchoté-je en ne pouvant détourner le regard.

– Si tu veux, je peux t'aider à la prendre.

– C'est très altruiste de ta part, me moqué-je gentiment en me relevant, mais je suis une grande fille.

– Je sais, oui.

Sans que je l'ai anticipé, Raph se penche vers moi et me soulève dans ses bras. Je me retrouve la tête en bas, maintenue d'un bras sur son épaule. *Je ne pèse rien ou c'est lui qui n'a aucune difficulté à me porter ?*

– Raph !

– Chut ! Je cherche la salle de bains.

Il la trouve très facilement. L'appartement n'est pas très grand, il n'y a que deux autres pièces dans le couloir. Il me pose dans le bac à douche puis entreprend de me déshabiller avant de faire couler l'eau. La seconde suivante, ses mains partent à l'assaut de mon corps. Je fais mine de protester, pour la forme…

– On ne sera jamais à l'heure pour la séance, commencé-je contre sa bouche.

– On ira à celle d'après.

– Pourquoi faut-il toujours que tu aies réponse à tout ?

– Parce que je sais ce que je veux, et là, ce que je veux, c'est que tu te la boucles et que tu me laisses t'embrasser.

Il ne m'offre pas le temps de rétorquer et me muselle d'un baiser. La douche devient tout de suite plus chaude !

***

Après le cinéma où Raph n'a pas arrêté de grignoter mon cou et où j'ai cru devoir le supplier plus d'une fois de terminer sa torture dans les toilettes, nous finissons la soirée allongés quelque part à mi-chemin entre le grand lac de la station et les montagnes. Il y a une forêt de sapins un peu plus haut, des roches qui affleurent près de nos têtes et l'herbe fraîche et sauvage en dessous de nous. Je suis folle de cet endroit. Comment ai-je fait pour accepter de partir, il y a six ans ?

– Maintenant que tu es revenue, tu ne comptes plus repartir, pas vrai ?

Est-ce qu'il s'en inquiète ?

– Non. J'aime trop vivre près des montagnes. Elles m'ont beaucoup manqué toutes ces années.

Je me redresse, la main sous ma tête pour me surélever et observer les expressions de son visage.

– Et toi ?

– Moi ? Je suis bien ici.

– Bien, c'est tout ? Tu n'as pas envie de partir faire des études ailleurs, de voir autre chose ?

– J'ai déjà vu autre chose. Y'a qu'ici que je me sente chez moi. Regarde ce paysage, y'a pas mieux. Je suis peinard et je fais ce que je veux de mes journées. L'été, je bosse, l'hiver, j'ai la neige et je m'éclate. Je vois pas ce que je peux demander de mieux.

Il semble hésiter sur la suite mais finit par la dire :

– Surtout maintenant que t'es revenue.

– C'est vraiment ce que tu penses ?

– Je te l'ai dit : j'ai toujours espéré ton retour. Maintenant que t'es là, j'ai pas besoin de vouloir plus.

– Tu ne devrais pas dire ça, dis-je dans un souffle en baissant la tête.

Je me sens vulnérable alors que lui paraît si sincère.

– Pourquoi ?

Il tend un bras, m'attrape par la taille et me ramène à lui. Sa tête se cale contre la mienne et sa bouche reprend ses droits. Raph m'empêche de fuir avec ses deux mains plantées de chaque côté de ma tête.

– Pourquoi je devrais pas dire ça ?

Je n'ai pas envie de répondre, d'émettre un quelconque doute, de lui rappeler que vous vivons une parenthèse qui prendra forcément fin. Je suis bien dans ses bras et ne veux pas rompre le charme. Il n'y a rien de sexuel dans son étreinte, pas de précipitation, de désir brûlant. Je découvre une autre facette de lui, plus douce, plus attentive, et elle me plaît aussi. J'ai envie de passer la nuit ici, à l'embrasser, le regarder, profiter de sa douceur. Il se rallonge et m'attire de nouveau contre lui sans insister pour que je réponde. Il laisse le silence s'installer entre nous, comme s'il était normal qu'on n'ait pas besoin de se parler pour se comprendre.

Je crois que je suis en train de tomber amoureuse de Raph. Et je ne sais pas du tout si c'est la bonne chose à faire.

21

Raph

Je ne crois pas qu'il y ait d'image plus sensuelle que celle de Vic en salopette archi courte en train de planter une cheville dans le mur. Cet aprèm, c'est installation de nouveaux meubles hauts dans la cuisine de son appartement. Elle va donc passer le plus clair de son temps sur un escabeau, son cul à hauteur de mon visage. *Les travaux vont devenir mon activité préférée !* Les travaux et tout ce que je lui fais ensuite, bien sûr !

– Est-ce que tu es venu pour m'aider ou pour mater ?

– Je dois avouer que je me pose de plus en plus la question.

– Et tu es de moins en moins efficace !

– Toi, de plus en plus bandante. Est-ce que tu sais à quel point tu es sexy avec un marteau à la main ?

Vic lève les yeux au ciel, feignant d'être agacée alors qu'elle a un sourire mutin sur les lèvres.

– Prends garde à ne pas m'énerver, me menace-t-elle en jouant du marteau.

– Tu n'es pas fair-play. Pourquoi est-ce que tu portes toujours ce genre de trucs ?

– Pour te faire dérailler, peut-être…

Je m'approche de son escabeau et je passe la main sur sa cuisse nue, du genou jusqu'au bord de son minishort. Je suis à hauteur de ses hanches. Il y a deux boutons sur les côtés de sa combi, je les défais. Elle me regarde sans bouger.

– Tu y arrives très bien, réponds-je.

Son tee-shirt aussi est archi court. Quand j'ouvre les deux pans du jean, je tombe directement sur sa peau. Ça, ça me fait dérailler. J'ai envie d'y enfouir le nez.

– Il ne te faut pas grand-chose…

– Pas grand-chose de toi, réponds-je en me redressant pour être certain qu'elle comprenne.

Elle s'arrête de taper contre le mur, suspendue entre deux gestes, et je vois à son regard qu'elle attend que je précise ma pensée. J'en profite pour glisser mes doigts sous ses vêtements, vers ce grain de peau qui m'attire comme un putain d'aimant.

– Y'a que toi qui me fasses disjoncter de cette façon. Aucune autre.

Je l'entends retenir sa respiration un moment. Sûrement parce que je m'aventure un peu plus près d'elle. Je pose ma bouche sur sa taille découverte, mes doigts remontent sous son tee-shirt et écartent le tissu. Je la fais descendre sur le sol pendant que ma bouche en profite pour remonter : sur son poignet, au creux de son épaule, sous sa mâchoire…

– Aucune…

Je l'embrasse enfin.

– … autre.

Elle me rend mon baiser, expirant délicieusement contre mes lèvres.

– Pourquoi ? Tu n'as pas une horde de groupies à tes trousses ?

– Les groupies, c'est marrant quand t'as rien d'autre à foutre.

Elle s'écarte comme si elle jaugeait mes paroles. Alors, je lui offre un aveu :

– Avec toi, c'est sérieux.

Je flippe comme pas permis. *Et si ce n'était pas réciproque ? Si je n'étais qu'un divertissement en attendant mieux ? Mon frère, par exemple.* Encore et toujours mon frère. Je n'arrive pas à penser à autre chose. Plus le temps passe, plus je me dis que son retour approche, et plus je me demande ce qu'elle compte faire en le revoyant. On a dit qu'on en parlait pas, alors j'en parle pas. Mais je ne peux pas m'empêcher de les revoir tous les deux à 18 ans : ils ne se lâchaient jamais la main.

– Ça l'est, pour toi ?

J'ai besoin de savoir.

– Je crois, oui.

Elle en doute donc…

– Oui, se reprend-elle. Ça l'est.

Mais ? Je sens qu'elle se retient de dire ce qu'elle pense. Je ne pose pas la question, je n'ai pas envie d'entendre un truc qui ne me plairait pas. Je décide de continuer à la jouer franc jeu :

– Tu te souviens à 14 ans, quand ta mère est morte. Le jour de son enterrement, je t'ai vue retenir tes larmes pour être forte pour ta petite sœur et ton père. Je suis tombé amoureux de toi à ce moment-là. J'aurais aimé être aussi fort que toi quand mon père s'est barré.

– Tu étais si petit…

– Je sais, ouais. Le petit dernier. Tout le monde s'est inquiété pour moi, comme si j'étais une petite chose fragile.

– Tu l'étais.

– Ouais, répété-je, pas convaincu. Mais en grandissant, j'aurais aimé que tu gardes une autre image de moi que celle-là.

Elle passe ses bras autour de mon cou et me chuchote :

– Si ça peut te rassurer, je n'ai plus du tout cette image de toi en tête.

– Ah ouais ?

– Hum.

Sa paume se plaque contre ma queue.

– Plus du tout, chuchote-t-elle comme si cela pouvait être un secret.

– Est-ce que je ne suis qu'une bite sur pattes, maintenant ?

Elle explose de rire dans mes bras. *C'est tellement bon d'entendre ça, putain !* Et de la sentir se coller à moi.

– Raph !

Bordel de…

– Faut vraiment que tu fermes la porte de ta boutique à clé quand on est tous les deux.

– Faut vraiment que tu dises à tes potes de ne pas débarquer à l'improviste !

– Si je ne réponds pas, tu crois qu'il va se barrer ?

– Vu le personnage, je ne crois pas !

– Raph !

Mon téléphone vibre dans ma poche arrière. Je le chope et remarque qu'Enzo me harcèle par texto.

– Il est patient, en plus ! s'amuse-t-elle en remettant ses fringues en place avant de ranger ses outils.

– Enzo veut sortir, lui réponds-je.

– Et tu veux que je vienne ?

– Amélia sera là, soupiré-je.

– Pas de chance.

– C'est sa meilleure amie…

– Je sais, Raph. Tu n'as pas à t'excuser de quoi que ce soit. Je vais devoir me faire accepter par tes amis si je veux sortir avec toi.

– Sortir avec moi ? Ça sonne très lycéen.

– Ce n'est pas ce que tu es ? plaisante-t-elle.

– Tu vas voir ce qu'il va te faire, le lycéen !

Elle s'enfuit dans le couloir en me voyant m'élancer derrière elle. Vic est sportive mais moins rapide que moi. Je la rattrape en quatre pas et je la fais tomber sur les bâches qu'elle a mises partout dans son appart pour protéger les affaires qu'elle a gardées. Je me positionne entre ses jambes tout de suite et je la sens déjà perdre pied. C'est un truc de fou, ce que je peux lui faire ressentir. Je m'accroche à ça pour me dire qu'elle ne me jettera pas.

Elle me serre entre ses cuisses et bascule son bassin afin de me chauffer comme elle sait si bien le faire.

– Tu vas devoir m'appeler « Madame la professeur », si tu veux que je sois gentille avec toi.

– Madame la professeur… répété-je pour tester la sonorité. Quand je dis ça, j'ai plutôt tendance à visualiser ma prof de maths de terminale : elle avait plus de 50 ans, les cheveux gras et un double menton gros comme son cul.

Vic se retient de rire avant de sortir sa langue pour aspirer la peau sous mon oreille.

– Je suis sûre que je peux te faire oublier cette vision, me susurre-t-elle.

Ses doigts fins et agiles se faufilent sous ma ceinture, dans mon boxer. Elle m'attrape au creux de sa paume brûlante et entame un va-et-vient lent mais appuyé.

– Ouais… Je crois que tu y arrives parfaitement.

– Vous êtes pires que des lapins, sérieux ! s'exclame mon pote qui est finalement monté nous trouver.

– Enzo ! Putain !

La main de Vic s'échappe de mon calbute à toute vitesse. Je me redresse sur les genoux pour m'écarter d'elle.

– Quoi ? Faut arrêter, là ! Pensez à ceux qui sont célibataires, merde ! Je sais que c'est le début, que c'est passionnel, tout ça, tout ça, mais là, on dirait que vous cherchez à battre un record !

– Sois pas jaloux ! se moque Vic. C'est pas de la faute de ton pote s'il est hyper endurant !

– Mec, sérieux, t'as été la chercher où, cette meuf?

En nous relevant, nous ne pouvons pas nous retenir de sourire.

– Arrêtez de copuler et changez-vous ! On se tire.

Cela fait une semaine que mon pote nous tanne pour sortir, il devenait vital qu'on cède à sa longue et énervante plainte. Enzo est insupportable, comme à son habitude. Il a eu la bonne idée de me balancer que Robin et lui ne me voyaient plus, que j'avais la tête ailleurs – la tête, et la bite, surtout, a-t-il précisé. Et Robin, mon meilleur ami depuis l'enfance, ne m'a pas défendu sur ce coup-là. Nous voici donc tous rassemblés, comme une bande de potes : eux deux, Amélia, deux autres de leurs amis étudiants, Vic et moi.

Tous ont bien capté qu'on sortait ensemble. Ils l'ont laissé s'asseoir à côté de moi, tout en n'arrêtant pas de la charrier sur nous deux. Ils ont l'air de l'apprécier. Il faut dire que Vic ne se laisse pas marcher sur les pieds. Quand Enzo est trop con, par exemple, elle lui fait fermer son clapet sans aucune gêne.

Il n'y a qu'Amélia qui a l'air de faire la gueule, mais vu que je n'ai pas l'intention d'écarter Vic de mes bras, elle va pouvoir la faire encore longtemps !

– Bon, les gars, on n'est pas venus pour rester prostrés dans les canap'. Venez danser, j'ai repéré deux petits culs qui méritent toute mon attention, s'exclame Enzo.

– Est-ce que les filles savent comment tu parles d'elles ? lui demande Vic en plaisantant nettement moins.

– Pourquoi ?

Enzo écarquille les yeux sans comprendre. Vic continue :

– À mon avis, tu n'as pas dû réussir à en garder une très longtemps.

Il hausse les épaules comme si ça lui était égal, mais à voir sa tronche, il n'est pas insensible à la remarque.

– Elles n'apprécient pas mon sens de l'humour, c'est tout… réplique-t-il, de mauvaise foi.

– Tu n'as qu'à te dire que c'est ça !

Enzo fait une drôle de grimace. Je resserre mon étreinte sur Vic quand il se lève et vient vers moi.

– Bon, allez, mec, laisse ta meuf et ramène ton cul sur la piste ! me dit-il.

– Tu viens danser ? demandé-je à Vic que je n'ai pas envie de quitter.

Elle fait signe que non avec un sourire rassurant.

– Va avec eux, je vais me chercher un truc à boire. Tu veux quelque chose ?

– Une bière.

– Je vais en prendre une à ton pote, il retrouvera le sourire.

Elle me dépose un baiser au coin des lèvres et se lève.

Je laisse Enzo et Robin m'attirer sur la piste de danse où nous retrouvons les autres. J'aime bien sortir en boîte. Il faut quitter notre petite ville et faire quelques kilomètres pour en trouver une potable, mais ayant grandi dans le coin avec mes potes, je les connais toutes. Je suis jeune, j'ai pas de travail compliqué, et je profite de la vie. Je ne sais pas si Vic est dans le même état d'esprit. Les paroles d'Amélia sont toujours dans un petit coin de ma tête.

Il y a pas mal de filles autour de nous sur la piste. Beaucoup tentent des regards, des invitations silencieuses, mais elles me laissent de marbre. Enzo, par contre, part en quête de son prochain plan cul.

Je continue de m'éclater pendant quelques morceaux, essayant de rester à l'écart d'Amélia qui, elle aussi, fait tout pour attirer mon attention, ainsi que celle des mecs dans la foule. Lorsque j'en ai marre d'être épié, je me rends compte que c'est avec Vic que j'ai envie de danser au milieu de la piste, pas avec toutes ces chaudasses qui se croient plus attirantes les unes que les autres.

Je quitte les spots et les corps transpirants pour aller la chercher. Je ne mets pas longtemps à la repérer et je m'immobilise au milieu de l'allée en la regardant discuter avec le barman. Mon ventre se tord d'une drôle de façon, et j'ai envie de claquer la gueule de ce con sur son comptoir en bois.

– Ça va, Raph ? T'as l'air de vouloir défoncer quelqu'un ! me demande Robin en me rejoignant.

– Je crois que c'est exactement ça, intervient Amélia. Je dirais même qu'il veut refaire le portrait d'un barman très très sexy !

Elle peut pas fermer sa gueule ?

Amélia se rapproche de mon oreille.

– Il a l'air d'être très intéressant, ce type, chantonne-t-elle par-dessus la musique. Il doit avoir quoi ? 30 ans ? Il est beau gosse, un sourire à tomber et il est aussi baraque que toi.

– Ta gueule, Amélia, sifflé-je entre mes dents.

– Va falloir que tu t'y fasses.

– J'ai dit : « Ta gueule ! »

Je la plante là, plus énervé que jamais par son attitude.

J'ai toujours été sûr de moi avec les filles. J'ai toujours compris ce qu'elles aimaient chez moi et je me demande si je n'ai pas que ça pour retenir Vic : une belle gueule et un corps dont je sais me servir. Brice va revenir. Lui est un mec intelligent. Ils ont de vrais points communs. Pourquoi me choisirait-elle ? Sans compter cette différence d'âge… Elle a certainement envie de se poser avec un mec, de fonder une famille… Et je n'en suis pas là.

Je secoue la tête pour chasser ces pensées et m'approche d'elle avec la même détermination qu'avant. Je souris au connard derrière son comptoir tandis que je me colle contre elle, deux bras possessifs autour de son corps.

– Salut.

Elle se tourne face à moi, zappant le barman et ses regards intéressés. Elle me sourit, et j'en oublie presque ce qui me fait flipper comme un naze. *Presque.*

– Tu as déjà fini de danser ?

– J'avais soif.

Vic me tend la bière qu'elle a dû me commander. Je ne la quitte pas des yeux.

– Tu es restée longtemps avec ce type, lui fais-je remarquer en essayant de cacher mon amertume.

– On était au lycée ensemble, il me demandait ce que je devenais.

Décidément…

– Et toi… Tu as dansé avec Amélia ?

– Je n'ai pas dansé avec, elle était juste là. C'est avec toi que je voulais danser.

– Je sais.

Ses lèvres viennent chercher les miennes. Je m'offre avec plaisir, heureux de pouvoir la tenir dans mes bras et de montrer que c'est avec moi qu'elle est. Pas avec un gars comme ce type en train d'astiquer son bar.

– Tu veux rentrer ?

Elle sort son téléphone de sa poche en jean, certainement pour regarder l'heure. Mais alors que l'écran s'allume, le message qui s'y affiche me fait tressaillir. Elle éteint l'écran pour le ranger, l'air de rien, mais j'ai tout capté.

– Tu discutes avec Brice par texto ?

Vic comprend que j'ai dû voir un truc, mais elle fronce les sourcils comme si ma phrase était grotesque.

– Non. Il m'a envoyé un message il y a quelques jours.

– Quelques jours ? Et depuis, quoi ? Vous continuez ?

– Non, on continue pas, il…

– C'est pas son nom que j'ai lu sur ton téléphone ? la coupé-je avec un air mauvais.

En réponse, son visage se ferme encore plus.

– Il vient de m'envoyer un texto, Raph. C'est pas important.

– C'est ton ex, ça compte forcément.

– Bien sûr que non !

– Est-ce que tu te fous de ma gueule ?

– Pardon ?

Elle prend un air outré et blessé qui ne me calme pas.

– Est-ce que tu t'amuses avec moi en attendant le retour du frère prodigue ?

– Mais qu'est-ce que tu racontes ? Je lui ai juste répondu pour savoir quand est-ce qu'il revenait, pour me préparer à ce que je vais lui dire.

Je ne fais même pas gaffe à ce qu'elle me révèle.

– Donc tu discutes bien avec lui.

– On a échangé deux phrases, et ça s'est arrêté là.

– Et quand il va revenir, vous allez vous revoir, et, là aussi, ça va s'arrêter là ?

– C'est ton frère, Raph… Bien sûr que je vais être amenée à le revoir.

– Et à me plaquer pour pouvoir le faire l'esprit tranquille, c'est ça ?

– Tu débloques ! s'énerve-t-elle franchement. Qu'est-ce qui te prend, tout à coup ? On n'a pas été clairs, toi et moi, sur ce qu'on voulait ?

– A priori, pas assez. Tu veux juste t'éclater en attendant de pouvoir passer à autre chose ?

– Hein ? Tu entends ce que tu dis ?

– Oui, parfaitement ! Tu as vite accepté quand je t'ai proposé de ne plus parler de lui. Pourquoi ? Pour pouvoir t'envoyer en l'air avec moi pendant que vous discutez tranquille dans votre coin ?

Ses yeux brûlent de colère.

– Je n'accepterai pas que tu me fasses passer pour ce que je ne suis pas, Raph !

– Et moi, je ne vais pas jouer les amants transis en attendant que tu trouves mieux ! Désolé, mais ce sera sans moi ! J'me tire.

– Raph… T'es complètement à côté de la plaque.

Vic tente de me prendre la main pour me retenir, mais j'évite de regarder ses yeux suppliants. C'est sûrement très con, mais je n'arrive pas à imaginer autre chose que Brice et elle dans les bras l'un de l'autre.

– Lâche-moi !

– Raph, s'il te plaît.

– Non.

Je ne l'entends même plus. Trop furieux. Trop jaloux. Et trop borné.

22

Vic

Je dois bien rester cinq minutes hébétée par ce retournement de situation. Raph en profite pour s'évaporer. Quant à ses potes, j'ai beau lancer des regards vers la piste de danse et le coin où nous étions installés plus tôt, je ne repère plus personne.

Je quitte la boîte, téléphone en main pour appeler un taxi, et lis enfin le message de Brice. Il m'annonce qu'il rentre demain. *Quel con !* Raph ne m'a même pas laissé le temps d'en placer une ! Il ne se passe rien du tout avec son frère. Je n'ai fait que répondre à un message, et de manière concise. Je ne crois pas avoir entretenu une quelconque relation à distance ou attisé de faux espoirs. Il va falloir que Raph se calme, je ne suis pas une de ces poules qui se pavanent devant sa belle gueule et ses abdos…

Je poireaute seule devant la boîte, à l'image d'une fille qui vient de se faire larguer, jusqu'à ce qu'un des rares taxis du coin passe me chercher. Je donne l'adresse de Raph au chauffeur, me disant qu'à cette heure-ci, il a dû rentrer chez lui. J'ai besoin de le retrouver pour lui balancer ses quatre vérités. S'il se comporte encore comme un abruti, ce sera la dernière fois !

Le taxi me dépose en bas de chez lui. Je m'acharne sur la sonnette, sans succès. Pas de réponse. *Merde !* Soit il n'est pas là, soit il m'ignore. Son étage est complètement plongé dans le noir. Demi-tour. Heureusement pour moi, le taxi n'est pas encore parti. Je retourne chez la maman de Raph. Juste pour vérifier. Je suis trop en colère pour réfléchir convenablement. Ni une, ni deux, je grimpe déjà l'étage jusqu'à chez eux, et prends une grande inspiration avant d'ouvrir la porte. Brice m'a prêté la clé de leur appartement lorsque je dormais chez eux. Ne l'ayant pas rendue, je n'ai pas besoin de frapper, même si m'introduire ici comme une voleuse me plaît moyennement.

– Vic ?

Je suis maudite…

– Bonsoir, Lily, vous allez bien ? réponds-je à la mère des garçons, allongée dans le canapé.

– Oui, désolée si je t'ai fait peur, je n'arrivais pas à dormir.

Elle se lève difficilement pour venir m'accueillir. Sa faiblesse me fait froncer les sourcils.

– Qu'est-ce que tu fais là ? Est-ce que tu viens dormir ici cette nuit ?

– Je pense, oui, si ça ne vous dérange pas. J'ai fait pas mal de peinture à l'appartement, l'odeur m'est un peu montée à la tête.

Menteuse !

– Tu as bien fait de venir. Notre porte te sera toujours ouverte, tu sais. Prends la chambre de Brice, Raph a dû récupérer la sienne !

– Merci.

Nous avançons dans l'appartement, côte à côte. Elle me propose un thé, que je refuse. Je ne pense qu'à une chose : où peut bien être Raph ?

– Vous êtes seule, ce soir ? lui demandé-je presque innocemment.

– Je devais l'être, mais Raph est rentré il y a dix minutes. Une semaine que je ne l'ai pas vu, et il n'a même pas pris la peine de m'embrasser. Ces ados…

Ado ?

Elle soupire mais garde un petit sourire songeur au coin des lèvres.

– Il doit avoir autre chose en tête…

– Autre chose ?

– Oui, j'ai pensé à une petite amie. Je ne vois que cette explication pour qu'il découche de cette façon. Enfin bref, je suis heureuse qu'il soit rentré, même si j'espère qu'il ne s'est pas disputé avec elle.

–Vous croyez ?

Je jette un coup d'œil vers le couloir.

– Il ne me dit plus rien depuis quelque temps, je dois donc faire mes propres suppositions. J'espère qu'il s'agit de cette fille qui s'entraîne beaucoup avec eux. Comment elle s'appelle, déjà ? Raph n'en parle pas beaucoup, alors...

– Amélia, l'interromps-je doucement. Elle s'appelle Amélia.

– Oui, c'est ça ! Elle est adorable.

– Oui, elle a l'air.

Pendant une seconde, à voir son regard insistant posé sur moi, je me dis qu'elle voit clair dans mon jeu et est en train de me tester. *Voilà que je vire comme Emeline ! Je vais bientôt me mettre à douter de tout le monde...*

– Bon, je ne vais pas te retenir, je sais qu'il est tard. Ce n'est pas parce que je ne dors pas bien que je dois empêcher les autres de le faire. On se verra demain.

– D'accord.

J'ai la gorge serrée au moment où nous nous détournons l'une de l'autre. Je sais qu'elle a le regard et le cœur d'une mère, mais je ne peux m'empêcher de prendre ce qu'elle vient de me dire personnellement. J'ai envie de lui répondre qu'elle peut oublier cette fille et que la place dans les bras de son fils – qui n'a plus rien d'un ado, contrairement à ce qu'elle pense – est déjà prise ! Je me demande depuis quand j'ai envie de me jeter en pleine lumière de cette façon. Et assumer.

En passant devant la salle de bains, j'entends l'eau qui chute dans la douche. *Voilà donc où s'est réfugié Raph !* Je vérifie que Lily ne me voit pas faire, j'actionne la poignée de la chambre de son plus jeune fils et m'engouffre dans la pièce. Raph l'a laissée allumée. Je me déplace jusqu'à son lit, reprends une grande inspiration et attends ce qui me paraît être une éternité avant que la porte ne s'ouvre sur lui.

Dès qu'il me voit, il s'arrête dans son élan, superbe et à l'aise dans sa nudité, ne portant que sa serviette mouillée autour de son cou. J'ai bien du mal à ne pas baisser le regard sur lui. Redécouvrir ce corps que j'aime tant et qui a été contre le mien si souvent ces derniers jours. Mais ses yeux me retiennent, ils sont redevenus aussi noirs qu'ils l'ont été dans la boîte de nuit. Il se détourne et se rend à son armoire dans laquelle il fouille bien trop longtemps, les muscles contractés.

– Si c'est Brice que tu cherches, il n'est pas encore rentré, attaque-t-il.

Ça part mal !

– Tu es un vrai con, Raph.

Il se retourne.

– Et si tu es venue pour m'insulter…

C'est à ce moment-là que j'explose. Je bondis du lit pour l'affronter.

– T'insulter ? Qui s'est fait traiter de menteuse et de salope ?

– Je ne t'ai jamais…

– Bien sûr que si ! Tu n'as pas eu besoin de le dire pour être clair. Tu crois que je suis le genre de fille capable de jongler d'un frère à l'autre ? Ou simplement d'un homme à un autre ? Tu t'es monté tout un film alors que je n'ai rien fait. Et s'il y a bien une chose que je déteste, c'est de me voir traîner dans la boue alors que je suis innocente…

– « Innocente » ? Tu as reçu un texto de mon frère, bordel ! Et tu m'as rien dit ! Combien tu en as eu d'autres ?

– Un seul. UN SEUL. Et je ne l'ai jamais encouragé à le faire. Je n'ai fait que lui répondre, parce qu'il reste mon ami ! Et qu'il va revenir ! Qu'est-ce que tu comptes faire, quand il sera là ? Tu vas l'affronter comme un homme ? Ou tu vas lui mentir ?

– Tu comptais me le dire quand ? me coupe-t-il sans répondre.

– De quoi ?

– Que mon frère t'avait envoyé des messages.

– Je ne sais pas. On s'est dit qu'on ne parlait plus de lui, alors je ne l'ai pas fait.

Raph se passe la main à la base de la nuque, frottant ses cheveux naissants, frustré. Il fait deux pas, me regarde, et recommence son manège avant de s'arrêter face à moi.

– Il m'a envoyé un message à moi aussi.

– Qui disait ?

– À peu près la même chose : il me prévenait qu'il rentrait demain.

Je secoue la tête, dépitée. Je souffre déjà si fort au bout de quinze jours. Quinze petits jours avec lui.

– Tu vois, tu as eu faux sur toute la ligne, Raph. Si tu m'avais laissé en placer une, je te l'aurais dit et je n'aurais pas eu à rentrer toute seule au milieu de la nuit.

Ses yeux s'écarquillent, je crois qu'il réalise enfin ce qu'il vient de faire. Sa colère est retombée, la mienne couve.

– Je suis désolé.

– Et tu crois que ça suffit ?

Je n'obtiens en guise de réponse que le son assourdissant de son silence. Il baisse la tête comme un fautif qui ne trouverait pas la force de s'excuser davantage.

– Je vais rentrer chez moi. Je crois que ça vaudra mieux pour toi et moi.

Je me détourne, déterminée à quitter sa chambre, convaincue de ne pas avoir eu ce que je désirais, quand je l'entends bouger. Son corps me plaque alors contre la porte pour m'empêcher de l'ouvrir. Je sens tous ses muscles contre les miens, la tension dans son être qui répond à la mienne. Sa main s'enroule autour de ma nuque pour la dégager. L'autre commence déjà à défaire ma ceinture, les boutons de mon chemisier, à tout enlever. Je n'oppose aucune résistance. Tout ce que je voulais, c'était qu'il m'empêche de partir, qu'il me montre que je compte…

Ses doigts me retiennent férocement contre lui pour ne pas que je bouge.

– J'ai flippé.

Un frisson court sur ma peau désormais nue. Son souffle est si proche de mon oreille. Sa voix si profonde et éraillée. Raph est à dix mille kilomètres du garçon sûr de lui sur sa planche.

– Je flippe, ok ? se corrige-t-il tout seul. Je flippe qu'il revienne, je flippe de n'être qu'une passade pour toi, une amourette de vacances avant le retour de ton amour tant attendu.

– Raph…

– Je sais. Mais je flippe quand même.

Son front tombe sur mon épaule.

– Je n'ai même pas 20 ans. J'ai pas fait d'études, je pense qu'au sport et à m'amuser. Je vis toujours dans le même bled, j'habite chez ma mère, je n'ai pas le permis. Qu'est-ce que tu as à gagner en restant avec un mec comme moi ?

Il me mord en tentant de contenir sa colère. Celle-ci n'est pas dirigée contre moi, mais contre ses doutes et ses appréhensions.

– Raph… gémis-je quand il s'attaque à mon cou avec la même hargne.

Son sexe est bandé contre mes fesses, qu'il presse entre ses mains. Sa bouche me dévore toujours l'épaule, et ses hanches montent et descendent pour que je sente la force avec laquelle il me veut. Et je la ressens, dans chaque fibre de mon être. Jusqu'à mes doigts de pied qui se crispent quand son gland écarte mes chairs sans aller plus loin. Juste assez pour m'exciter davantage.

– Qu'est-ce que tu veux, Vic ? Un mec comme lui ?

– Je n'ai pas voulu de lui il y a un mois et je ne veux toujours pas de lui, réponds-je avec difficulté.

Ses doigts viennent de descendre, passant sous mes fesses, trouvant ma moiteur au même rythme que son sexe. Je vais m'effondrer contre lui s'il continue. Et il continue : après sa bouche, c'est sa langue que je sens sous mon oreille, ses dents sur la fine peau de mon cou, son bassin toujours plus appuyé contre le mien.

Je bascule la tête en arrière, lui intimant, le suppliant même, d'aller plus loin.

– Je n'ai pas de préservatif sur moi.

– Où sont-ils ?

– Loin.

Je grogne quand ses hanches s'écartent des miennes et que ses mains me quittent. Mais l'instant d'après, Raph me retourne, s'empare de ma bouche, passe ses mains sur mon visage et nous fait avancer dans la pièce.

– Est-ce que tu me veux ?

– Oui, réponds-je sans hésitation.

Ses lèvres ne quittent pas ma peau quand, à proximité du lit, il se baisse, ses yeux dans les miens, et cherche d'une main ce qu'il nous manquait, dans le tiroir de sa table de chevet. Il remonte ensuite, par le même chemin, happant mes seins entre ses dents. Il m'attise un peu plus à chaque morsure, chaque caresse ou chaque grognement.

Quand il se laisse tomber en arrière sur le lit, je le suis sans hésiter, prenant l'ascendant. Je le laisse me pénétrer avant de me dresser au-dessus de lui pour qu'il n'en loupe pas une miette. Je veux qu'il voie à quel point ce qu'il me fait ressentir est bon. Je le sens partout en moi : quand il se soulève pour accompagner mes mouvements de va-et-vient, quand ses doigts se crispent sur mes hanches, quand il se redresse pour poser sa bouche sur ma poitrine.

Il soupire et gémit en même temps que moi. Et je dois m'agripper plus fort à lui pour étouffer mes cris.

– On dirait que ça te plaît.

– Ne t'arrête pas…

Et ça ne s'arrête pas. Raph n'en a pas l'intention.

Je passe le reste de la nuit dans un état second : épuisée, comblée, amoureuse… Je le rassure comme je peux sur mes sentiments, et lui tente d'apposer son empreinte sur moi. Parce qu'il a beau être adulte, il pense ne pas en avoir l'étoffe à mes yeux. Raph a des doutes, que l'image de ses frères ravive. Cela se confirme au lever du jour, lorsque je me réveille dans ses bras et que je le découvre songeur. Il ne dort pas. L'a-t-il fait cette nuit ? Il m'a retenue contre lui pendant mon sommeil, me caressant le dos en silence.

– À quoi tu penses ? lui demandé-je, curieuse de connaître ses pensées.

– À cette situation. À ma famille. À nous.

Je me mets à sa hauteur pour pouvoir le regarder. Raph garde la tête tournée vers le plafond.

– Je sais qu'ils me voient comme un gamin, mais ce que je ressens pour toi est loin d'être un désir d'ado.

– Tu parles de ta famille ?

– Ouais… De mes frères, surtout. Ils ne me prennent pas au sérieux. Pour eux, je suis juste un mec qui fait du sport pour éviter de bosser, qui vit au jour le jour et enchaîne les nanas pour se divertir…

– C'est pour ça que tu ne leur as pas dit pour ton appart ?

– Sûrement… Ça doit être ma manière de me prouver qu'ils ont tort…

Je lui dépose un baiser sur la tempe pour l'apaiser.

– Je suis le petit dernier, continue-t-il. Alors, oui, ma mère m'a chouchouté, mais j'aimerais qu'ils me voient autrement que comme un éternel enfant. Seulement, voilà, je viens encore de faire un caprice.

– Est-ce que je suis un caprice ?

– Non. Bien sûr que non. Mais c'est ainsi qu'ils le verront. Comme si j'avais pris un truc à mon grand frère. Comme quand j'étais gosse.

Il secoue la tête et soupire. Il ne m'a pas habituée à cette facette de lui, mais je m'aperçois qu'il a envie de bien faire dans sa famille et que cette fois-ci, ce n'est pas le cas.

– Tu vas devoir parler de nous à Brice, Raph… Sinon je serai obligée de le faire, parce qu'il va me relancer, tu sais. Et je devrai lui expliquer pourquoi je ne peux pas être avec lui. Si j'étais à sa place, je préférerais que ce soit toi qui m'en parles.

– Notre histoire ne le regarde pas, il n'a aucun droit sur nous.

Il se redresse dans le lit, le corps tendu et la mâchoire crispée.

Quand il me regarde par-dessus son épaule, j'ai la sensation qu'il veut s'assurer que je ne me suis pas envolée.

– Il n'a aucun droit sur toi, si ?

– Non…

– Alors y'a rien à lui expliquer. Ça me fait chier que tout le monde pense qu'il ait un quelconque droit de propriété sur toi. Tout ne tourne pas autour de lui.

– Mais ce ne serait pas plus correct ?

Ma question a de quoi le faire réfléchir. Son air devient plus grave, et il ne dit rien jusqu'à ce qu'on entende une porte s'ouvrir dans le couloir, puis des pas, suivis d'une discussion. Un « Salut, Maman » claque dans le salon.

Raph se tend. Le plus furtivement possible, il part ouvrir la porte de sa chambre et jette un œil à l'extérieur. Il la referme aussitôt.

– Merde… C'est Brice.

23

Raph

Vic sort du lit en vitesse pour s'habiller. Je chope un calbute qui traîne dans le coin et l'enfile.

– J'espère que ton frère n'est pas du genre à venir te réveiller quand tu fais une grasse mat ! chuchote-t-elle.

– Bien sûr que si.

Je sais que je ne suis qu'un petit con qui aime faire ce qui lui chante, mais mon frère ne peut pas venir frapper à ma porte et se prendre en pleine face que je sors avec son ex.

– Je vais… aller dans la salle de bains, trouvé-je après réflexion.

Vic comprend que je veux la jouer discret sur ce qu'il se passe entre nous.

– Et s'il te voit ?

– Il est avec ma mère, pour l'instant.

Je dois me dépêcher.

– Qu'est-ce que tu veux que je fasse, moi ?

– Laisse-moi gérer.

C'est tout ce que je parviens à dire. Dans mon dos, Vic bouge. En regardant par-dessus mon épaule lorsque j'atteins la poignée, je vois qu'elle s'est mise en retrait, hors du champ de vision offert par le battant que j'entrebâille pour voir si la voie est libre. Elle l'est.

Je me faufile derrière la porte attenante et tire la chasse d'eau pour qu'il capte que je suis là si jamais il me cherche. Ce qui ne manque pas.

– Raph ? lance-t-il en toquant à la porte. T'es là ?

– Ouais.

La tête dans le cul, les cheveux ébouriffés, je fais semblant de me réveiller en ouvrant la porte.

– On a du mal à se lever, p'tit frère ?

– Dure nuit…

– Tu devrais ralentir sur les soirées et les filles, rit-il avec un clin d'œil complice.

– J'y penserai, ouais.

– Tu viens ? J'ai ramené le petit-déj'.

– Tu es de trop bonne humeur dès le matin ! rouspété-je, de mauvais poil.

Il s'esclaffe.

– Je suis juste content d'être revenu.

Et pour quelle raison en particulier ? Je n'arrête pas de me dire que ça ne peut être qu'à cause de Vic. Il est prêt à tout retenter avec elle…

Je ferme la porte derrière moi en avalant difficilement ma salive. Je ne cherche même pas à voir Vic dans ma chambre au moment où je passe devant. Si je le fais, je crois que je pourrais l'imaginer avec mon frère dans mon lit, ce qui me donnerait encore plus envie de le frapper…

Je serre les poings et suis Brice jusqu'au salon. Ma mère s'y trouve déjà. Ou encore. Je ne sais pas si elle a trouvé le sommeil cette nuit. Elle dort de plus en plus mal. Elle a des cernes marqués sur le visage, un corps qui perd en tonus. J'ai le bide à l'envers en la voyant chaque jour devenir plus faible peu à peu. Elle ne cesse de me répéter que ce sont les effets secondaires de son traitement, mais je me demande si cela ne cache pas plus.

Vic nous rejoint quelques minutes plus tard, l'air de rien. Instinctivement, je me tourne vers elle. Je me perds un instant dans son sourire et ses yeux pétillants. Elle est démaquillée, mais ses cheveux blonds emmêlés tombent autour de sa tête fatiguée. Elle a enfilé son pantalon d'hier et un tee-shirt sans forme qui devait traîner dans la chambre. Mais jamais elle n'a été aussi belle. Parce qu'elle sort de mon lit, et que j'aurais aimé le crier sur tous les toits. C'est pour moi qu'elle est là ! Pas pour Brice !

Mon frère n'y va pas par quatre chemins : dès que Vic arrive, il la prend dans ses bras en la regardant comme si elle était l'unique fille au monde.

–Vic, t'es là ? T'es pas retournée dans ton appart ?

– Pas cette nuit ! J'ai fait beaucoup de peinture ces derniers jours, j'avais un peu mal au crâne, alors Raph m'a gentiment prêté… sa chambre.

Avec moi dedans.

Elle pourrait lui raconter n'importe quel bobard qu'il la croirait, tant il est aveuglé. *J'aurais dû rester dans ma chambre et ouvrir la porte en grand, il n'aurait pas cet air d'amoureux transi sur le visage.*

– Alors, ça a été, ton voyage ? demande-t-elle pour détourner la conversation.

– Ouais… Mais ça fait du bien d'être là. Même si mes potes sont cool, j'avais hâte de rentrer.

Vu comment il la regarde, on ne peut que comprendre pourquoi. Vic marque un instant d'hésitation et fait tout pour éviter de me dévisager.

En me détournant pour m'intéresser aux tasses et au lait plutôt qu'à ces retrouvailles, je capte les yeux de ma mère sur moi, par-dessus l'épaule de Brice. Elle fronce légèrement les sourcils.

Je pars dans la cuisine, prétextant aller chercher du jus d'orange, mais ma mère me connaît trop pour croire à cette excuse. En faisant demi-tour pour revenir avec la bouteille en main, je tombe sur elle, les bras croisés, à m'observer comme elle le faisait quand je rentrais de l'école après une punition.

–Vic a passé la nuit dans quelle chambre ? dit-elle doucement.

– Maman…

–Je croyais avoir été claire, Raph.

– Eh bien, il faut croire que je n'ai pas eu envie d'écouter.

– Est-ce que tu as vu ton frère, ce matin ? Il rayonne !

– Et moi ? Tu crois que je ne le fais pas ?

– Raph, tu peux avoir qui tu veux, proteste-t-elle.

– Parce que lui, non ? rétorqué-je, blessé qu'elle prenne son parti.

– Tu sais bien qu'il a souffert de leur rupture. C'était sa première histoire d'amour, mon chéri.

– Et c'était la mienne.

– Tu avais 13 ans.

– J'avais moins que ça, encore. Et j'ai été aussi triste que Brice quand elle est partie. Alors, oui, c'est avec lui qu'elle était vraiment. Mais il s'est passé du temps, et maintenant, elle est avec moi.

– Avec toi ?

Elle semble percuter enfin.

– Tu veux dire que c'est sérieux ? Vous êtes ensemble ?

– Oui.

– Oh ! Raph…

Elle se précipite vers moi, m'enlace de toute sa petite taille et de ses petits bras devenus frêles.

– Il faut que tu lui dises.

Ça m'emmerde. Encore une qui trouve ça normal de devoir affronter Brice. *Comme si je lui piquais la fille de ses rêves…* Mais n'est-ce pas ce que je fais ?

– C'est prévu.

Ouais. Je sais. Je ne vais pas pouvoir y couper. Mais ça m'emmerde quand même…

Ma mère m'embrasse sur la joue.

Dans le salon, les deux *tourtereaux* se sont assis autour de la table. Brice à côté de Vic, bien sûr. Il a le sourire jusqu'aux oreilles, on dirait un crétin. Ce que je pense doit se lire sur ma tronche car ma mère vient poser une main sur mon épaule pour me faire asseoir. Sauf que je me retrouve en face d'eux et que j'ai plus aucun moyen d'éviter le spectacle. Brice parle de ses vacances, Vic de ses travaux. Je baisse la tête, plongé dans un bol de céréales que ma mère vient de déposer devant moi.

– Et toi, Raph ? Du nouveau durant ces vacances ?

– Du nouveau ?

Je ne comprends pas ce qu'il sous-entend.

– Tu as des nouvelles pour tes prochaines compet' ?

– Ouais… Bientôt.

Je l'ai pas encore dit à Vic. Mais bientôt, c'est *bientôt*.

– Et côté filles ?

Deuxième fois qu'il me parle d'autres filles devant Vic aujourd'hui. *Il le fait exprès ou quoi ?*

– Qu'est-ce que tu veux savoir ?

– Bah c'est pas à cette période que tes potes et toi faites un marathon. Les touristes, celles qui viennent essayer le wake au spot…

Y'en a une qui a essayé le wake, et elle a fini dans mon lit ! Tous les soirs depuis deux semaines. Je pourrais lui répondre ça et lui faire fermer sa gueule, mais je choisis une autre option :

– Et toi… Ça a été avec Lydie ?

Le visage de Brice se décompose.

– Très bien.

Je lis sur son visage qu'il ne comprend pas pourquoi je l'attaque de cette façon devant Vic.

– Elle a trouvé un mec pendant les vacances.

– C'est pratique.

– Ouais…

On s'affronte du regard pendant quelques secondes. Brice ne saisit pas mon attaque gratuite. *Il ne fallait pas me chercher, mec !*

– Je vais me préparer, lancé-je simplement en me levant.

J'ai surtout besoin de ne plus les voir ensemble. Mes doutes sont en train de revenir au galop. Je lis dans les yeux de Vic qu'elle voudrait que je reste, mais je n'en ai pas envie. Pas comme ça. Pas avec lui entre nous.

– J'ai entraînement, ajouté-je.

– Comme tous les jours, quoi !

Sa remarque pue le reproche à plein nez.

– Ouais, affirmé-je en le toisant alors qu'il est encore assis et moi debout.

Il paraît si petit, et totalement à ma portée.

– C'est mon boulot. Je le fais à fond.

Je ne lui laisse pas le temps de rétorquer, je me tire.

Ma douche est expéditive. Préparer mon sac l'est encore plus. En sortant de ma chambre, je croise Vic dans le couloir. Elle est seule, et ce constat me fait péter un plomb. Je ne prends aucune précaution en ouvrant la porte de la salle de bains et en l'attirant à moi d'une main.

Je prends un shoot d'adrénaline quand je me retrouve plaqué contre elle, pesant de tout mon poids sur son corps offert, le nez plongé dans ses cheveux.

– Raph, tu…

Je me jette sur ses lèvres. Je l'entends gémir sous mon assaut. J'ai les doigts accrochés à la ceinture de son pantalon, avec l'envie de le descendre et de la prendre ici, avec Brice juste à côté.

– Tu ne devrais pas être ici, réussit-elle à me dire en s'écartant un peu.

– Je vais m'en aller, j'avais juste besoin…

Je mords son épaule comme hier. Il faut qu'elle sache que je suis là.

– … de prendre ma dose avant de partir.

Elle me sourit, pose une main sur ma joue.

– Est-ce que tu ne peux pas te retenir ? me provoque-t-elle.

– Non.

Cette fois, c'est elle qui vient se coller à moi.

– On se voit quand ? lui demandé-je, n'y tenant plus.

– Ce soir. Viens me chercher, on ira chez toi.

– Je viendrai.

Il n'y a personne dans le couloir lorsque je sors de la salle de bains, et personne dans le salon. J'entends des voix en provenance de la cuisine. Ce serait le moment. Vic absente, je pourrais aller voir Brice et tout révéler devant ma mère. Je fais un pas dans ce but.

– Je ne veux pas que tu aies des espoirs pour rien. Elle a peut-être tourné la page, tu sais. En six ans, les gens changent, explique ma mère.

– Quand elle est partie il y a six ans, elle m'a promis qu'elle reviendrait pour moi. J'y ai toujours cru, maman. Et quand je l'ai revue, elle avait le même regard qu'au lycée. Je suis sûr qu'on peut réessayer. Elle me l'a confirmé avant que je parte.

Je crois que c'est cette phrase qui me fait faire demi-tour. Brice a proposé à Vic de l'attendre, et elle n'a pas dit non. Est-ce qu'elle avait envie de moi à ce moment-là ? Est-ce qu'elle disait ça à mon frère par politesse ?

Je quitte l'appartement sans lui avoir dit quoi que ce soit.

Je pense à Vic, à Brice, à ma mère et à cette matinée toute la journée. Je suis hargneux sur l'eau. Sautant, bandant les muscles, enchaînant des tours et des tours de lac comme si cela pouvait m'apporter des réponses. Je flippe d'autant plus que je vais devoir me tirer pour la compèt' Bull Air et que Brice aura tout le temps nécessaire pour faire en sorte que Vic m'oublie…

Je me traîne jusqu'à chez elle pour l'attraper par la main et l'emmener chez moi passer la soirée devant un film. Comme d'habitude, elle a laissé la porte de sa boutique ouverte et sa musique à fond. De l'électro, ce que j'aime écouter, quand je fais du snow. J'aime que nous ayons ce point commun, elle et moi. J'en oublie tout ce qui pourrait nous séparer. J'en oublie… Brice et elle. Elle et Brice. Dans sa boutique. À discuter. À un mètre l'un de l'autre.

C'est le moment, Raph ! C'est le moment, sinon je vais la perdre. Mais ce que je vois ensuite met immédiatement un terme à mon envie d'aller interrompre leur tête-à-tête. Brice s'est rapproché de Vic, et elle le prend dans ses bras aussi naturellement que s'il avait été moi.

Tout ce que je ne voulais pas voir, tout ce qui m'a fait péter un plomb hier soir, tout ce que je redoutais, je l'ai sous les yeux. Et ça me fracasse de l'intérieur. J'ai le sang qui bout, la rage qui gronde, le même sentiment de trahison qui m'a traversé hier dans cette foutue boîte de nuit. Alors, plutôt que de rester face à cette vision qui me tord les tripes dans tous les sens, je fais demi-tour. Comme ça, je ne la vois pas l'embrasser, je ne la vois pas l'inviter à monter chez elle.

Je vais aller me soûler avec mes potes jusqu'à ce que je n'aie plus l'image de la fille dont je suis fou à crever dans les bras d'un autre.

24

Vic

– Je suis désolé, murmure Brice, sa tête encore au creux de mon cou.

Je le serre une dernière fois dans mes bras avant qu'il ne s'écarte.

– Je ne pensais pas que je craquerais comme ça. C'est juste…

– … que c'est ta mère.

Il s'essuie le coin des yeux. Il ne pleure pas vraiment, mais son visage est marqué par le chagrin. C'est ce qui m'a fait craquer.

– Je me suis vidé la tête pendant presque un mois, et la première chose que j'ai remarquée en revenant, c'est combien elle est fatiguée. Je ne l'ai jamais vue avec autant de cernes. On dirait même qu'elle a maigri. Je me sens impuissant.

Brice passe une main dans ses cheveux et part s'asseoir sur un bureau recouvert d'une bâche. Je le rejoins.

– Je ne sais même pas si son traitement la soulage. Elle ne veut plus en parler.

– Tes frères sont au courant ?

– Louis, oui. Elle n'a pas eu la force de dire à Raph que c'est plus grave que ce qu'on craignait. Elle pense qu'il est…

– … trop jeune, terminé-je sa phrase pour la deuxième fois avant de soupirer.

Combien de fois Raph devra-t-il encaisser cette phrase ?

– Il n'est pas trop jeune, continué-je. Il mériterait de le savoir.

– Il doit bien s'en douter.

Je confirme d'un signe de tête, même si je n'en suis pas si certaine.

– Ne crois pas que j'essaie de t'attendrir, déclare Brice après un silence. J'ai bien compris ce que tu m'as dit.

– Je suis désolée, Brice.

– Ne t'excuse pas, j'ai l'impression de me sentir encore plus minable !

Je ne dis rien, sinon je m'excuserais encore. Et à voir sa tête, même s'il prend bien ce que je viens de lui dire, je crois qu'il n'apprécierait pas que je remue le couteau dans la plaie.

– Je me demande bien quel mec a pu te faire craquer à ce point en si peu de temps.

Je préfère ne pas répondre.

– J'espère que tu ne vas pas me dire que c'est Louis, je le prendrais très mal.

J'aimerais beaucoup rire avec lui de cette remarque, mais je viens de me prendre un coup de massue. J'arrive à esquisser un sourire pour donner le change, mais je me sens mal.

– Je vais peut-être te laisser. Tu avais sûrement prévu un truc ce soir.

– Oui, mais tu n'es pas obligé de te presser.

– Je ne vais pas t'empêcher de voir ton mec !

Il emploie un ton jovial et léger depuis son retour. Derrière celui-ci pèse encore le poids de ses mots douloureux, des miens quand je lui ai dit que je ne pouvais pas tenter quelque chose avec lui, que je pensais à quelqu'un d'autre. Constamment.

– J'ai bousillé toutes mes chances, pas vrai ? En partant, je veux dire.

– Je crois que ça aurait été pareil si tu étais resté, réponds-je avec l'honnêteté qu'il mérite.

– Il a beaucoup de chance, il faudra que tu lui dises.

– Je lui rappellerai, ça lui passera l'envie de faire des conneries!

Brice rit et descend du bureau.

– On pourra continuer d'être amis, toi et moi?

– Tu sais bien que oui.

– Je vais pouvoir repartir en chasse, donc!

Je lève les yeux au ciel. Voilà que le caractère de Raph pointe le bout de son nez chez son frère!

– Désolé encore pour ce… triste spectacle, s'excuse-t-il une fois arrivé près de la porte. J'aurais aimé faire pareil pour toi quand ta sœur a eu ses problèmes.

– Tu n'aurais pas pu faire grand-chose.

– Vous êtes partis si vite, soupire-t-il. Je me souviens que tu étais heureuse, puis triste, et que tu as disparu.

– Mon père voulait tourner la page.

– Je comprends…

Il se retourne une dernière fois sur le seuil de ma boutique, me souhaite une bonne soirée avec un sourire qui n'atteint pas ses yeux et s'en va.

Je me rassois sur le bureau, en proie à une fatigue soudaine. Me voilà avec tous les secrets de la famille sur le dos! J'ai vraiment bien fait de revenir! Pourtant, ma vie citadine ne me manque pas le moins du monde: elle était morne et répétitive. Et surtout, il n'y avait pas Raph. Si c'était à refaire, je ne changerais rien. Parce que penser à lui me fait déjà sourire.

Il ne devrait pas tarder. Je commence donc à ranger ce qui traîne un peu partout et à débâcher ce que je peux dans les pièces où je n'ai plus besoin de peindre. Puis j'attends son arrivée qui se fait désirer.

Une heure passe. Puis une autre…

Je fronce les sourcils devant mon téléphone désespérément silencieux. Le message que j'ai envoyé à Raph brille comme un phare isolé au milieu de l'océan.

`Vic: Où es-tu?`

Je tapote machinalement mon écran avant de me décider à l'appeler une dernière fois. Il décroche au bout de la troisième sonnerie.

– Raph ?

– Euh… Allô ? C'est qui ?

Ce n'est pas Raph.

–Vic, réponds-je d'une voix sèche au type qui a décroché et que je devine complètement bourré.

– Ah ! Salut, Vic, c'est Enzo. Désolé, Raph a dû oublier son téléphone.

Il y a un barouf monumental derrière lui, je l'entends rire et discuter avec des gens autour.

– Je t'entends très mal !

– On fait une petite fête chez lui, c'est pour ça !

Je serre le portable entre mes mains.

– Une petite fête ? m'étranglé-je presque.

– Ouais, c'est Raph qui voulait se changer les idées.

Se changer les idées ?

– Est-ce que je peux lui parler ?

– Euh… Je sais pas. Je crois qu'il est pas super disponible, si tu vois ce que je veux dire, ricane-t-il encore.

Je ferme les yeux. Oh ! oui, je vois très bien, et je commence déjà à avoir la nausée !

– Passe, si tu veux ! Ça lui fera plaisir de te voir.

– C'est qui ? interrompt quelqu'un derrière Enzo.

– La meuf de Raph, je crois.

– Faut lui dire qu'elle prenne un ticket.

C'en est trop. Je raccroche vivement. Mes clés en main, le cœur fou de rage, fini de faire les cent pas à me ronger le frein, je claque la porte de ma boutique et la ferme. Marcher jusqu'à chez Raph me fera du bien.

Je sonne à l'interphone en bas de son immeuble. Une fois. Puis deux. Toujours ce silence qui me glace le sang de plus en plus. Qu'est-ce qu'il fout ? Qu'est-ce qu'ils foutent tous ? *Ouvrez-moi, bordel !*

Je tente encore une fois. Quelqu'un répond :

– Ouais ? C'est qui ?

Il y a encore de la musique derrière, l'interphone grésille, et ce n'est toujours pas la voix de Raph qui s'adresse à moi. C'est celle d'une fille. Une fille très guillerette, si j'en juge à son rire stupide à la fin de sa phrase. Je crois reconnaître de qui il s'agit.

25

Vic

Amélia m'a l'air aussi bourrée que l'était Enzo.

– Amélia, c'est Vic. Raph m'a appelée pour passer…

– Ouais, ouais… maugrée-t-elle, de mauvaise volonté.

Le déclic d'ouverture de la porte de l'immeuble se fait entendre. Je pousse le battant et monte les escaliers aussitôt. La musique me parvient dès que je mets le pied sur son palier. La porte est entrebâillée. Derrière, je devine une foule conséquente et alcoolisée.

Raph ne m'a pas habituée à ce genre de scène. L'intérieur n'est pas très loin de l'image que je m'en faisais : il y a du monde, dont un paquet de gens que je n'ai jamais vus. Je trouve Enzo dans la cuisine.

–Vic ? Ouais, t'es venue ! J'suis content de te voir ! Tu veux boire quelque chose ?

J'en aurais bien besoin !

– Où est Raph ?

– Euh…

Il cherche parmi la foule en fronçant les sourcils.

– Il est là, mais y'a trop de monde, je le vois pas. Hé ! Max ! lance-t-il à un garçon un peu plus loin qui se retourne. T'as vu Raph ?

Le type prend un air débile accompagné d'un sourire débile.

– Ouais, dans le couloir, il était avec une meuf. Il doit être dans sa chambre, là. À mon avis, faut pas le déranger !

Les deux gars se marrent, fiers de leur pote. Est-ce que baiser n'importe qui est une fierté ? Puis Enzo revient vers moi et ses yeux s'écarquillent, comme s'il comprenait enfin le problème.

– Ah ouais, merde…

Ouais. Merde ! Tu l'as dit !

Je le contourne en prenant soin d'enfoncer mon talon de toutes mes forces sur ses doigts de pied.

– Aïe, putain !

Je ne me retourne pas. Je ne sais même plus ce que je ressens : un mélange de tristesse, de colère et de déception qui me brûle la gorge mais me fait avancer d'un pas déterminé.

La porte de la chambre de Raph est verrouillée. Peu importe, je frappe, et je ne m'arrête pas.

– Raph !

Je n'ai jamais eu si peur et été si furieuse à la fois.

– RAPH !

La porte de la chambre s'ouvre en même temps que, dans mon dos, celle de la salle de bains. Raph sort de cette dernière. Je pourrais être soulagée de le voir ailleurs que là où je redoutais qu'il soit, mais il n'y a aucune chaleur dans son regard quand il le pose sur moi. Et puis, il aurait très bien pu avoir eu le temps de…

– C'est pas bientôt fini, ce merdier ? me grogne un inconnu au visage.

Le garçon que je viens apparemment de déranger en plein ébat – vu ses cheveux et sa tenue débraillés – n'a visiblement pas apprécié d'être interrompu. Il me claque la porte au visage. Je passe devant Raph, pose une main ferme sur son épaule et l'entraîne dans la salle de bains. Il y était seul, de toute évidence. Je ne peux empêcher mes yeux d'en faire le tour pour vérifier.

Il se laisse guider, mais je sens qu'il n'est pas de bonne volonté.

– Qu'est-ce que t'es en train de faire ? l'attaqué-je, le cœur battant à tout rompre.

– Une fête.

– Une fête ?

– Ouais, ça se voit pas ?

– Tu fais une fête maintenant alors qu'on devait se voir ?

– J'ai changé d'avis.

– Et tu ne me préviens pas ?

– T'es ma mère ?

J'ai un mouvement de recul en l'entendant me parler sur ce ton.

– Je pensais pas que ça allait te déranger vu que t'allais passer la soirée avec Brice.

– Brice ? Pourquoi j'aurais passé la soirée avec Brice ?

– Bah pour fêter son retour. Pour vous retrouver !

– Tu plaisantes ?

Il hausse les épaules.

– Je m'en fous, de toute façon.

Non, c'est faux. Il ment et le fait mal !

– On va encore avoir cette discussion ? dis-je plus durement.

– J'en sais rien, Victoria.

Entendre mon prénom en entier dans sa bouche me laisse un goût amer. Il s'appuie contre le lavabo et croise les bras.

– C'est tout ce que tu voulais me dire ? insiste-t-il encore avec son ton faussement désinvolte. Mes potes veulent profiter de moi avant mon départ, donc…

– Ton départ ?

– Ouais, je me casse d'ici deux jours. Je dois faire une compétition en Autriche. Je voulais partir au dernier moment, mais finalement… j'ai avancé mon départ. Ça servait à rien d'attendre plus longtemps.

– Et tu comptais me le dire quand ?

Il hausse encore les épaules.

– Tu devrais te réjouir… Tu vas avoir un mois pour te faire Brice. C'est pas une bonne nouvelle, ça ? Après moi, c'est son tour ! Quoi que baiser avec les deux frères, c'est pas un peu glauque ?

J'ai envie de vomir. Ses mots m'atteignent comme rien d'autre ne l'a fait jusqu'à maintenant.

– Très bien.

Je préfère partir plutôt que d'entendre de telles conneries. Je fais donc demi-tour et sors de la salle de bains.

Une main entoure mon poignet et me force à m'immobiliser.

–Vic ! Attends !

C'est Raph.

– Non !

Je me dégage et repars. Il me rattrape sur le palier de son étage, dans le couloir.

–Vic…

– Laisse-moi tranquille !

Je prends la direction des escaliers, l'ascenseur risque de me faire suffoquer plus que je ne suis déjà en train de le faire.

En bas, alors que la sortie me tend les bras, je me retourne subitement. Raph m'a suivie en silence. Il se fige à un pas de moi, surpris.

– Tu étais avec une fille ou pas ?

Il hésite.

– Ouais… Mais cinq minutes. Après, je suis parti.

Je n'arrive pas à ne pas montrer que je suis au bord des larmes. Je les sens déjà au coin de mes yeux.

– Ça fait deux semaines que je sais que tu dois partir bientôt. J'y ai pensé souvent en me demandant combien de temps je risquais de ne plus te voir et si tu allais m'en parler avant d'être au pied du mur. Mais tu as choisi de ne rien dire. Comme d'habitude. Tu ne parles pas à ton frère. Tu ne me parles pas… Tu préfères faire des conneries et réfléchir ensuite.

– Qu'est-ce que tu fous avec moi, alors ? ose-t-il balancer alors qu'il devrait la fermer.

– C'est ce que je me demande aussi.

Il blêmit. *Si c'est la soirée des choses qui font mal…*

– Tu sais, je crois que tout le monde a raison…

Raph se redresse et se tend comme s'il s'attendait à ce que je vais lui dire.

– Tu es trop jeune. Tu ressembles à un homme, tu en as l'apparence, mais là-dedans…

Je tapote ma tempe.

– … tu es un ado qui croit qu'il peut faire ce qui lui chante et se moquer du reste.

Il secoue la tête tout en regardant ses pieds. Cela ne me calme pas pour autant.

– Et si tu veux tout savoir, oui, Brice est passé à la boutique. Parce que c'est de ça qu'il s'agit, n'est-ce pas ? Tu nous as vus. Et tu t'es encore fait des films alors que j'ai été claire sur ce que je voulais… Maintenant, je n'ai qu'un conseil pour toi, Monsieur le grand garçon : parle à ton frère, et à ta mère. Réglez vos affaires de famille, et lâchez-moi la grappe. Je ne suis pas revenue pour qu'on me fasse chier.

Je me détourne avant de refaire demi-tour.

– J'avais l'intention de lui parler de toi et moi. Puis j'ai renoncé. Ce n'est pas à moi de le faire, Raph, mais à toi. Sauf que, pendant que j'ai des états d'âme, toi, tu fourres ta langue dans la bouche d'une autre…

– Parce que tu es une sainte de ton côté, bien sûr ? Tu le laisses te toucher, tu le laisses espérer encore et encore.

– Je suis furieuse, Raph, répliqué-je pour l'arrêter, ne me cherche pas sur ce que tu ignores complètement.

Il soupire, passe les mains dans ses cheveux, comme s'il était frustré. En se redressant, je n'aime pas du tout ce que je lis dans ses yeux.

– Ok. Très bien. Tu veux savoir ? J'ai voulu passer la soirée entouré de meufs, à boire et à baiser.

– Et c'est ce que tu as fait ?

– Qu'est-ce que ça change ?

Cette discussion ne sert à rien, il ne baissera pas les armes, et ce n'est certainement pas avec ce qu'il vient de dire que je me calmerai.

–Va-t'en d'ici !

–Vic, je…

– Je n'ai plus rien à te dire, Raph. Dégage ! Rentre chez toi !

–Vic !

Il a les yeux suppliants maintenant, mais c'est trop tard. Quand il tente de s'approcher de moi, je m'écarte vivement.

– Ne me touche pas !

– Il ne s'est rien passé avec cette meuf. Je raconte des conneries. J'ai cru à trop de trucs en vous voyant tous les deux et j'ai fait n'importe quoi. Je sais plus ce que je dis.

– J'en ai plus rien à foutre. Baise-la, si tu en as tellement envie.

– Tu n'es pas sérieuse ?

– Essaie ! Tu verras bien !

Sur ces mots, j'ouvre la porte et sors dans la rue. Je ne me retournerai pas cette fois-ci.

–Vic ! crie-t-il.

Mais je ne m'arrête pas.

26

Raph

Je n'ai pas revu Vic avant mon départ. J'ai essayé, pourtant. Je lui ai laissé des messages lui présentant mes excuses, j'ai essayé de l'appeler, encore et encore. Sans résultat. Je suis même passé à sa boutique, mais en découvrant la porte fermée à clé, j'ai compris le message…

Je suis parti, pas de gaieté de cœur, mais au moins, je me dis que je serai tranquille ici, j'aurai de quoi m'occuper l'esprit. Les nanas, c'est vraiment une prise de tête !

Je me suis jamais senti aussi minable, et son silence radio me tue. Est-ce que Vic voit Brice pour se venger ? Ou un autre mec ? Non. Vic n'est pas comme ça… J'ai tellement fait le con. *Merde. Merde. Merde.*

– Ça va, Raph ? T'as pas cette gueule de déterré, d'habitude !

Le type gigantesque qui me parle s'appelle Engel. C'est un Allemand au grand sourire de con qui a décidé de me prendre sous son aile dès mon entrée dans l'équipe Bull Air. On se rencontre à chaque compétition, et ce mec a toujours la banane. Par contre, son accent en anglais est terrible. J'ai pas fait d'études, mais je gère plutôt bien en anglais – merci les séries que je matais en étant jeune –, mais la première fois où j'ai parlé à un Allemand, j'ai dû m'accrocher.

Engel est un des meilleurs wakeboardeurs de Bull Air, et je crois qu'il se retrouve en moi. Avec plusieurs années de moins. Il fait partie des plus âgés de la team mais est toujours ultra efficace. Son expérience est un vrai atout. Je peux dire avec fierté que je rivalise avec lui.

La compétition se déroule sur plusieurs jours. C'est obligatoire, vu notre nombre. Ça marche par duel : un coup en freestyle, un coup en format imposé, un *trick* sur chaque module. On est jugé sur le style, la complexité des tricks et leur fluidité. J'espère me retrouver face à Engel en finale pour lui prouver que la relève est assurée et qu'il peut prendre sa retraite.

L'événement est également le moment de faire la promotion de la marque. On enchaîne les tournages de clips en tout genre. Les caméras nous suivent de près pendant trois semaines, au cours du run ou en dehors.

L'Iron Wake[3] est l'un des plus impressionnants parcours de wake du monde. Les *kickers*[4] sont immenses, la vitesse est dingue. Une seconde d'inattention et on peut se manger un poteau ou faire une mauvaise chute. Il n'y a que les meilleurs qui peuvent le *rider*. Et les meilleurs sont réunis autour de moi sur le départ.

C'est la première fois que notre sponsor nous amène tous ici. Cette année, les enjeux montent vraiment d'un cran, et Bull Air a voulu être à la hauteur de sa réputation. Les pelouses et les gradins sont bourrés de monde.

Dans le *park*, je repère les différents modules : trois kickers de tailles différentes, un mur vertical, et une plateforme avec deux énormes rails en acier. *Impressionnant !* J'ai une putain de hâte.

Je m'échauffe les épaules tranquillement pendant qu'on présente mon premier concurrent : un mec de bientôt 30 balais au premier tour. Il a de l'expérience, et beaucoup de style, mais j'en ai plus. En freestyle, je n'ai pas peur de dire que je suis l'un des meilleurs. Probablement parce que j'ose plus que les autres, peu importe les conséquences…

---

3 Spot de wake fictif.

4 Modules sur lesquels les wakeboardeurs prennent appui pour effectuer des sauts élevés.

Je ne monte pas le niveau tout de suite. Je me contente de quelques 360, des Toback 3 et des sorties *blind*, parce que c'est ma marque de fabrique. Je fais participer le public. Je crois que le jury adore. En tech, je suis moins bon. J'ai moins d'expérience sur le papier. Mon entraîneur dit que je suis trop tête brûlée pour être carré. Tant que je mets pas une main à l'eau durant mon tour, j'aurai assuré.

Plus l'après-midi passe, plus je me sens en forme. J'augmente le niveau à chaque session. Et je les passe toutes. Le lendemain se déroule au même rythme. Je retrouve enfin les sensations qui me faisaient défaut ces derniers mois. Je fais de plus en plus de rotations, de *air tricks*. J'ai une frayeur face à un Brésilien vraiment technique, mais finalement, ça passe.

J'enchaîne le troisième jour comme sur un nuage. Je maîtrise maintenant le parcours et je peux me lâcher. Les tours sont de plus en plus durs, mais je fais mieux que tous mes adversaires. Et je me qualifie pour la finale. Face à Engel.

Je m'équipe d'une GoPro cette fois, parce que mes *tricks* vont envoyer du lourd. Je n'aurai plus aucune retenue. C'est mon avenir qui se joue maintenant. Je dois faire le plus beau parcours de ma vie. Il faut que ce soit propre, qu'on voit pas l'effort.

Je ne m'épuise pas pour rien. Certains font des tricks entre les modules, moi non. J'y vais à l'intensité : les *kickers* sont énormes, autant faire des sauts énormes.

Toeside 720 Backside blind.

Toeside Double Backroll pour le spectacle. Mon préféré.

Raley, que je termine en *Back 540*. Le plus technique, parce que le *Raley* te balance à l'horizontal alors que la rotation *Back* se fait à la verticale. Tout ça en une impulsion. Ça peut vite devenir chaud, mais ma coupe est franche, j'ai bien mon palo en main, je me réceptionne un peu vite, mais je gère. Et je les enchaîne.

Je maîtrise ma technique comme jamais. Les impulsions me font décoller. J'ai assez de temps pour tourner et pour plaquer sur l'eau. S'il y a la moindre petite chance d'impressionner Vic avec mon taf, c'est maintenant. *Si elle me regarde un jour…*

Mon coach me filme de la plateforme. Si je gagne, je posterai la vidéo sur ma chaîne.

Les juges m'accordent le plus de points en style. En tech, je ne suis pas loin derrière. Je reste concentré jusqu'à la fin du passage d'Engel, qui a toujours un niveau de dingue et continue de m'épater. Et finalement, après un suspense insoutenable des juges, je garde ma marge d'avance. Et je gagne.

Mes sponsors me félicitent, ils comptaient sur moi, et j'ai relevé le défi. Je leur ai prouvé que je suis le meilleur et qu'ils vont défendre au mieux l'image de la marque pendant la saison. Même Engel, beau joueur, me dit qu'il est fier de moi.

Les autres viennent me saluer avant qu'on m'embarque je ne sais où récupérer un trophée, faire des photos et répondre à quelques questions pour des journalistes de sport.

Grâce à cette victoire, je vais non seulement développer ma notoriété, mais aussi assurer mes revenus publicitaires pour l'année. Les propositions des marques arriveront dès demain. Je ne suis pas intéressé par la fortune, je veux juste pouvoir vivre comme j'aime. C'est-à-dire dans ma ville, sur mon lac, à *rider* sur mon spot. Et avec Vic que je crève d'envie de revoir.

Quelques heures plus tard, alors qu'une journaliste me harcèle de questions face à une caméra dans une tente montée là pour l'occasion, je comprends que cet engagement avec la chaîne télé qui s'intéresse au wake a démarré dès que je suis monté sur le podium cet après-midi. Je me rends compte que je vais avoir droit à la totale et je me demande si je n'aurais pas mieux fait de perdre face à Engel. Parce que la nana qui m'interroge me regarde déjà de haut. Elle se montre charmante au début en me félicitant pour mon parcours. Elle me demande de me présenter, combien d'heures d'entraînement j'ai besoin pour garder le niveau ; et je lui réponds de bonne grâce, même si je sens les questions foireuses arriver.

– Vous avez été approché par Bull Air à 17 ans. Comment cela s'est-il passé ?

– Je faisais du wake depuis trois ans. Et du ski et du snow depuis gamin. Je me suis dit « pourquoi pas montrer aux autres ce que je sais faire ». Du coup, j'ai commencé à me filmer lors de mes rides hors piste et à partager mes vidéos sur Internet. Ça a déjà bien buzzé. Et quand j'ai fait pareil avec le wake, Bull Air m'a contacté.

– Aussi facilement que ça…

Connasse !

– Non. Il faut des heures et des heures d'entraînement. Des mois de répétition, parfois, avant de tenir un *trick* en wake. Et même quand on le tient, on a toujours ce truc qui peut nous déstabiliser et faire tout foirer. Ça se fait pas comme ça…

– Et vos parents étaient au courant ?

– De ?

– Que vous risquiez votre vie ?

– Je ne me suis jamais dit que je risquais ma vie. Sauter du haut d'une montagne, c'est ce qui se fait quand on a le niveau. Mes parents ne savaient pas que je montais aussi haut. Dans mon coin, on part sur les pistes, on revient le soir, les parents savent pas ce qu'on fout, ils nous font confiance.

– Et vous n'avez pas l'impression de jouer avec cette confiance ?

Je hausse les épaules.

– Non. C'est ma façon de pratiquer.

Et toi, ta façon de me regarder commence sérieusement à me les briser.

Je jette un œil vers mon entraîneur derrière elle. Ce con s'est foutu dans mon champ de vision parce qu'il avait prévu le truc… Néanmoins, il faut pas trop qu'il me cherche. Avec ce que va lui rapporter ma première place aujourd'hui, j'aurais le droit de dire à cette vieille peau qu'elle est à côté de la plaque et en retard sur son temps sans qu'il puisse l'ouvrir !

– Vous êtes sponsorisé par Bull Air, mais vous faites aussi des shootings pour des marques de sport. Est-ce que c'est un choix personnel, une demande de votre sponsor ou un boulot alimentaire comme un autre ?

– Non. C'est un truc qui me plaît.

– Vous avez arrêté vos études très jeune, pourquoi ? Ce n'était pas compatible avec votre emploi du temps chez Bull Air ?

– J'ai arrêté mes études parce que je n'étais pas fait pour ça. Je n'ai jamais été un élève très assidu, j'avais beaucoup de difficultés. J'ai passé mon bac parce que mon sponsor le voulait, mais je ne me voyais pas faire autre chose que du sport.

– Et vous croyez que le message que vous faites passer aux jeunes est le bon ?

– Quel message ? Faire ce qui nous passionne dans la vie ?

– Je pensais plutôt au fait d'arrêter les études pour quelques minutes de gloire ! Vous avez conscience que votre corps ne pourra pas vous suivre éternellement. Quel est votre plan de carrière pour la suite ?

– Je fais encore partie des plus jeunes du circuit, j'ai le temps de penser à ça… Mais je suppose que, comme tous les sportifs, je me reconvertirai. C'est pas ça qui me fait peur.

– Alors, qu'est-ce qui vous fait peur ? À moins que ça soit une absence totale de peur qui vous motive à risquer votre vie de cette façon ?

Elle en a après les sportifs extrêmes ou quoi ? Pourquoi choisir une journaliste avec tant d'*a priori* pour promouvoir le wake ?

– J'ai peur, comme tout le monde, mais cette peur, je la fais taire. Parce que même si je crève demain, au moins, je saurai que mon cœur a tout vécu.

– Même l'amour ?

C'était ça, son but ultime ? Parler de ma vie privée ? Ils veulent monter un semblant de téléréalité pour me trouver une meuf ou quoi ? Qu'elle aille se faire foutre !

– Ça, ça ne vous regarde pas !

J'arrive à la jouer cool et à lui lancer un clin d'œil alors que je vomis sa question et son attitude. Elle est trop indiscrète, trop prompte à juger, trop dédaigneuse d'une génération à laquelle elle pige que dalle.

6 ans

Je sors de la tente proche de l'explosion.

– T'as l'air contrarié, Birdy ? lance Viktor, un Hollandais du même âge qu'Engel. Elle t'a pas eu à la bonne, la journaleu ?

– Une vraie casse-couilles !

Je m'affale sur des palettes transformées en canap' de fortune. Avec deux-trois coussins, c'est vachement confortable ! Les gars discutent de la manche précédente. Certains ont foutu de la musique sur une enceinte Bluetooth. Ici, on peut se détendre un peu avant de retourner dans la cohue.

– Qu'est-ce qu'elle voulait, au final ? demande Engel, intéressé.

– Avoir une photo de mon cul !

Il éclate de rire.

– Tu lui as dit qu'il y en avait plein sur Internet déjà ?

– Apparemment, elle était parfaitement au courant.

Et les mecs voient bien sur ma gueule que ça m'emmerde ! On est à une compétition de wake, on n'est pas là pour se la jouer people et autres trucs chiants.

– Tu devrais te détendre, m'intime le Hollandais. Peut-être qu'une des hôtesses serait partante !

J'avise les verres vides posés sur notre table. En levant les yeux, je découvre les deux filles dont il me parle. Il y en a d'autres plus loin dans les gradins. Elles sont payées par mon sponsor, pour les caméras, surtout. Elles portent toutes un maillot de bain orange de la marque, bien reconnaissable sur leurs corps bronzés et athlétiques. Si certaines prennent ça comme un vrai job, d'autres sont aussi là pour s'éclater entre adultes consentants ! C'est lors de ma première compétition officielle avec Bull Air que j'ai perdu ma virginité. L'une des hôtesses m'a dit texto que les sports extrêmes l'excitaient. Celle qui vient nous proposer à boire lui ressemble un peu. Une pâle copie de Vic, au final.

Je joue avec mon bracelet pour éviter de dire à la fille un peu trop souriante à mon égard que je suis pas intéressé. Je suis de mauvais poil. *Et maqué.* Putain, oui, je le suis encore !

– Tu sais que cette fille cherche à attirer ton attention depuis tout à l'heure ? me demande Engel.

– Je te la laisse…

– Pas sûr qu'elle se contente du deuxième ! rétorque-t-il. Alors, Birdy, qu'est-ce qui t'arrive ?

– À ton âge, chaque festival, c'était du pain béni pour nous, renchérit Viktor. Un vrai terrain de jeux !

– Qu'est-ce qui a changé ?

Viktor sort une bague de sa poche.

– Casé, mec ! Fini les p'tits culs !

Le Hollandais enfile son alliance.

– Fais pas attention, il est pas méchant, m'avertit Engel. Il est juste un peu trop porté sur le cul. Et je crois que sa meuf est aussi tordue que lui !

Cette fois, je me marre pour de vrai. L'adrénaline retombée, c'est parfois dur de savoir quoi ressentir au bon moment. Et quand je pense à Vic, un trou noir s'ouvre dans ma poitrine. *J'aurais jamais dû, putain…*

– Cela dit, je t'ai jamais vu comme ça.

– Ça passera…

– Alors c'est vraiment un problème de gonzesse…

– J'ai une vie parfaite. Je vois pas ce que ça pourrait être d'autre !

À part le cancer de ma mère, le risque d'une énorme prise de tête avec mon frère. Et mon sentiment d'être un débile profond à cause de cette connasse de journaliste…

– J'ai une idée qui devrait te plaire.

Je l'écoute attentivement. Une distraction. Faites que ce soit ça !

– Après le run de demain sur l'Iron Wake, on pourrait peut-être se faire quelques sauts à Wolfgang, ça te dit ? Rien de tel qu'un peu de frissons pour faire passer le chagrin.

– Ouais, carrément !

Évidemment que ça me dit !

– Je préfère te voir comme ça. Laisse tes problèmes chez toi, Birdy. Ici, on fait ce qu'on aime, ce pour quoi on déchire. T'as tout le temps de te prendre la tête quand t'es chez toi !

6 ans

Je retrouve ma bonne humeur tout de suite. J'ai besoin d'oublier toutes ces conneries, c'est pour ça que je fais ce boulot.

27

Vic

Je n'ai pas le temps de tourner en rond ou de m'épancher sur le départ de Raph. Si je regarde en arrière, j'en ai perdu suffisamment pour lui depuis mon retour. En tout cas, c'est ce que je me répète depuis trois semaines.

Je me fais l'effet d'une machine : je me lève aux aurores, prépare mon chantier, mes outils, je travaille, vais acheter les matériaux qu'il me manque, reviens, continue les travaux et recommence le lendemain…

Ce matin, on dirait que la chaleur a décidé de grimper encore plus, et plus tôt. Aucun courant d'air n'entre dans mon futur café. J'ai pourtant tout ouvert, mais rien n'y fait. Je vais devoir investir dans une clim, sinon la clientèle ne se sentira jamais bien ici… *Encore une dépense non prévue !*

Je m'essuie le front plein de sueur et pose mon rouleau. J'ai enfin fini le plafond et les murs. Avec les bibliothèques industrielles que je compte créer, le futur comptoir alliant bois et fer forgé, ainsi que les plantes que je prévois de disséminer un peu partout, je suis certaine que le résultat sera très joli. Mais il faut que je me rende à l'évidence : je n'ouvrirai jamais à la fin du mois. Ok, un parquet, ça se pose vite, mais il y a encore l'électricien à faire venir, ainsi que le plombier pour tous les raccordements. Sans oublier que, même si j'ai commandé la plupart des meubles, ils n'ont pas été livrés.

Je soupire en dressant la liste du travail restant. *J'ai besoin d'une pause.*

Une bouteille d'eau récupérée dans le frigo de l'appartement en main, je m'installe sur la marche à l'entrée de la boutique. Plusieurs commerçants voisins me saluent puis retournent à leurs activités. Je bois un peu, regarde le paysage, extirpe mon téléphone de la poche arrière de mon short. Mes cheveux humides de transpiration me collent au cou, je les dégage en allumant mon écran.

Je me sens seule. Il y a quelque temps encore, Raph venait m'aider. Peindre ou poncer ne semblaient même plus être des travaux grâce à sa bonne humeur, ses sourires et ses regards enflammés. Je secoue la tête pour ne pas penser à lui et à ses yeux suppliants après sa connerie, mais c'est peine perdue. Nos fous rires et nos baisers refusent de quitter mon esprit… Entre nous, il y a cette alchimie que je ne saurais expliquer et qui me fait vibrer. Pourtant, je n'en suis pas à mon premier petit ami. J'ai réussi à oublier d'un claquement de doigts ceux qui m'ont manqué de respect, mais avec Raph, c'est différent. Je le connais depuis tellement longtemps. Je sais qu'il est jeune, et certainement sous pression à cause de sa mère malade… *Est-ce que je suis en train de lui trouver des excuses ?*

Sans que je m'en rende compte, mes doigts pianotent sur le moteur de recherche de mon téléphone. Je n'ai pas encore fait ma curieuse jusqu'à présent. À part la fois où Julie m'a montré sa chaîne YouTube, je n'ai pas eu le temps de plonger dans son univers. Qu'il partage mon quotidien me suffisait…

Je me rends sur le site de Bull Air. *Ils font forcément la promo pour ce championnat…* Il y a de nombreuses vidéos sur leur page d'accueil, pas forcément de wake, mais de tous les sports où les sensations se mêlent à la vitesse : snow, surf, moto, course automobile, cross…

J'essaie de regarder les images d'un œil détaché, de ne pas ressentir de palpitations à l'idée de le voir dans son élément… M'intéresser à ce que fait Raph, n'est-ce pas déjà lui pardonner ?

6 ans

La compétition de wakeboard en Autriche est affichée à la une. Une vidéo de l'événement se lance automatiquement. Le spot n'a rien à voir avec le lac où Raph s'entraîne. Là, on est à un niveau au-dessus. Des gradins ont été montés tout autour du parcours. Les obstacles sont plus hauts, plus longs, et à ce que je vois des premiers participants, le câble les tire plus brutalement. La vitesse de surf et la hauteur des sauts sont impressionnantes !

Je monte le son. Et regarde les manches les unes après les autres. Le parcours est rapide, les participants font le tour en quelques minutes, proposant chacun des *rides* différents. Jusqu'à Raph.

Je reconnais son équipement en premier, puis son bracelet orange et sa démarche. Je suis complètement happée par mon écran. Raph assure, comme d'habitude, mais mon cœur se cale sur chacune de ses figures.

Raph remporte la compétition, ce dont je n'ai jamais douté. C'est étrange de se sentir connectée avec quelqu'un à ce point… *Quelqu'un qui a fait n'importe quoi, Vic !*

Quelques vidéos gratuites sont listées sous le *replay* du championnat. Je repère le nom de Raph sur une des miniatures. En l'ouvrant, je tombe sur un genre de vlog retraçant le parcours du wakeboardeur phare de la marque. Il y a plusieurs plans de ses vidéos : on le voit en snow, s'élançant du sommet d'une montagne, puis en été sur un lac, ou encore, en haut d'une falaise avant de sauter dans une eau turquoise. Des réponses à une interview ont été intercalées entre les images. Il évoque sa ville natale. Est-ce qu'elle lui manque ? Est-ce que *je* lui manque ?

Je continue sur une autre interview de lui. En face à face, avec une journaliste qui l'énerve très vite. Je reconnais son expression agacée même s'il sourit. J'aime l'écouter parler. Raph est très sûr de lui, comme toujours. Je crois qu'il n'aime pas qu'on le cherche sur qui il est. Le wake, c'est sa vie.

Quand vient la dernière question, mon cœur vrille dans ma poitrine. Il a raison, c'est sa vie privée, mais… n'aurais-je pas aimé une autre réponse ?

– Toujours aussi beau gosse, ton mec !

Mon téléphone m'échappe des mains en sursautant. Je le rattrape de justesse en avisant la paire de jambes à hauteur de mes yeux et ma meilleure amie qui se fout de moi ouvertement.

– Tu avais oublié que je venais, toi ! Je me trompe ?

Toujours aussi perspicace ! Et aussi agaçante !

Je me relève.

– Vous deviez arriver ce week-end.

– Oui… Mais moi, je sais négocier. Pas Jérémy.

Julie me claque une bise rapide avant d'entrer faire le tour du proprio.

– Waouh ! Ça a changé ici !

Je la laisse redécouvrir la boutique puis l'appartement à l'étage. Quand on redescend, c'est pour s'installer où je me tenais quelques instants plus tôt, une bière à la main cette fois.

– Alors, tu ouvres quand ?

– Pas avant un mois, si tu veux mon avis, soupiré-je.

– Tu avais dit que deux mois seraient suffisants.

C'était avant de revoir Raph et de redevenir une ado oubliant toutes ses priorités pour une amourette de jeunesse !

– Ouais… Disons que j'ai pas été très consciencieuse !

– Je vois ce que tu veux dire.

– Je sais que tu vois. Mais y'a pas que ça… Je crois que j'avais besoin d'un peu plus de temps. Tu sais, pour me faire à l'idée que j'étais en train d'effacer l'existence de ma grand-mère.

– Ce n'est pas ce que tu fais.

Bien sûr, j'ai envie d'écrire ma propre histoire dans cette maison, mais il n'est pas si facile de laisser partir tout ce que Nanou a construit.

– C'est elle qui le voulait, tu te souviens ?

J'acquiesce. Oui, c'est ce qu'elle voulait… Et elle n'aurait pas du tout aimé que je ressasse le passé de cette façon !

– Elle aurait été la première à m'engueuler parce que ce n'est pas fini !

Je pourrais presque l'entendre : « La vie est trop courte, ma chérie, pour regarder en arrière vers des choses qu'on ne peut de toute façon pas changer. »

– Raph n'est pas là ? demande Julie après un silence.

– Non. Il est parti.

– Parti ? Où ?

– En Autriche. Pour une compétition.

– Et il revient quand ?

Je hausse les épaules en évitant de la regarder.

– Qu'est-ce qui se passe ?

– Il se passe ce qui se passe quand on sort avec un mec six ans plus jeune !

Je me relève d'un mouvement brusque. Je suis furieuse contre mes propres mots, contre Raph et sa débilité. Je ne pensais pas souffrir autant… Si vite…

– C'est des conneries, ça, Vic ! riposte Julie en me poursuivant jusque dans l'appartement.

Je jette ma bouteille, ouvre rageusement mon frigo et chope une nouvelle bière. Sa main se pose sur la mienne.

– C'est des conneries…

– Il a embrassé une autre fille !

– Quel connard !

Je ris.

– Oui, comme tu dis !

– Pourquoi il a fait ça ?

– Y'a pas de raison à chercher quand quelqu'un embrasse quelqu'un d'autre… Il est trop jeune, il a fait une connerie. Et c'est terminé.

– Donc la raison, c'est qu'il est trop jeune ?

– Non ! C'est juste que… Je n'ai pas envie de me rappeler cette soirée.

Ni de lui. J'étais…

– Je pensais que ce serait moins prise de tête.

– Mais t'es tombée amoureuse.

Quelle conne je fais…

– Et tu comptes faire quoi quand tu le reverras ?

– J'en sais rien.

Je l'aime, mais honnêtement, je ne sais pas ce qu'il se passera entre nous quand il reviendra.

28

Raph

Brice et Louis m'attendent à l'aéroport. C'est un peu notre rituel après mes voyages. Je bouge pas mal dans l'année, mais eux restent toujours dans le coin – je suis sûr qu'ils ne partiraient pour rien au monde, ils aiment trop la montagne –, alors chaque fois, on passe la soirée ensemble. Pourtant, ce coup-ci, je n'ai pas trop le cœur aux retrouvailles. Revoir Brice, c'est revivre les derniers instants de ma relation avec Vic. Autant dire le truc auquel je pense tous les jours dès que je me pose un peu.

Je suis à l'arrière de la voiture, le téléphone entre les mains. Même si je n'ai plus aucune nouvelle.

– T'attends l'appel de qui pour regarder ton téléphone toutes les cinq minutes comme ça ? me demande mon frère le plus vieux à travers le rétroviseur.

Grillé !

– Personne.

– Vu la gueule que tu tires, ça a pas l'air d'être personne. T'as gagné, pourtant. Tu devrais plutôt nous payer un coup avec le sourire !

– T'as rencontré une fille là-bas ? me questionne Louis.

J'en ai pas rencontré et je ne veux pas en rencontrer d'autres. Je veux que Vic réponde. Je voudrais qu'on parle.

– Non.

– Alors, quoi ? À peine cinq minutes que t'es rentré et tu veux déjà te barrer voir tes potes ?

– On vous a déjà dit de vous mêler de ce qui vous regarde ?

– Ouais. Mais en tant que petit dernier, tu as l'immense honneur de n'avoir aucune vie privée pour nous.

– C'est la génération qui veut ça, se lamente Brice. Six ans, ça change tout… Quoique… Vic est pareille. Chaque fois que je l'ai vue ce mois-ci, elle était scotchée à son portable, à attendre des nouvelles de son mec…

Son mec ? La nouvelle me broie le cœur. Heureusement que mes frangins sont concentrés sur la route et ne voient pas que je viens de me prendre un coup en plein bide.

– Elle a un mec ? cherché-je à savoir avec une voix que j'essaie de garder assurée mais qui ne l'est pas.

– Ouais. Et apparemment, c'est sérieux !

Vas-y, remets-en une couche !

– En trois semaines ?

– C'est ce que j'ai cru comprendre, oui.

Je tourne la tête pour regarder la route et me concentrer sur autre chose que cette conversation. Mais c'est compliqué.

– T'en as pas marre de te prendre des râteaux par cette fille ? demande Louis à Brice.

– C'est pas n'importe quelle fille !

– Tu vis dans le passé, Brice. Vous êtes même pas sortis ensemble depuis qu'elle est revenue. Si ça se trouve, c'est une emmerdeuse.

Pas du tout ! Vic est simple, vraie et sans prise de tête. Je suis juste con d'avoir cru…

Je jette un coup d'œil à mon frère aîné. Je revois leur étreinte, j'aurais dû attendre qu'elle m'explique.

– Ce n'est pas une emmerdeuse, tu le sais très bien. Et de toute façon, on s'en fout, j'ai lâché l'affaire, rétorque Brice.

Intérieurement, je ricane. Lui, lâcher l'affaire avec Vic ? Je demande à voir. Qu'elle soit un peu malheureuse, un peu ouverte à un rapprochement, et il rappliquera, la queue entre les jambes… Comme moi. Je n'attends que ça : qu'elle me laisse rappliquer.

Elle s'est trouvé un mec si vite après que je sois parti ? Nous deux, c'était des conneries, alors ?

Je reprends mon portable et pianote rageusement.

`Raph: On peut se voir?`

J'espère qu'elle me répondra. En attendant, Louis nous conduit dans un bar pour notre soirée. Au programme : bières et billard. C'est un des rares endroits de notre ville à en avoir deux. Louis en a réquisitionné un pour nous trois ce soir.

En quelques coups, je leur mets la misère. J'ai toujours été doué à ce jeu. Mes frères sont bons, mais moins que moi. Il faut dire qu'ils ont moins le temps pour ce genre de loisir.

Les bières s'enchaînent et nos fous rires aussi. On a beau ne pas toujours être d'accord, on est tout de même très proches. J'ai de la chance d'avoir deux grands frères toujours présents pour moi. Ce sont de vrais emmerdeurs la plupart du temps, mais je n'aurais pas été ce que je suis sans eux.

Je ressens une pointe de culpabilité à l'idée que Brice n'est toujours pas au courant pour Vic. Est-ce que ça vaut la peine que je me mette mon frère à dos, maintenant qu'on est plus ensemble ?

En levant les yeux du jeu, je crois avoir une hallucination avant de me rendre compte qu'elle est là, à quelques mètres de nous. J'ai pas tourné la page, je n'arriverai jamais à le faire.

Elle est assise à une table, quelques verres vides éparpillés devant elle. Il y a un type, à ses côtés. Trop près. Il a passé son bras sur le dossier de sa chaise et lui parle à l'oreille pour qu'elle entende. Elle sourit.

Cette expression me fait péter un plomb. Je lâche ma canne en prétextant une envie pressante de boire un truc et, quand mes frangins ne font plus attention à moi, je fonce vers Vic et son nouveau mec. Je le saisis par le col.

– Qui t'es, toi ?

– Raph ! s'exclame Vic en repoussant mon bras.

J'essaie de revenir sur lui, mais elle se lève pour m'en empêcher.

– Qu'est-ce qui te prend ? Qu'est-ce que tu fais là ?

– C'est lui ?

– Lui qui ?

– Ton fameux mec. Celui dont Brice n'arrête pas de me parler !

– Quoi ? Quel mec ?

– Réponds-moi, Vic, ou je te jure que je vais perdre patience ! Tu as un mec ? C'est ce connard ?

– En quoi ça te concerne ?

Nous nous gueulons dessus de plus en plus fort. *Si Brice et Louis n'entendent rien, ça sera un miracle !*

– Ça me concerne quand un mec veut poser la main sur ma nana.

– Je ne suis pas ta nana, Raph ! Tu as perdu ce droit le mois dernier, tu te souviens ?

Elle enrage de me voir là, je le lis dans ses yeux. Cette flamme que j'y discerne me donne envie de me jeter sur elle. Je rêve de m'emparer de ses lèvres pour lui rappeler comment c'est entre nous : explosif et passionné.

– Euh… Vic ? Ça va ?

Sa meilleure pote Julie nous interrompt. Je quitte le visage tendu de Vic pour regarder sa copine. Elle a une main sur l'épaule du type, et son pouce lui caresse le cou, comme pour le protéger. Je bloque sur ce détail et fronce les sourcils.

– Oui, ça va, la rassure Vic. À part que le petit con ici présent prend ton mari pour mon mec. Hein ? C'est bien ça, Raph ? finit-elle en se tournant vers moi.

Eh merde !

29

Vic

La première chose à laquelle j'ai pensé en le revoyant, c'est qu'il était encore plus beau que lorsque je l'ai quitté. La deuxième, qu'il m'a manqué. La dernière, que je me sens comme une gamine stupide de penser à ça alors que je lui en veux toujours. Surtout qu'il n'affiche aucun remords en me renvoyant mon regard mécontent.

J'essaie tant bien que mal de ne pas faire attention à ses muscles bandés sous son tee-shirt, à ses cheveux qui ont poussé pour ressembler à une tignasse désordonnée mais bien trop sexy sur sa tête, à son teint hâlé, ses joues rasées de près et sa pomme d'Adam si masculine qui déglutit alors qu'il entame la même inspection que la mienne.

C'est comme si l'air bourdonnait soudain autour de nous, comme si rien n'était vraiment fini. Du moins jusqu'à l'arrivée de deux silhouettes bien connues qui mettent un terme à notre échange silencieux.

– Il se passe quoi, là ?

Raph a attiré l'attention de ses frères. *Bien fait pour lui !* Je le vois effacer son air hargneux, se détourner de moi et affronter le regard interrogateur de Brice.

– Vic ? s'exclame Louis après m'avoir repérée. Salut ! Qu'est-ce que tu fais là ?

– Julie est venue passer le week-end ici avec son mari, on a décidé de sortir. Quant à ce qu'il prend à Raph…

Je dévisage ce dernier une seconde avant d'enchaîner.

– … je n'en ai pas la moindre idée, complété-je. Des filles à draguer, je suppose.

Raph siffle entre ses dents serrées. On dirait un fauve prêt à bondir. Sur moi, en l'occurrence !

– Raph, ça va ? s'inquiète Louis.

– Ouais… Je vais aller boire un truc.

Je le regarde s'éloigner en direction du bar. Julie a ce petit sourire en coin que je lui déteste lorsqu'il m'est destiné. Brice, lui, soulève un sourcil comme si un truc lui échappait. Et un truc lui échappe : je suis malade d'amour pour son petit frère.

Louis suit son benjamin plus loin.

– J'ai bien cru qu'il allait m'en mettre une, ton mec, Vic !

Je me tétanise soudain. *Jérémy ne vient pas de dire ça devant Brice ?*

– Ce n'est pas mon mec.

– Ah bon ? Pourtant, c'est pas celui que tu…

Il se prend une claque derrière le crâne par sa femme.

– Aoutch… Quoi ?

Non, mais côté discrétion, ces deux-là…

– C'est pas lui, non.

– Qu'est-ce qui se passe avec Raph ? Qu'est-ce qui lui a pris ?

– J'en sais rien. Je ne suis pas là pour contrôler ses humeurs.

Je pensais passer une soirée tranquille et je me retrouve face à un Raph plus magnétique et imprévisible que jamais. Je fais comment, moi ? *Tu es tellement faible, Vic !*

Du coin de l'œil, je remarque que Louis réussit à dérider son petit frère et à le ramener vers les tables de billard.

– Vous voulez venir faire une partie avec nous ? propose Brice avec un regard perçant dardé sur moi.

J'acquiesce avec un grand sourire. Il nous fait donc signe de le suivre. Jérémy sur ses talons, Julie me retient un peu en arrière en m'attrapant par le coude.

– Est-ce que c'est une bonne idée ? s'assure-t-elle, un brin malicieuse, comme à son habitude.

– De lui faire bouffer sa queue et ses boules, tu veux dire ? ironisé-je en parlant de Raph.

Elle s'esclaffe.

Raph s'appuie sur sa canne et attend que nous les rejoignions vers le billard. Il est tout en tension, habillé de façon décontractée, dans un tee-shirt lâche qui laisse deviner son corps souple et athlétique tombant sur un jean taille basse qui attire bien trop mon regard. La ceinture, surtout. Quand il bouge, le haut de son boxer s'affiche à tous les regards. J'imagine son ventre en dessous : sa peau fine, ses abdos fermes… Même pas un mois et je suis déjà en manque. *Vic, arrête ça !*

– J'aime te voir comme ça, ma chérie. Il t'en fait voir, ce petit jeunot ! poursuit Julie.

Je roule des yeux, agacée qu'elle ait raison.

– Sérieusement, reprend-elle tandis qu'on s'approche de la table de jeu des trois frères, à voir sa tête, Brice se doute de quelque chose. Affronter Raph en mode sexy devant son grand frère, ça risque d'être grillé.

– En mode sexy ?

– Le billard, explique-t-elle. Rien de tel pour émoustiller un homme, si tu veux mon avis. Je vais faire en sorte d'aguicher le mien. Toi, vu ta tenue, tu risques de faire exploser deux-trois neurones dans la salle…

Je baisse les yeux sur mes fringues. Qu'est-ce qu'elle a, ma tenue ? J'ai juste… Ok, je porte un chemisier vaporeux au décolleté ultra plongeant et un jean très près du corps. Mais c'est pas comme si j'avais prévu que Raph soit là. J'ai tout de même un sourire : peut-être que c'était un très bon choix, au final.

– Ouais, c'est ce que je dis : mauvaise idée, se moque Julie en lisant dans mes pensées.

– Il faudra bien que Brice l'apprenne un jour…

Je joue la fille détachée mais je n'en mène pas large.

– Que vous êtes sortis ensemble ou que vous sortez toujours ensemble ?

– On ne…

–Vic, je te jure que si tu me dis qu'il n'y a plus rien entre vous, c'est toi qui vas bouffer une ou deux boules !

On se fige en se regardant, et nos rires explosent à travers la salle. Heureusement que Julie est là, ce soir. Elle sera mon garde-fou pour que je ne retombe pas dans les bras de Raph. Ou pas…

30

Raph

Vic me tue à rire de cette façon. Elle me tue tout court quand je vois ce qu'elle porte et la façon dont elle ondule des hanches en venant nous rejoindre autour de la table. Brice lui tend une canne, ils ont tous les deux un sourire rayonnant. Je serre la mienne dans ma paume en faisant mine que ça ne m'atteint pas, mais après trois semaines loin d'elle, tout ce que j'attends, c'est de pouvoir l'embrasser.

La partie se déroule comme un tournoi : chacun pour sa peau, et les deux vainqueurs en finale. Premier match : Vic contre Louis.

– Alors, Vic, comment tu t'en sors au billard ? veut jauger Louis.

– J'ai joué quelques fois… répond-elle, évasive.

Brice place les boules sur le tapis.

– Est-ce que je dois te montrer comment on tient une queue ou… commence Louis en se foutant clairement de sa gueule.

– Non, ça va aller, merci.

Brice se marre comme un gosse. Il y a toujours eu un esprit de compétition entre ces trois-là. Louis, plus petit que Brice et Vic, a toujours voulu prouver qu'il pouvait suivre. Mais ce soir, à voir la manière dont elle tient sa canne et remet un coup de bleu dessus, je sens qu'il va morfler. Je me penche à l'oreille de mon frère le plus âgé.

–Vingt balles sur Vic.

–Vendu !

Les deux adversaires tournent autour de la table. Je me frotte déjà les mains, je suis sûr qu'elle a déjà joué. Cette meuf a plus d'un tour dans son sac, c'est pour cette raison qu'elle me tient.

– Est-ce que tu veux casser ? demande Louis, grand seigneur.

–Ah ! Oui, je veux bien.

Elle cherche à se faire passer pour une petite fille innocente ou je rêve ?

Une chose est sûre, je n'arrive pas à détourner le regard d'elle. Heureusement, Brice ne mate pas dans ma direction. Même si savoir ses yeux posés sur le décolleté de Vic ne m'enchante pas non plus. *Cette position est beaucoup trop bandante* !

Nous sommes tous hypnotisés au moment où elle se penche, s'étire, canne en main, et frappe l'ensemble des boules. Le coup est parfait, elle vient de tout éclater. Il y a même une boule qui rentre dans une des poches, sous les yeux ébahis de Louis. *Elle va lui mettre la misère !*

–Tu voulais savoir quoi, déjà ? fait-elle mine de réfléchir avec un clin d'œil. Si je m'en sortais bien ?

Louis reste bouche bée. *Je crois qu'on l'a perdu !*

– Elle va t'écraser, mec ! affirme Brice avec un air de gosse.

– La partie est pas finie, ronchonne-t-il.

Et pourtant, en quelques coups, Louis est mort. Mauvais joueur, il fait la gueule cinq minutes, puis les autres parties effacent sa défaite.

Au dernier tour, je me retrouve face à Vic. Brice et Louis discutent plus loin en buvant une bière, sa copine flirte ouvertement avec son mec, c'est un peu comme si je l'avais pour moi tout seul. Je n'arrive pas à savoir si elle me cherche ou si elle est en colère contre moi. Elle ne m'a pas parlé depuis le début des parties, mais dès que c'est à moi de jouer, son regard s'attarde sur mes bras, mon torse et mes lèvres souriantes. Quand c'est à elle, c'est son cul qui se trouve bien trop souvent dans mon champ de vision. Vic me frôle chaque fois qu'elle le peut.

– Tu as besoin d'un professeur ? lui demandé-je pour voir si elle répond à mon ton taquin.

– Non, je me débrouille très bien toute seule.

Elle se baisse sur la table. Elle fait exprès de coller ses nichons sur le tapis et de relever son cul ? Parce que là, tout ce qu'elle va réussir à faire, c'est donner une trique d'enfer à tous les mecs qui la matent. Elle me lance un clin d'œil discret avant de taper dans sa boule. Direct au fond du trou. *Pas mal !*

– Je trouve que je suis plutôt bonne.

Sa main descend lentement le long de sa canne. *Et voilà, j'ai une trique d'enfer !* Elle tourne autour de la table, cherchant un angle pour tirer son prochain coup. Quand elle passe près de moi, je murmure à hauteur de son oreille :

– C'est vrai que t'es plutôt bonne…

Et je ne parle évidemment pas de billard ! Vic le comprend à mon sourire. Elle en rate son coup.

– Il va t'avoir au mental, Vic, rit Julie en face de son amie.

– Je l'aurai autrement, ne t'en fais pas.

Je ne demande que ça !

– On devrait établir des règles… proposé-je.

– Pourquoi ? Tu n'es pas du genre à les respecter !

Aïe ! Rancœur niveau mille, c'est mal parti pour moi. Même si elle se plaît à jouer avec mes nerfs, rien ne garantit que je remporterai ce que je veux par-dessus tout ce soir.

– Je sais respecter les règles, Vic.

– Permets-moi d'être sceptique. Il faudra me le prouver.

On ne parle plus billard, là. C'est évident. Je suis peut-être jeune, mais pas complètement idiot.

– Je te le prouverai.

– Encore faut-il que je t'en laisse l'occasion !

C'est moi qui foire mon coup, cette fois. Sa réplique est si tranchante qu'il est impossible que personne ne comprenne. Heureusement pour moi, Brice est plus intéressé par la discussion de Louis et les seins de Vic que par notre conversation. Elle capte mon regard sur mon frère et soupire.

– On en est encore là ?

Elle reprend la main et ne la lâche plus jusqu'à la fin de la partie. Coup après coup, sa rage se déverse sur le jeu.

– Tu as encore beaucoup de choses à apprendre… lâche-t-elle à mon attention.

Elle va ranger sa canne avant de revenir vers moi, toujours de cette démarche très sensuelle qu'elle a accentuée ce soir, et vient murmurer pour moi :

– Sur les femmes en général.

Elle s'écarte aussitôt. Je n'ai pas le temps de répondre, mes frères reviennent.

– Où est-ce que t'as appris à jouer aussi bien ? demande Brice, impressionné.

– Je suis sortie avec un étudiant qui se débrouillait très bien…

Ses yeux dévient sur moi une fraction de seconde.

– … au billard, termine-t-elle avec un petit sourire vicieux.

Est-ce qu'elle vient de sous-entendre que ce connard se débrouillait très bien avec elle dans un autre domaine ? Je ferme ma gueule parce qu'il y a mes frères pas loin, mais je vais lui montrer qui se débrouille aussi très bien…

Après la partie, nous nous retrouvons tous autour d'une table pour continuer la soirée. On boit trop, on rit pour des conneries. Brice et Louis s'entendent bien avec Jérémy. *Le foot, toujours le foot !* Je souris comme un con devant leur bonne humeur communicative, mais une partie de moi reste focalisée sur Vic. Je voudrais me lever pour la plaquer sur cette table, mais je me contente d'étendre mes jambes vers elle. Mon pied touche son pied, puis remonte par moments sur son mollet et l'intérieur de son genou. Chaque fois, son souffle se bloque avant qu'elle me lance un regard enflammé. C'est marrant de la voir se battre contre elle-même. Durant tout ce temps, jamais elle ne bouge la jambe, elle ne la met pas hors d'atteinte de moi. Et ça, ça veut dire que j'ai encore une chance.

– On va peut-être rentrer, non ? lance Louis.

Merde, quelle heure est-il ?

– Ouais… Nous aussi, répond Jérémy.

Merde. Merde. Merde ! Je veux pas qu'elle se barre.

– Raph, tu viens ? me demande Brice.

– Ouais…

Je veux pas me tirer, putain !

– On se voit plus tard, les garçons, lance Vic en suivant ses potes.

Là encore, son regard s'attarde sur moi. *Merde, reviens !*

– Raph, qu'est-ce que tu fous ?

Je parcours le bar des yeux. Il n'y a plus grand monde, mais par chance, je repère le meilleur alibi qui soit, au bar, avec une copine.

– Rentrez sans moi.

Je ne donne pas plus d'explications, mon coup de menton vers ces deux filles parle pour moi.

Une minute après que mes frangins se soient barrés, je pars rattraper Vic devant sa boutique. Sa pote et son mec ne sont pas là. Soit ils sont déjà couchés, soit ils dorment ailleurs. Elle s'apprête à fermer le rideau métallique quand je la bloque. Ses yeux s'écarquillent, et elle a un instant d'hésitation dont je profite pour entrer. Je referme derrière moi et la coince contre la porte, le visage tout près du sien, pour qu'elle sente mon souffle sur sa bouche.

Elle s'humecte les lèvres en me regardant dans les yeux. Sa poitrine se gonfle contre la mienne, sa nuque frissonne quand je pose la main sur son bras, descends jusqu'à ses reins puis ses fesses.

– Qu'est-ce que je ne sais pas sur les femmes ?

– Un truc essentiel qui t'empêcherait de faire des conneries.

– Mais si je sais te faire revenir, rétorqué-je en prenant appui de chaque côté de sa tête, mon érection contre son ventre, est-ce que ce n'est pas mieux que d'être irréprochable ?

– Raph…

Mon prénom dans sa bouche résonne comme une prière, ce n'est clairement pas une tentative de me repousser. Vic me veut, j'en suis certain. Même si j'ai tout fait foirer comme un con.

Je me jette sur elle comme un type qui n'aurait pas bouffé depuis des semaines. Les lèvres de Vic répondent sauvagement : sa langue vient taquiner la mienne alors que sa gorge produit des sons bandants. J'en suis déjà à déboutonner sa chemise pour découvrir un soutif blanc si plein de dentelles qu'il en est transparent. Ses seins pointent sous mes pouces.

– Tu l'as mis pour quelqu'un en particulier ?

– Juste pour moi, me souffle-t-elle.

Elle a du mal à se concentrer pour répondre. Ses yeux se ferment, sa respiration est entrecoupée, aussi rapide que la mienne.

– Tu as un mec ?

– Non.

Je descends les bretelles de son sous-vêtement et m'égare sur son ouverture. Je n'ai jamais bandé aussi fort.

– J'ai beaucoup trop bu, tente-t-elle de se convaincre. Je t'en veux toujours.

– Je sais.

Elle remonte sa jambe contre ma hanche, je l'attrape pour la maintenir et qu'elle sente l'effet qu'elle me fait quand elle se frotte contre moi.

– Tu me fais trop de bien, se plaint-elle contre ma bouche.

Elle mord ma lèvre inférieure comme pour me punir de ce que je lui fais ressentir. Je lui saisis l'autre cuisse pour la passer autour de moi.

– Seigneur… C'est tellement bon !

– Je t'ai manqué ?

Elle ne me répond pas. Ses mains sont déjà sous mon tee-shirt, caressant chaque ligne de mes abdos. Elle ne s'arrête que pour me retirer mes vêtements.

– Ils dorment où, tes potes ? m'informé-je entre deux baisers.

– Je leur ai prêté la chambre d'amis, vu…

Je pèse un peu plus sur elle.

– … qu'il était tard, parvient-elle à finir.

À mon tour de la mordre : son cou, ses oreilles, sa bouche qu'elle ouvre pour me laisser prendre possession de sa langue.

Gémissement après gémissement, Vic se perd un peu plus contre moi, sa chatte contre ma queue derrière nos pantalons, c'est un putain de truc divin.

Je nous entraîne à l'étage en essayant de ne pas faire trop de bruit, mais elle continue de m'embrasser, de me griffer, de tout faire pour que je cède. Je tiens bon.

En haut, je traverse son couloir à l'aveugle, ouvre sa porte d'un coup d'épaule, la referme et l'allonge sur le lit. Pas un millimètre ne nous sépare. J'appuie plus fort entre ses jambes, elle les écarte d'autant plus.

Un halètement sourd lui échappe, elle serre les dents pour se retenir.

– Je ne peux pas ne pas faire de bruit, explique-t-elle comme si c'était un supplice.

– Tu veux que je te bâillonne ?

Je vois dans ses yeux à quel point cette idée lui plaît. Je glisse ma main sur sa bouche, elle la prend entre ses dents. Sa langue sur mes doigts me fait fermer les yeux et retenir un souffle douloureux. Je vais jouir dans mon froc comme un puceau, si elle continue. Vic est fière d'elle.

– Ça fait longtemps, on dirait…

– Trois semaines.

Je veux qu'elle sache qu'il n'y a qu'elle. Ce qu'il s'est passé avant mon départ était une connerie, je n'aurais jamais dû embrasser cette meuf !

– Et toi ?

Ses mains descendent ma braguette, puis enlèvent le reste de ses fringues. Elle ne répond pas et se contente de me regarder avec son petit air mutin, criant qu'elle sait un truc que j'ignore.

Je dégage mon pantalon et mon boxer avec rage avant de reprendre sa bouche.

– Tu aimerais bien le savoir, hein ? me taquine-t-elle entre deux baisers.

Elle prend l'ascendant, me faisant rouler pour être sur moi, complètement nue, silencieuse et observatrice de ma propre nudité. Elle se penche vers sa table de chevet pour m'enfiler un préservatif. Elle ne m'a toujours rien dit, et je sens mon cœur devenir taré en imaginant un autre mec dans ce lit avec elle. Elle se positionne sur moi, frictionnant mon érection.

– Vic, dis-le-moi ! insisté-je avec sérieux.

Je prends ses hanches entre mes mains et joue avec ma queue à l'entrée de son vagin. Je m'enfonce juste un peu, avant de ressortir et de la maintenir à l'écart. Elle grogne, cherche à me faire faire ce qu'elle désire mais sans y parvenir.

– Réponds-moi !

– Tu n'as qu'à te faire tes propres conclusions. Tu es doué pour ça.

Je la punis d'un mouvement sec vers le haut. Elle a un hoquet de surprise, suivi d'un autre quand je recommence. Ses yeux se ferment, son souffle s'accélère, ses mouvements m'accompagnent. Je la vois danser au-dessus de moi, la tête en arrière, et tout ce que je peux faire, c'est enfoncer mes ongles dans sa chair tant elle me fait planer.

– Vic, j'ai besoin de savoir…

Elle ne s'arrête qu'une seule seconde, pour se pencher sur ma bouche et susurrer d'une voix sensuelle :

– Donne-moi un orgasme, je te le dirai ensuite.

Ses désirs sont des ordres.

31

Vic

Qu'est-ce qui m'a pris ? Voilà la seule chose à laquelle je pense depuis que j'ai ouvert les yeux. Raph est allongé, nu, dans mon lit ! Son bras est autour de ma taille, et la couverture descend sur ses fesses. Sentant mon pouls devenir incontrôlable, je m'extirpe du lit en vitesse. Raph ne bouge pas.

Et même après l'avoir regardé pendant quelques minutes, il ne bouge toujours pas. *Son dos*… Je n'ai jamais rien vu d'aussi tentant que son dos musclé et bronzé. J'ai juste envie de m'allonger sur lui et de semer un chemin de baisers depuis sa nuque en suivant les creux de ses muscles pour finir par mordre la chair juste en dessous de ses reins. *Ça suffit maintenant, Vic !*

Je quitte ma chambre avant de faire une connerie. Une *nouvelle* connerie, si on s'attarde un peu sur celle d'hier. J'entends aussitôt que quelqu'un est réveillé. Au bruit de la vaisselle, je sais déjà qui m'attend dans la cuisine. *Je suis foutue.* Je n'ai pas été franchement discrète cette nuit, elle ne va pas me louper.

Comme le destin est joueur, c'est bien elle que je trouve assise à table. Je suis partagée : d'un côté, je sais qu'elle ne va pas se retenir de me taquiner, et je ne sais pas si je suis prête à plaisanter sur le sujet ; et de l'autre, la voir ici me prouve que je suis enfin chez moi. Pour sa venue ce week-end avec Jérémy, j'ai mis les bouchées doubles côté travaux. Cette pièce est l'une des premières que j'ai complètement finie. Je suis allée acheter de quoi l'aménager à mon goût et, maintenant, je m'y sens bien. J'aimerais que mon père et ma sœur puissent venir me rendre visite un jour. *S'ils font abstraction de tous les mauvais souvenirs qu'ils ont d'ici…*

***

– J'ai pas envie que tu partes !

Emeline m'enlace fort. À 20 ans, elle a encore parfois des attitudes de petite fille qui a besoin de sa grande sœur.

– Pourquoi tu retournes là-bas ? me demande-t-elle sans comprendre.

– J'aimais vraiment cette région. Toi aussi, non ?

– Plus maintenant.

Je soupire. C'est toujours aussi difficile avec elle. En plus de son esprit fragile, les souvenirs ne doivent pas aider. Je serre mes bras autour d'elle.

– On se verra une fois que j'aurai terminé ? Vous viendrez me voir…

– Peut-être un jour… souffle Emeline.

– Si ce garçon n'y habite plus… clame Papa, les bras croisés.

Ma sœur redresse la tête.

– Tu crois qu'il est parti ?

– C'est un village. Tout le monde savait. Si j'avais été à sa place, je ne serais pas resté auprès de gens qui me détestent.

– Nanou ne le détestait pas… dit-elle, attristée.

– Nanou aurait dû revoir ses priorités ! rétorque mon père, plein de hargne.

***

J'essaie de ne pas penser que je suis loin d'eux et qu'ils me manquent, mais c'est dur. Si seulement je pouvais me dire que leur absence est temporaire et que je les verrai bientôt autant que je le veux… Mais Emeline pourra-t-elle faire le trajet et venir passer le week-end ici ? « Peut-être un jour », a-t-elle dit. *En attendant, il reste encore des choses à faire…*

6 ans

J'ai besoin d'un litre de café ce matin, et de silence… mais je sais déjà que c'est peine perdue avec ma meilleure amie qui attend que je prenne place à côté d'elle, avec un petit sourire en coin.

– Dure nuit ? me demande-t-elle, l'air de rien.

Elle se croit discrète en buvant son café pour dissimuler sa mine satisfaite, mais elle ne l'est pas.

– Je vois ton sourire d'ici, Julie… raillé-je.

– Cette soirée était plutôt plaisante hier. Mais ce matin, je dois dire que ça devient foutrement intéressant.

– Pourquoi ? Parce que tu avais raison ?

– J'ai parié avec Jérémy. Je viens de me faire un billet de cent.

– Vous avez un compte commun. C'est quoi, l'intérêt ?

Je prends place à la table à ses côtés, une tasse brûlante remplie de café noir devant moi, et m'affale, le menton sur la nappe.

– L'intérêt, c'est que je lui prouve une fois de plus que j'ai toujours raison. Ça vaut tous les billets du monde !

Je tourne la tête vers la fenêtre pour qu'elle ne voie pas ma grimace.

– Tu es impossible ! Je viens de me lever, j'ai pas le droit à cinq minutes de répit ?

– J'en ai pas eu de la nuit à cause de vous… donc non.

– Seigneur ! Épargne-moi les détails !

– De ta propre nuit de baise ?

Cette fois, je cache carrément ma tête contre le bois. *Si je pouvais me filer des baffes !*

– J'étais bourrée, donné-je pour seule excuse.

– Excuse typique. Être bourrée ne t'a pas empêchée de savoir qui tu avais entre les cuisses cette nuit…

– Juliiiie…

– Heureusement que tu n'as pas de voisins !

– Ça suffit !

J'essaie de la faire taire en me redressant et en posant une main sur sa bouche, mais elle s'esclaffe d'autant plus.

Je ne l'ai jamais entendue rire autant. À mes dépens, en plus. *Quelle petite garce !*

Elle se penche vers moi comme si elle voulait conspirer et chuchote quelque chose qui finit de me plonger dans l'embarras :

– Ça m'a excitée, j'ai dû réveiller Jérémy pour qu'il me soulage !

Je plonge la tête dans mon café.

– N'aie pas honte ! Au moins, ça te venge de la fois où tu nous as entendus, au nouvel an.

– Je voulais oublier cet épisode traumatisant, lui rappelé-je en levant les yeux au ciel, tout sourire. Tu as crié tellement fort que j'ai cru qu'ils étaient deux !

– Jérémy pensait que tu étais avec trois mecs hier soir !

Julie me tire la langue et accompagne son geste d'un clin d'œil souriant. Elle me fait rire. *J'aime tellement qu'elle soit là.*

Une porte s'ouvre dans le couloir, nous tirant de notre moment complice. Nous entendons quelques pas, un bâillement peu discret, et Raph débarque, juste habillé d'un boxer. *Effectivement, je savais très bien ce que je faisais cette nuit…* Et j'ai envie de recommencer !

– Salut, nous lance-t-il en se grattant la tête, les yeux à moitié fermés. Je vais pas vous déranger, je vais juste prendre une douche pour me réveiller.

– Hum, hum… s'étouffe ma meilleure amie.

J'opine en silence, incapable de détacher mes yeux de lui. Il repart dans l'autre sens, et je reçois un coup de coude.

– Ce mec sait ce qu'il fait !

Elle désigne le couloir d'un geste du menton.

– Est-ce qu'on ne devrait pas lui dire que tu as passé des heures à le mater derrière un écran ? chuchote-t-elle avant d'éclater de rire devant ma mine déconfite.

Je la déteste !

– Tais-toi !

– C'est quoi, le problème, avec ce garçon ?

– Tout…

– Oh !

– Rien.

– Faut savoir ! Tout ou rien ?

Je pose à nouveau ma tête contre la table et la secoue de droite à gauche. Julie rit d'autant plus.

– Ça m'a l'air compliqué, tout ça. Compliqué pour pas grand-chose, si tu veux mon avis.

– Je n'aurais jamais dû coucher avec lui cette nuit.

– Aoutch !

– Je te jure. J'ai vécu plus d'émotions en trois semaines avec lui qu'avec tous mes petits amis précédents réunis.

– Ils étaient insipides et incompétents au lit, si tu veux mon avis.

– Merci…

– Je dis ce que je pense.

– Et tu n'as pas jugé bon de le dire plus tôt ?

– C'est pas comme si tu ne le savais pas. C'est toi qui es sorti avec eux, tu as bien vu que quelque chose clochait…

– Hum…

– En tout cas, celui-ci sort du lot !

Le ton de sa voix a changé. Je relève les yeux, posant le menton sur le plateau de la table. Ses yeux sont tournés vers le couloir, et ils ont l'air d'apprécier ce qu'ils voient. Je pivote : Raph est revenu, aussi découvert que tout à l'heure.

– Tu aurais une serviette quelque part ?

J'en reste interdite. *Il le fait exprès, j'en suis sûre.*

Il fait demi-tour sans attendre. C'est Julie qui me tire de ma contemplation :

– Tu devrais aller l'aider.

– Tu ne devrais pas m'encourager à me frotter à un mec qui a fait n'importe quoi avec moi, répliqué-je à voix basse.

– Je sens qu'il n'est pas loin de se rattraper, répond-elle.

– On verra.

Ce serait lui faire trop plaisir de lui dire qu'elle a raison !

Je rejoins Raph dans la salle de bains, il a laissé la porte ouverte. Je sens son regard sur moi pendant que je m'affaire pour lui trouver ce qu'il lui faut. Je le frôle à plusieurs reprises, et il ne cherche pas à s'écarter pour me faciliter la tâche. Au contraire, il se rapproche, attendant que je le regarde. Chose qu'il m'est impossible de faire.

– On devrait parler, tu crois pas ? finit-il par dire quand la situation a assez duré.

– Pour se dire quoi ?

– Tu étais plus accueillante la nuit dernière !

– La nuit dernière était…

– Quoi ? Une erreur ?

Je fais « non » de la tête en lui refourguant une serviette dans les bras. Ma salle de bains me semble minuscule alors qu'il m'inspecte de toute sa hauteur. Il attend toujours ma réponse.

– Une nuit, c'était bien, avoué-je sans parvenir à être tout à fait catégorique. Mais tu vas devoir ramer si tu en veux une deuxième.

– J'en ai déjà eu des dizaines, de deuxièmes…

Il ose un sourire sûr de lui.

– Je suppose que ça veut dire que ça te suffit, donc. Tu peux rentrer chez toi, dans ce cas.

Je fais mine de quitter la pièce.

– Attends !

Il me retient par la main.

– Je veux une infinité de deuxièmes nuits avec toi, Vic.

Mon cœur est en train de fondre. Il bat trop vite, s'enflamme tandis que Raph le tient au creux de ses mains.

– Tu dis ça maintenant, tenté-je pour me protéger, mais si tu recommences…

– J'ai fait une connerie, j'ai compris la leçon ! J'étais aveuglé par Brice et ce que vous avez été l'un pour l'autre…

– Nous étions jeunes, le coupé-je, et nous nous sommes quittés. Ça a été mon premier amour, mais c'est loin, maintenant. Je te l'ai déjà dit. Brice est mon ami, et c'est ton frère. Commence par mettre les choses au clair avec lui, ensuite on pourra discuter toi et moi.

– Et si j'y parviens, est-ce que j'aurai une autre chance ?

Mon soupir lui tire une grimace : ses yeux s'écarquillent, comme s'il était subitement effrayé par ce que je pourrais dire.

– Il faut que je réfléchisse, Raph. Je me suis laissé aller hier soir et…

– Tu regrettes ?

– Non. Mais je n'ai pas oublié ce que tu as fait. Qui me dit que tu ne recommenceras pas un jour après une autre dispute ?

Il baisse la tête, dépité.

– J'ai été con. J'ai tout gâché.

– Tu peux le dire, confirmé-je, un peu triste. Maintenant, j'ai trop peur du mal que tu pourrais me faire si je m'ouvre encore à toi.

– Tout ce que je veux, c'est te rendre heureuse. Je n'ai pensé qu'à ça pendant mon absence. Je voulais te voir et m'excuser. Je sais que j'ai agi comme un connard, et je voudrais tant pouvoir effacer ça, mais c'est impossible. Par contre, je peux tout faire pour me rattraper. Je *vais* tout faire pour ça. Tu me manques.

Je n'arrive pas à ouvrir la bouche. Tout ce que je veux, c'est l'écouter encore.

– Je suis fou de toi, Vic. Tellement dingue de toi que je ne sais pas comment gérer ce que je ressens. Mais je sais que je t'aime. Je n'ai jamais ressenti ça pour personne.

– Prouve-le-moi, dans ce cas.

C'est tout ce que je réussis à murmurer, la gorge serrée et le cœur battant fort.

32

Raph

Je suis sorti avec quelques filles et je me suis envoyé en l'air avec beaucoup, mais c'est la première fois que je veux rester avec une fille pour de bon. Je pense à elle tout le temps et ne me sens bien que si je peux la voir. Vic n'est pas juste un fantasme de gosse, elle est bien plus que ça. Plus je passe du temps avec elle, moins j'ai envie de sortir de sa vie.

J'ai repris les travaux dans sa boutique. Je ne lui ai pas demandé son avis. Elle s'est levée un jour et m'a trouvé là, le pinceau à la main, attaquant les finitions. Si je veux qu'elle puisse me voir comme un mec sérieux, prêt à être là pour elle, c'est par là que je dois commencer !

En un mois, elle a presque terminé son appartement. En bas, elle a accompli un changement radical : un comptoir alliant bois ancien et fer forgé a été installé à côté d'une vitrine dans le même style. Un grand bahut a pris place derrière le tout, contre le mur. Elle a aussi accroché de grands cadres de notre station en été et en hiver. Il ne lui manque que les tables, les chaises et de quoi installer une terrasse face au lac. Elle a obtenu l'autorisation.

– La déco te plaît ?

Je m'immobilise, pinceau en main.

– Elle me fait penser à un loft, c'est très design.

– Je vais ajouter quelques bouquins à disposition, sur une bibliothèque, ici.

Elle me désigne le mur opposé à son comptoir et part dans un monologue qui illumine son visage. J'arrive à me concentrer sur ce qu'elle me raconte : son envie de proposer à la dégustation les spécialités du coin avant de les vendre, elle imagine un grand buffet au milieu de la pièce où les gens prendront ce qu'ils veulent manger ou boire avant d'aller s'installer en salle. Un truc qui se fasse sans formalités. Qui lui ressemble.

– Pareil pour les livres. Les gens ne pourront en prendre un que s'ils en déposent un autre. Comme une boîte à livres, tu vois le principe ?

– Ouais.

– Je veux quelque chose qui n'est pas figé. Les clients seront en vacances, après tout.

– C'est un concept intéressant, lui confirmé-je en visualisant déjà les touristes faire le tour de la boutique ou assis à boire un chocolat chaud avant les remontées mécaniques. Au moins, c'est pas un truc qui existe ici. Les locaux apprécieront aussi.

– Merci.

– Tu as une date pour l'ouverture ?

– J'aurais aimé que ce soit pour les vacances, au départ, mais on commence bientôt le mois de septembre et rien n'est prêt.

Elle hausse les épaules, fataliste.

– Je testerai le concept cet hiver.

– Je viendrai me faire chouchouter ici après mes descentes. Je pourrai même te faire de la pub sur ma chaîne YouTube.

Ses yeux qui pétillent et ses joues rosies sont sûrement les trucs qui me filent le plus envie de tout réparer entre nous. Dans un pieu, ça paraît si facile de me rapprocher d'elle et d'oublier toutes les complications, mais dans la vie, c'est autre chose. Et je veux partager sa vie, pas uniquement son pieu.

Les jours défilent, et je n'ai toujours pas réussi à la récupérer. Ce n'est pas l'envie qui me manque. Et je suis sûr que c'est pareil de son côté : Vic me regarde de plus en plus souvent, du coin de l'œil, quand elle croit que je suis trop occupé par les travaux pour faire attention à elle. Sauf que je ne tente rien. Elle a été claire sur ses attentes, et je ne suis pas encore à la hauteur. Passer le pas avec mon frère me paraît aussi dur que résoudre une équation à deux inconnus. Et si je le perds alors que je ne suis pas certain de la récupérer ?

Un matin, quand j'arrive, je la trouve avec un carton dans les mains. Elle me regarde de très longues secondes sans rien dire. J'ai un peu l'impression de débarquer d'une autre planète, vu son air, puis elle me montre ce qu'elle tient dans les mains : des flyers que j'ai commandés avec le logo de sa boutique et des photos de son comptoir et sa déco. C'est un cadeau. Parce que tout ce foutoir, mon départ trop précipité… c'est à cause de moi qu'elle va pas tenir son planning, alors je me sens responsable.

– C'est toi qui as commandé ça ?

Je me gratte l'arrière du crâne, pas assuré qu'elle ait apprécié le geste. *Et si elle se disait que je m'immisce dans ce qui ne me regarde pas ?*

– J'en ai déposé quelques-uns dans les boutiques où j'achète mon matériel. Je referai une tournée cet hiver pour qu'ils aient du stock. Faudrait le faire dans les villes voisines, dans les agences de voyages et l'office du tourisme…

Je m'interromps. Vic vient de me déposer un baiser sur la joue. Ma main ne peut pas s'en empêcher : je lui entoure la taille pour la retenir encore un peu. Elle ne tente pas de s'écarter. La sentir si près et pourtant sur la réserve me file le bourdon. *Je suis vraiment un gros naze. J'avais tout à portée de main.*

– Merci. C'est adorable de faire ça pour moi.

Je suis prêt à bien plus !

– De rien.

C'est tout ce que je parviens à dire. Je me fais l'image d'un petit garçon recevant un baiser de la fille dont il rêve en secret. Je me revois à 8 ans, quand elle me disait bonjour de cette façon et que je rougissais comme une tomate avant de déguerpir pour aller me planquer. Maintenant que je suis grand, je n'ai absolument pas envie de me tirer, mais Vic s'écarte déjà loin de moi. C'est elle qui rougit, ce coup-ci. Je viens de remporter une compétition : je souris comme un débile.

Elle est toujours plongée dans la contemplation des flyers quand on frappe à la porte. Je reconnais le logo sur l'uniforme du type : il s'agit de ma deuxième surprise.

– J'ai une livraison pour vous.

Vic rejoint le gars pour signer tout un tas de papiers. Un autre livreur entre avec les bras chargés, et je vois le visage de Vic changer : elle se pose de plus en plus de questions. Au moins jusqu'à l'arrivée des chaises, dont les paquets sont assez clairement reconnaissables.

– Qu'est-ce que…

Les livreurs déposent une dizaine de tables, le double de chaises, et se tirent après un bref salut. Vic déballe tout de suite un lot de meubles, puis s'arrête en plein milieu de la pièce.

– Je n'ai pas… commence-t-elle avant de s'interrompre.

Elle comprend et se tourne pour me faire face. Et j'arrive pas à savoir ce que je lis dans ses yeux : adoration ou contrariété ?

– Elles te plaisent ? tenté-je, peu sûr de sa réponse.

– Oh ! Oui. Elles sont… parfaites. Mais où…

– J'ai fait le tour de quelques magasins le week-end dernier. J'ai pris ce qui se rapprochait le plus de ta déco. Je voulais que tu aies tout rapidement.

– Tu es fou !

Elle n'en croit pas ses yeux. Ceux-ci font plusieurs fois le tour de la salle, ils semblent même briller un peu plus.

– Elles ont dû te coûter une fortune.

– Ce n'est rien, précisé-je, sincère.

– Tu n'as pas à acheter tout ça pour moi, Raph.

– C'est un cadeau.

– C'est beaucoup trop !

– Non. Pas de mon point de vue…

Mon cœur bat comme un fou. J'espère que le sien aussi.

– Si ça te met mal à l'aise, t'as qu'à m'offrir mes consos jusqu'à ce qu'on se dise que tu m'as remboursé.

– *Deal.*

Elle me tend la main comme pour conclure un pacte, ce que j'accepte avec plaisir. Sa paume est chaude, petite, je la revois se balader sur mon torse un matin au réveil. Ce simple contact avec elle après tout ce temps me fait péter une durite, même si je tente de ne pas le montrer.

– *Deal.*

Je ne sais même pas si elle a entendu ce que je viens de lui dire, je ne parviens pas à parler correctement. J'ai la gorge nouée, l'envie impossible de la prendre dans mes bras et de l'embrasser. Surtout quand ses yeux descendent sur ma bouche, et qu'elle semble en avoir envie elle aussi. *Et si j'avançais juste un peu ?*

Un bruit de pas m'arrête dans mon élan. Vic tourne la tête vers l'entrée, et je lui lâche la main à regret. J'aurais donné n'importe quoi pour la serrer contre moi et lui faire oublier que je ne suis qu'un petit con qui n'a pas su saisir sa chance. Mais le nouvel arrivant ne pourrait pas supporter la vue de ce spectacle…

– Vous êtes là ? Je dérange pas ?

Pourquoi faut-il toujours que mon frère se pointe au mauvais moment ?

33

Vic

Brice n'a rien dit sur ce qu'il a vu en entrant dans la boutique. Même s'il n'y avait rien à dire. Ce n'était qu'une poignée de mains, un regard trop long entre nous et un sourire un peu trop marqué. Mais il n'a lancé aucune remarque. Après notre soirée billard non plus. Ce qui est étrange, car depuis, j'ai l'impression qu'il est différent. Il doit forcément se douter de quelque chose. À sa place, j'aurais remarqué que le comportement de Raph est tout sauf innocent. Et que le mien ne l'est pas non plus.

Bref, il n'est venu à la boutique que pour nous inviter à passer un week-end ensemble : campement et canyoning avec Louis et quelques-uns de ses potes. J'ai trouvé l'attention sympa, mais aussi, bizarrement sortie de nulle part. Quoi qu'il en soit, nous avons accepté tous les deux.

C'est le matin du départ, et les garçons passent me prendre à la boutique. Ils ont loué un minivan dans lequel tous leurs amis sont déjà installés. Je pose mon sac dans le coffre, consciente que Raph est descendu pour me saluer, ainsi que Brice.

L'aîné me présente les trois mecs que je ne connais pas : Sofiane, un grand métis au sourire d'ange ; Mathieu, un garçon propre sur lui à la coupe militaire ; et Axel, un blond plus petit que les autres mais qui ne me lâche pas des yeux une seconde. Ses sourires sont agréables, mais pas autant que ceux du garçon à mes côtés, qui, pour le coup, ne sourit absolument pas. S'il pouvait remettre à sa place le pote de son frère, il le ferait : ses yeux sont d'un noir meurtrier, et il se rapproche de moi pour me glisser discrètement :

– Ils ont pas intérêt à essayer de te draguer, ces cons…

Raph. Toujours aussi impulsif…

– Et si j'en avais envie ? Après tout, je suis célibataire.

– Tu en as envie ?

Ma petite pique l'exaspère, je le vois bien. Ce n'est pas ce que je veux, mais j'ai encore besoin de me protéger.

– Non, finis-je par avouer en ne le quittant pas des yeux.

Il recommence à respirer en tentant de se rapprocher.

– Vous êtes prêts ? nous interrompt Brice.

Et je me demande si l'aîné des Loison ne sait pas très bien ce qu'il fait en mettant un terme à notre conversation. Raph, qui tourne le dos à son frère, retient très mal la grimace qui lui échappe. Sans un mot, il grimpe dans le véhicule. Il tourne la tête dans ma direction puis s'avachit au fond du bus, près de la fenêtre.

– Raph ne t'embête pas ? me demande Brice en m'extirpant de mes pensées.

– Non ! Pourquoi il m'embêterait ?

J'ai beau feindre de ne pas comprendre, ce n'est pas le cas. Son attitude pue le piège. Peut-être que ce week-end n'était qu'une gigantesque supercherie pour mettre au jour les petits secrets de son frère. *Non, je débloque ! Cela ne ressemble pas à Brice…*

– Raph a toujours eu le béguin pour toi, tu sais. Maintenant qu'il est grand, j'ai l'impression que c'est encore pire.

– Il ne m'embête pas, Brice. Il est… attentionné avec moi.

– Ouais… réfléchit-il. Peut-être un peu trop, tu penses pas ? Regarde son cirque au billard la dernière fois. Et il passe tous ses après-midi à ta boutique.

– Il m'aide.

– Hum… En tout cas, il s'accroche.

Parce que toi, non ?

– Faut pas hésiter à lui dire s'il va trop loin ou s'il est trop pressant. Il a un peu trop l'habitude d'obtenir ce qu'il veut !

Il est rare que je pense cela de Brice, mais à cet instant précis, il commence à me gonfler.

– Ne t'en fais pas, je sais me débrouiller.

– Ouais. Je sais.

Ce qui veut dire ?

– On y va, tu montes ?

L'aîné de la tribu prend le volant, Louis et Mathieu à ses côtés. Les autres sont dispersés un peu partout. Au final, nous avons pas mal d'espace dans ce neuf-places.

Je m'installe sur la banquette juste devant Raph, parce que je ne crois pas qu'être à ses côtés durant deux heures soit raisonnable. Dans le rétro, le regard de Brice passe sur moi, comme s'il savait, encore une fois.

Nous ne partons pas loin de notre station, mais assez pour se sentir dépaysés au moment où l'on campera en pleine nature, la montagne et les chutes d'eau à proximité.

Les conversations et les blagues pourries vont bon train, ce qui ne me prépare absolument pas à ce que finit par balancer Brice, clairement rancunier.

– Alors, Vic, comment ça se passe avec ton mec ?

Mon mec… S'il savait que le seul que je considère ainsi est son petit frère, il n'en parlerait pas aussi légèrement.

– Tu aurais dû l'emmener avec nous ce week-end !

Déjà fait !

– Il n'a rien dit du fait que tu partes avec toute une bande de gars ?

– Euh… non.

– Allez, je suis sûr qu'il l'a eue mauvaise.

– Il va fermer sa gueule… entends-je tout bas dans mon dos.

– Non. Il me fait confiance, réponds-je par-dessus le bougonnement de Raph.

– Soit il est con, soit il est très amoureux, lance Axel, assis sur ma banquette, avec un regard que je n'aime pas.

– Je suis venue pour passer un week-end avec des amis et faire du canyoning, pas pour me trouver un substitut qui ne serait pas à la hauteur du premier.

Cela, ça s'adresse aussi bien au mec trop dragueur qu'à Brice. J'espère aussi que mes mots entreront dans la tête butée de Raph, qu'il s'enfonce bien dans le crâne ce que je veux vraiment. Mais ça n'a pas l'air d'être le cas, vu la question qu'il me pose au creux de l'oreille ensuite :

– Tu as vraiment un mec ? Je croyais que non…

Les autres ont repris une sorte de discussion, remplie de préjugés et autres conneries, sur les filles et les couples en général. J'en profite pour tourner la tête vers lui :

– T'es bête ou tu le fais exprès ?

Il fronce les sourcils.

– Réfléchis, Raph. Je suis sûre que tu peux trouver la réponse tout seul comme un grand.

Venir avec eux était peut-être une mauvaise idée, au final ! Je commence déjà à le regretter. D'un côté, il y a un garçon que je ne peux pas approcher tant qu'il n'aura pas du plomb dans la cervelle ; et de l'autre, son frère qui met un peu trop facilement les pieds dans le plat… *Super week-end en perspective !*

Nous arrivons à destination. C'est d'ici que nous partirons pour descendre en rappel, sauter et nager. J'ai déjà fait du canyoning sur d'autres sites, c'est quelque chose que j'aime. À l'époque, cela me rappelait ma ville d'origine, que j'avais quittée à contrecœur. Aujourd'hui, j'espère pouvoir en faire plus souvent, parce que c'est ici que je veux vivre.

Raph est plus silencieux qu'à l'accoutumée. Brice, Louis et leurs potes ne cessent de parler. Le benjamin aussi discute de temps en temps, mais il n'agit pas naturellement, et son regard est fuyant dès qu'il le pose sur moi.

Je me sens à ma place dans le groupe. Les amis de Brice – à part Axel qui ne comprend pas que j'ai un mec et que je n'en veux pas d'autre – sont agréables. Le soir, sur le site du campement, ils m'aident même à installer ma tente et mes affaires.

Lorsqu'on se pose enfin autour d'un barbecue improvisé, je suis courbaturée mais ravie de cette journée.

– C'est le pied, ici ! s'exclame Sofiane en s'affalant à côté de moi près du feu, une bière à la main.

– Je suis bien d'accord, déclaré-je, mes yeux scrutant les alentours. Tous ces paysages, c'est ce qui m'a le plus manqué.

– Brice nous a parlé de toi. Tu es partie longtemps ?

– Six ans. Je ne suis revenue que cet été.

– Et tu es née ici ?

– Oui.

– Ça a dû être dur de partir, non ?

– À l'époque, pas tant que ça.

– Elle avait des circonstances atténuantes, explique Brice en s'asseyant près de nous.

– Ah ouais ?

– Ce n'était pas une période très heureuse, en effet…

Ma réponse semble lui convenir, il ne cherche pas à creuser plus. Les autres nous rejoignent, et la conversation se tarit. Raph se pose face à moi et se met à boire lentement. Je ne peux me retenir de fixer ses lèvres qui se referment sur le goulot de sa bière et sa pomme d'Adam qui déglutit.

Brice me tire de mes pensées avant que je commence à rougir :

– Tu es heureuse d'être revenue, tout de même ? Quand tu es partie, tu étais devenue triste et renfermée.

– J'étais malheureuse, oui. Mais je ne le suis plus. J'avais besoin de revenir, au moins pour tourner la page.

Raph ne manque pas une miette de la discussion.

– Mais à l'époque, on se devait de partir. Pour ma sœur, continué-je d'expliquer. Cette histoire l'a beaucoup bouleversée.

– J'imagine, confirme Brice. Ça doit être difficile de vivre dans la même ville que son agresseur sans qu'il soit puni.

– Il a été puni, intervient Raph, les yeux baissés sur sa bouteille. Il est allé en maison de redressement.

Mes poils se hérissent. *C'est vraiment ce qu'il pense ?*

– Oh ! S'il te plaît, le coupe Brice. Il avait 16 ans, elle 14. Il aurait dû être arrêté pour ce qu'il a fait.

– Parce que finir enfermé sous bonne garde, ce n'est pas être arrêté, pour toi ?

– Non. Il n'a pas eu ce qu'il méritait. Tu n'es pas de mon avis, Vic ?

– Si.

Je n'arrive plus à parler. Je revois ma sœur ce soir-là, pleurant à gros sanglots dans mes bras. Elle était débraillée, les cheveux ébouriffés, le souffle coupé. J'en ai des frissons d'effroi rien qu'en me rappelant cette scène.

– Je suppose que tu n'es pas d'accord, Raph ? ajoute Brice.

– Je pense qu'il a déjà eu trop, rétorque le plus jeune des frères Loison.

Je relève la tête, effarée par ce que j'entends. Brice et Raph s'affrontent dans un duel silencieux. Et je ne sais pas ce qui prime dans mes émotions : la déception d'apprendre que l'homme dont je suis amoureuse peut faire preuve de si peu de compassion ou la peur que Brice découvre ma relation avec son frère maintenant.

– Pourquoi tu le défends ? insiste l'aîné. Tu le connais ?

– Non. Mais cela ne change rien. Je suis d'avis qu'il a été puni injustement. Il n'aurait jamais dû aller en maison de redressement. Il a dû quitter la ville, après ça. Ça a bousillé sa vie.

– Et la vie de ma sœur ? demandé-je de manière très sèche.

Raph réfléchit, et je sens qu'il hésite. Mais il finit par dire ce qu'il pense :

– Ta sœur était fragile psychologiquement. Elle s'est bousillé la vie toute seule.

Comment peut-il dire une chose pareille ? La colère et la peine vibrent au fond de moi.

– Tu abuses, Raph, lance Brice. Ce gamin a été reconnu coupable.

Cette conversation est surréaliste. *Comment en est-on arrivé là ?*

Quatre paires d'yeux nous épient, et moi, je me sens trahie.

– Sans aucune preuve, ajoute Raph.

Sa mâchoire se contracte, ses poings se ferment. Son regard passe de Brice à moi. Il secoue la tête comme si c'était lui qui pouvait être dépité.

– Je vais vous laisser discuter, conclut-il en se levant. Vous semblez sur la même longueur d'ondes…

Je ne le laisserai pas s'en tirer de cette façon ! J'ai besoin d'une explication. J'ai besoin qu'il soit de mon côté, tant pis si Brice nous grille. Je me lève donc et le suis dans la nuit, passant devant les yeux médusés des autres.

J'accélère le pas pour le retrouver un peu plus loin, là où les oreilles indiscrètes ne peuvent nous entendre. Je l'oblige à me faire face en lui saisissant le poignet.

– C'est vraiment ce que tu penses de toute cette histoire ?

Il hausse les épaules.

– Qu'est-ce qui te prend ? Tu ne m'as jamais dit que tu considérais ma sœur comme une menteuse.

– On n'a jamais abordé le sujet. Et je t'ai déjà dit que votre départ était une connerie.

– Je ne savais pas ce que tu sous-entendais.

– Et donc, maintenant que tu sais ? Tu vas faire comme ton père avec ta grand-mère et ne plus jamais vouloir me parler ?

– Je ne peux pas être avec quelqu'un qui insulte ma sœur.

– Je ne l'insulte pas. Je dis la vérité, contrairement à tous ces moutons qui ont préféré condamner un type qui passait facilement pour un délinquant plutôt que d'envoyer une gamine se faire aider par un psy.

– Tu viens vraiment de dire ça ?

– Ouais.

Il l'assume, en plus. Sa posture est parlante.

– Tu avais 13 ans, comment tu peux avoir un avis si tranché ? Comment tu peux même comprendre toute cette histoire ?

– Parce que je suis observateur, et parce que j'adorais ta grand-mère. C'était une femme sage, elle avait très bien cerné ta sœur. Contrairement à ton père. Contrairement à toi.

– Je ne te permets pas…

– De quoi ? De te dire la vérité ? Ta grand-mère répétait la même chose que moi.

– Et regarde où ça l'a menée ! Elle n'a pas vu son fils jusqu'à ce qu'elle meure, toute seule.

– Et quoi ? Tu crois que cette dispute va nous séparer ?

– Ma sœur ne ment pas !

– Réfléchis, putain, Vic ! Bien sûr qu'elle a menti. Elle était folle amoureuse de ce mec et trop jeune pour lui. Elle ne pouvait pas l'avoir, alors elle a inventé cette histoire le soir où il l'a repoussée. Elle m'avait fait le même coup la semaine d'avant. Elle voulait sortir avec moi aussi, et j'ai fait comme ce type, je lui ai dit non. Rappelle-toi, tu m'as dit qu'elle t'avait raconté qu'on s'était embrassés. Et c'est faux ! Ce soir-là, je sais pas ce que ça a déclenché dans sa tête, mais elle a vu rouge. J'aurais pu être à la place de ce type. T'aurais fait quoi ? Reconnais-le, elle a toujours été instable, et…

– Arrête ça !

– Sinon quoi ? J'ai bien compris que tu ne veux pas d'un mec qui n'est pas d'accord avec toi. Tu veux quoi ? Un gentil petit toutou ? Brice est parfait pour ce rôle !

La gifle part d'elle-même. Mes larmes coulent depuis longtemps sur mes joues. Raph devait s'y attendre, il a tout fait pour la provoquer. Je ne suis pas étonnée de le voir baisser la tête.

– Ce que tu dis est trop grave.

– Ça m'apprendra à vouloir jouer les grands quand je ne suis encore qu'un gosse qui comprend rien, pas vrai ?

Je ne sais pas quoi lui dire. Je ne sais plus.

– J'me casse.

Il me regarde droit dans les yeux avant d'ajouter :

– Et cette fois-ci, pour de bon.

34

Raph

Je marche pendant une heure avant de revenir au camp. Toutes les tentes sont fermées. Je reste bloqué devant celle de Vic, espérant qu'elle en sorte, qu'on s'explique une nouvelle fois. J'ai cette espèce de haine contre elle et contre moi qui bout dans les veines. Mais je finis par m'écarter et trouver une place près des braises pratiquement éteintes, en prenant bien soin de tourner le dos à son emplacement.

C'est trop injuste, putain ! Elle m'a regardé comme jamais elle ne l'avait fait. Je ne suis pas son ennemi, je ne veux pas de mal à sa sœur, j'ai juste une opinion différente sur ce qu'il s'est passé. Ça me transforme pas en pauvre imbécile de 19 ans qui comprend rien !

Un bruit de fermeture Éclair perturbe le silence. *Oh ! Non ! Tout mais pas lui !* Je veux bien me reprendre la tête avec Vic si ça peut m'éviter d'affronter mon frère. Je sais d'avance que je ne serai pas tendre, et c'est mon frère, bordel ! Je viens de me mettre Vic à dos, je n'ai pas envie de recommencer avec un autre de mes proches… Mais c'est sans compter sur Brice et son adorable façon de me parler comme à un gamin capricieux.

– T'es là, constate-t-il. Tu t'es enfin calmé ?

– Qu'est-ce que ça peut te faire ? C'est ce que tu voulais, non ?

On repassera pour le calme et la réflexion, c'est pas mon fort !

– Pourquoi j'aurais voulu que tu t'énerves ? Je ne vois pas l'intérêt.

– Pour que je me prenne la tête avec Vic. Tu connaissais mes positions.

– En effet. Mais je pensais pas que vous prendriez cette discussion tant à cœur.

– À d'autres…

– Quoi ?

– Tu savais parfaitement…

– Non. Qu'est-ce que je dois savoir ? fait-il comme un imbécile.

– Pour Vic et moi.

– Non, Raph ! dit-il en insistant un peu trop sur mon prénom. De quoi devrais-je être au courant ?

– Arrête de faire celui qui ne sait pas ! Ça me gonfle !

Je me relève et essaie de partir calmer ma frustration ailleurs, mais il se place devant moi et me repousse pour m'empêcher d'avancer.

– Et moi, c'est toi qui me gonfles ! Tu comptais me le dire quand ?

Donc il était bien au courant. *Depuis quand ?* Est-ce que ça a une quelconque importance maintenant ?

– Je ne vois pas en quoi ça te regardait, à la base, persisté-je.

– Je suis sorti avec cette fille, et tu savais très bien que j'étais encore amoureux. J'en ai parlé devant toi, Raph, bordel. Il se passe quoi dans ta tête de gamin pour que tu ne te dises pas que Vic est importante pour moi ?

Je serre les dents à me les péter pour ne pas lui rentrer dedans direct.

– Elle est importante pour moi aussi, riposté-je. J'en ai toujours été amoureux. Mais ça t'est passé à trois kilomètres parce que tu pensais que j'étais trop jeune. Mais désolé, je ne suis plus trop jeune, et elle s'en est très bien aperçu.

Il me cramponne le bras dans une poigne féroce quand il comprend ce que je sous-entends.

– T'es un enfoiré.

– Et toi, un fouteur de merde de première.

– La conversation aurait fini par arriver sur la table. À un repas de famille avec son père et sa sœur, ça aurait fait mauvais genre, tu crois pas ?

– Je le saurai jamais, maintenant. J'espère que t'es satisfait.

Il me relâche.

– Ouais. Tu as eu ce que tu méritais, à me planquer la vérité comme un connard.

– Je ne m'excuserai pas pour ça.

– T'en fais pas, je n'attendais pas autre chose de ta part !

– Tu veux dire quoi ?

– Que tu prends ce qu'on ne te donne pas forcément, en ne te souciant jamais d'autre chose que de ton nombril !

Putain, ce que ces mots peuvent faire mal ! Je sais que j'ai eu une vie plus facile que mes aînés. Eux ont connu l'avant-divorce, les moments joyeux, puis les plus douloureux, les disputes à répétition, les trahisons. Moi, j'ai eu une mère aimante et présente à chaque étape de ma vie, et deux frères pour me protéger à l'école ou en dehors. J'ai fait tout ce que je voulais. Je sais qu'il a raison, mais je pensais pas qu'il avait une telle rancœur enfouie en lui.

– C'est ce que tu penses de moi, alors…

– Que t'es un ado capricieux et puéril ? Ouais.

C'est définitivement pas ma soirée. *Week-end de merde !*

– Très bien. On va en rester là, je crois.

– C'est ça, approuve-t-il, l'air plus mauvais que jamais.

Je passe devant lui et m'impose d'un coup d'épaule pour qu'il se décale et me laisse le champ libre jusqu'à ma tente. Une fois sur le seuil, alors que je suis prêt à entrer, j'ai un dernier regain d'énergie. Brice n'a pas bougé, il m'épie telle une bête dont il ne peut anticiper les mouvements. Je lui parle avec mon cœur fou de douleur :

– Tu sais, j'ai jamais voulu te blesser, j'ai jamais voulu que cette attirance que j'ai toujours eue pour elle refasse surface aussi vite. Mais Vic n'a pas été contrainte de me céder. C'est elle qui l'a choisi. Elle m'a choisi. Alors, avant de jouer les victimes, essaie de voir si t'as pas ruiné ses chances d'être heureuse avec un mec qui l'aime vraiment.

Louis sort de sa tente.

– Qu'est-ce qui se passe, les mecs ?

Si lui m'a entendu, il en est probablement de même pour les autres…

Je suis très triste, tout à coup. Je n'aurais jamais dû laisser les choses aller jusque-là : la rupture. Vic ou Brice : même combat. C'est désolant.

– Rien, murmuré-je sans penser à cacher ce que je ressens. Il ne se passe plus rien dorénavant. Bonne nuit, Louis.

35

Vic

« Heureuse avec un mec qui l'aime vraiment. »

Ma dispute avec Raph m'a empêchée de dormir toute la nuit. Quant à cette phrase, elle martyrise mon cœur qui pensait être dans le vrai en le repoussant. Je suis dépitée. Une nouvelle fois.

Au petit matin, toutes les mines sont défaites. Brice est contrarié, Louis gêné, Raph m'ignore de la moins subtile des façons. Les autres ont compris que nous n'aurions plus le cœur au sport ni à la détente. Le retour a donc été décidé plus vite que prévu et s'est fait dans un silence tendu, trahissant les amertumes de chacun.

Je suis soulagée quand ils me déposent devant ma boutique. Brice me raccompagne et s'assure que je vais bien, déposant un baiser sur ma joue. Raph ne nous regarde même pas depuis la voiture.

– Ça va aller ? s'assure l'aîné des Loison qui capte mon attention portée ailleurs.

– Oui, bien sûr.

– Je suis désolé pour l'attitude de Raph. Tout le monde sait que l'histoire avec ta sœur a été dure. Raph manque de tact.

– Il a son opinion.

Bien différente de la mienne. Voilà pourquoi je me sens si malheureuse.

– Il ne comprend rien à rien, contre-t-il. Il est trop jeune.

Je soupire. J'adore Brice mais je ne le sens pas fair-play sur ce coup-là. Et j'ai du mal à l'entendre parler de son frère de cette façon.

– On l'a tous été à un moment donné, essayé-je de justifier.

– Peut-être, ouais… En tout cas, désolé que le week-end ait tourné court.

Je ne lui en tiens pas rigueur. Alors qu'il veut partir, il semble soudain se rappeler qu'il voulait me poser une question :

– Quand tu as dit que tu avais un mec… est-ce que tu parlais de Raph ?

– Oui.

Je n'hésite plus. De toute façon, vu ce qu'il s'est passé hier soir, il ne peut plus avoir le moindre doute.

– Je m'en doutais. Vous sembliez si proches. Je crois avoir compris durant le billard. J'ai vu ton regard.

Brice baisse la tête. La réalité lui fait mal.

– Est-ce que c'est sérieux ?

– Je suis amoureuse de lui.

Ma déclaration l'immobilise à l'entrée de mon magasin. Les yeux relevés dans ma direction, Brice reste muet pendant de longues secondes, assimilant sûrement ce que je viens de lui lancer.

– Amoureuse ?

– Oui. Je suis tombée amoureuse de Raph, Brice. Je suis désolée. Ce n'est pas quelque chose que j'avais prémédité. Au tout début, en revenant ici, je me disais vraiment qu'on pouvait retenter quelque chose, toi et moi. Mais Raph a bouleversé tous mes projets.

– C'est mon petit frère.

– Je sais.

– Il a six ans de moins que toi.

– Je sais, oui. Je le sais même très bien.

N'est-ce pas cette différence que je me suis rappelée à plusieurs reprises comme une excuse pour ne pas être avec lui ? Au fond, peu importe, maintenant…

Brice finit par partir, le minivan par disparaître. Raph avec lui. Et une partie de mon cœur.

6 ans

Je reste quelques instants immobile, à ressasser la journée d'hier : la colère de Raph et la mienne, les mots de Brice… Tout m'embrouille l'esprit jusqu'au soir. Quand je me couche, je mets des plombes à trouver le sommeil.

***

– J'aime pas comment ils me regardent, marmonne Emeline, les yeux fuyants.

– Qu'est-ce que tu racontes ? Personne ne te regarde mal.

– Si. Ce type, là-bas. Il doit penser que je suis dérangée.

– Mais pourquoi voudrais-tu que…

– Parce que j'ai l'air bizarre. Au lycée, ils arrêtent pas de me regarder comme ça aussi. Ils sont tous tout le temps en train de me juger !

– Tu m'as dit que tu avais des copines, pourtant…

– Elles sont amies avec moi que parce que j'ai fait les gros titres dans notre village !

– Quoi ? Tu dis n'importe quoi ! C'était un journal local, elles l'ont certainement pas vu…

– Ouais, je sais.

Je l'ai rarement entendue aussi amère.

– Emeline, tu es sûre que ça va ?

– Je voudrais rentrer.

– Ok.

***

Emeline a toujours eu des tendances paranoïaques. La mort de notre mère quand elle était petite n'a sûrement rien arrangé. Il m'est arrivé de trouver des choses qui ne lui appartenaient pas dans sa chambre. Le livre retrouvé chez Nanou est un bon exemple. On n'a jamais remis en doute sa parole sur cette agression parce qu'elle était dans un état qu'on ne lui avait jamais connu. Mais après la tirade de Raph, je ne sais plus.

Est-ce que mon amour pour ma sœur m'a rendue aveugle ? Est-ce que ma grand-mère a été plus clairvoyante que nous à l'époque ?

Il y a cette forme d'impatience en moi qui n'arrête pas de me dire qu'un truc m'échappe. J'ai besoin d'en avoir le cœur net. Le jour se lève, et je suis aussi agitée que la veille. *Et si…*

Bientôt, mon sac est de nouveau prêt pour un ou deux jours, mon appartement refermé, et la boutique aussi. Tant pis pour les travaux, ils ne sont plus mon inquiétude principale.

36

Vic

Je vais chez mon père. Six heures de route qui me donnent le sentiment de revenir en arrière, de tourner le dos à mon avenir, trois mois seulement après être partie. Une éternité quand on pense que j'ai passé chaque instant avec lui et ma sœur depuis six ans.

– Vic, ma chérie, qu'est-ce que tu fais ici ? m'accueille mon père dès que la porte s'ouvre sur lui. Tu vas bien ?

Je le rassure d'un baiser et entre.

– Tu as changé d'avis, finalement ? L'appartement de Nanou ne te plaît plus ?

Ça l'arrangerait peut-être.

– Si, bien sûr. Je voulais juste passer un peu de temps avec vous. Je sais que tu auras toujours du mal à venir me voir.

– Même si je t'ai dit le contraire, je suis prêt à faire un effort pour ma fille, m'assure-t-il d'une voix paternaliste.

– Et Emeline ?

– Tu sais bien comment est ta sœur. Elle a cette ville en horreur.

– Je sais, oui. Elle est à la maison ?

– Elle ne va pas tarder à rentrer. J'ai voulu qu'elle se trouve un petit boulot pendant ses études. Ça lui fait du bien de ne pas être enfermée tout le temps ici, de voir du monde…

– Tu crois ? Elle ne te fait plus de crise ?

– Par moments. Quand certains clients la regardent un peu trop. Mais rien de bien méchant.

– Elle aurait dû aller voir un psy, papa.

– Je sais, mais elle n'a jamais voulu. Je ne pouvais pas…

– Je ne sais pas… Elle aurait peut-être fini par comprendre que cela lui faisait du bien.

Je suis aussi coupable que lui de l'état de ma sœur. J'aurais pu l'inciter à réfléchir sérieusement à la question d'un suivi psychiatrique, mais je ne l'ai pas fait. Elle n'était pas malade, à mes yeux, juste un peu fragile.

– Tu veux boire quelque chose ?

– Oui, merci. Je vais aller poser mon sac dans ma chambre. Je reviens.

Ce n'est qu'une excuse. J'ai autre chose à faire au premier, mais mon père n'a pas besoin d'être au courant. Je dois en avoir le cœur net le plus rapidement possible. Chaque seconde avec ces doutes en tête me tue.

Je n'ai jamais fouillé dans les affaires de ma sœur, et ça ne me serait jamais venu à l'esprit jusqu'à maintenant. Elle a toujours été lunatique, un peu – beaucoup – parano, elle avait besoin qu'on lui fasse confiance, de se sentir protégée… Et c'est ce que je me suis efforcée de faire durant toutes ces années. Je n'ai pas fait de grandes études pour rester près d'elle et mon père, je ne suis pas retournée dans notre ville d'origine jusqu'à ce que la mort de ma grand-mère m'y contraigne…

Je la connais par cœur. C'est ce que j'essaie de me dire en pénétrant dans sa chambre alors qu'elle n'y est pas. J'ai l'impression de piller son intimité, de violer ses secrets. Mais après ma découverte chez Nanou, je suis certaine qu'elle continue de remplir minutieusement ses carnets. Et de les planquer sous son matelas !

Et je ne me trompe pas. Au-dessus des lattes, je trouve un journal, pas très épais mais bien rempli. Il n'y a plus de photos, ni d'autres souvenirs de ses journées, plus de couleurs non plus. Rien de très féminin ou de *girly* pour une jeune femme de 20 ans. Juste une écriture noire, avec quelques ratures.

Je ne sais pas vraiment ce que je cherche. Un indice, un souvenir ou tout autre détail qui me révélerait que Raph a tort.

« Au lycée, il y a ces garçons en BTS. Ils sont trois. Beaux comme des dieux et sportifs. Je les ai déjà vus dans les couloirs. Beaucoup de fois. Je m'arrête pour les regarder comme toutes les filles. Seulement, ils voient toutes les autres et pas moi. Est-ce que je suis condamnée à être invisible pour tous les garçons qui me plaisent ? »

« Valentin est trop beau. Dommage qu'il sorte avec une pute. »

« Elle me regarde bizarrement. Elle me suit, c'est obligé. Chaque fois que je me tourne, je la vois. Avec Lui. Elle ne le mérite pas. C'est moi qui le mérite. »

« Ça me rappelle le collège, y'a longtemps. Parfois, je me sens coupable. Parfois non. Il a eu ce qu'il méritait, lui aussi. Il était beau, mais pas net. Son regard était vicieux. Il ne voulait qu'une chose : se taper une fille. N'importe laquelle. Alors qu'il aurait dû attendre que je grandisse. Au moins, il se rappellera de moi. Valentin, c'est pareil. »

J'ai le cœur qui bat si vite qu'il me fait mal. Sur chaque page, des lignes et des lignes de reproches, de désirs un peu tordus, sont déversées par ma sœur.

– Qu'est-ce que tu fais ?

Je relève la tête vers Emeline qui est rentrée. Prise en faute, je referme le carnet et me relève pour être aussi grande qu'elle tandis que son regard se voile de colère et que je la sens perdre son calme.

– Tu lis mon journal ? Pourquoi tu lis mon journal ? T'as pas le droit de lire mon journal !

Puis elle réalise la tristesse que j'affiche.

– Tu pleures ?

– Est-ce que c'est vrai ?

– Quoi ?

– Ce qu'il y a là-dedans ! annoncé-je en lui montrant le livre.

– Ça ne te regarde absolument pas ! C'est privé.

Elle vient me le prendre des mains et le feuillette. Pour voir quoi ? Si je n'ai pas déchiré de pages ? Ou s'assurer que je n'ai pas découvert de plus affreux secrets encore ?

Je la regarde faire. Je ne sais plus s'il s'agit de ma sœur, d'un être faible à protéger, ou d'une jeune fille malade sans repère. La scène est terrible.

– Tu nous as fait déménager, commencé-je d'un ton accusateur, tu as causé la dispute entre papa et Nanou, tu as fait enfermer un gamin dans un centre de redressement pour un caprice de gamine ?

Elle évite mon regard, le plus flagrant des aveux.

– Dis-moi que ce n'est pas ce que je crois, Emy ! Dis-moi que je me trompe !

– Tu n'avais pas le droit de lire.

– Si. C'est toi qui n'avais pas le droit de faire ce que tu as fait.

Ses yeux s'écarquillent, mais je suis déjà en train de sortir de la chambre. Je me rappelle les mots blessants jetés à la figure de Raph, ceux de mon père à ma grand-mère. J'adore ma sœur, mais là, je ne peux plus me tenir dans la même pièce qu'elle.

– Vic, attends, s'il te plaît ! me supplie-t-elle quand elle me voit partir. Je t'en prie, je suis désolée. J'étais jeune, tu sais que j'ai toujours eu peur de tout. Il me faisait peur aussi, ce garçon. J'ai sûrement sauvé des tas de filles après moi. Il était pas net !

– Tu n'en sais rien. Tu as fait ça parce qu'il ne te regardait pas ? Tu as vraiment besoin d'aide. Je suis idiote de ne pas l'avoir vu plus tôt.

Je franchis le seuil de sa chambre, débordante de déception contre elle et contre moi-même de n'avoir pas su déchiffrer sa maladie.

– Je dois en parler à papa, déclaré-je en me retournant face à elle une dernière fois. Tu dois voir quelqu'un, Emeline.

– Non !

Son regard paniqué me refroidit aussitôt. Je m'arrête avant de descendre les escaliers. Elle se recroqueville dans son coin en m'appelant :

– Non, non, non ! Je ne suis pas malade !

Mon cœur se serre de la voir dans cet état. J'ai l'impression d'avoir failli quelque part. Je ne l'ai pas assez protégée. Elle n'était pas une petite fille comme les autres, on aurait dû faire quelque chose…

Avant d'en avoir vraiment conscience, je me retrouve contre elle à la bercer fort dans mes bras.

– Chut…

– Qu'est-ce qui se passe ?

Papa a entendu notre dispute.

– On a besoin de parler tous les trois, je pense.

Je mets de côté mon cœur qui me dit de rentrer chez moi et d'arranger les choses avec Raph. Ma sœur a besoin de moi. Je resterai le temps qu'il faudra. Mais Emeline doit se faire aider.

37

Raph

J'ai pas pu m'empêcher de les regarder dans le reflet de la vitre, tous les deux. Ils discutaient comme s'ils partageaient un truc important dorénavant. Un truc dont je ne fais pas partie… Brice ne m'a pas parlé en remontant dans le van. Il a déposé ses potes, puis nous sommes rentrés, et à aucun moment il ne s'est occupé de moi. Il a sûrement bien fait, je n'étais pas en mesure d'être cordial. *Qu'il reste à faire la gueule. Je vais pas me mettre à genoux et implorer son pardon alors que je n'ai rien fait de mal.*

Dans le hall de l'immeuble, alors que mon grand frère se dépêche de monter à l'appart de notre mère, Louis reste avec moi.

– T'as merdé, Raph. T'aurais dû lui dire.

– J'ai pas besoin d'une leçon de morale.

– C'est ton frère. Et le mien.

– Je le sais, putain ! Mais il veut rien comprendre !

– Il est amoureux, laisse-lui le temps de digérer.

– Mais elle ne l'était pas. Il doit se mettre ça dans le crâne.

Combien de fois faut que je le répète ?

– Ce n'est vraiment pas le moment de vous prendre la tête. Surtout pour une fille. On a des soucis plus graves, tu crois pas ?

– Genre ?

– Maman, assène-t-il pour clôturer le débat. Vu son état, j'ai pas envie qu'elle soit malheureuse à cause de ses fils.

Maman… Je me sens comme un fils ingrat quand j'arrive chez nous et qu'elle a cette pointe de déception dans les yeux. Elle a dû voir la tronche que tire Brice, et en découvrant la mienne maintenant, son cœur de mère comprend tout de suite.

– Qu'est-ce qu'il se passe ?

– Demande à Raph, rétorque Brice.

– Évidemment ! C'est moi le grand méchant dans l'histoire !

– Tu savais très bien ce que tu faisais. Tu savais ce que je désirais et tu me l'as quand même pris.

– Je t'ai rien pris du tout. Vic est assez grande pour savoir ce qu'elle veut. T'avais qu'à pas te barrer.

– Ça t'aurait freiné que je sois là, peut-être ?

– Non. Et elle non plus.

Brice baisse la tête en ne me lâchant pas des yeux. On dirait un étranger avec qui je me serais embrouillé en boîte. C'est étrange, comme sensation.

– Les garçons… commence ma mère.

Je lui donne pas l'occasion de finir, je file déjà vers la porte. *Je n'ai rien à foutre ici. Je serai mieux tout seul, pour l'instant. Ou avec mes potes.*

– Qu'est-ce que tu fais, Raph ? demande Louis en me voyant faire.

Ma mère a les yeux embués.

– J'me tire.

– Où ?

– Chez moi.

– Chez toi ?

– Oui. Dans *mon* appart.

– Un appartement ? s'exclame ma mère, blessée.

– Depuis quand t'as un appart ? veut savoir Louis.

– Depuis presque un an. Je vous l'aurais dit si vous m'aviez traité autrement que comme un gosse qui ne fait que des caprices. Hein, Brice ?

Il ne dit rien. Il a toujours la même attitude fermée. Je lui en veux d'autant plus. C'est censé être lui, l'adulte, non ?

6 ans

Ma mère essaie de me retenir, mais je ne l'écoute pas. J'arrive à la rassurer d'un baiser, à lui glisser que je l'appellerai, et je me barre.

38

Vic

– Tu t'en vas ?

Emeline prend appui contre ma porte. Je ne suis pas étonnée d'entendre sa voix à la fois surprise et paniquée. Je suis en train de faire ma valise, et je sais que ce départ va l'angoisser.

– Oui. Je dois retourner chez moi. J'ai encore du travail à faire avant d'ouvrir.

Ma routine me manque : mon chantier, mes projets… J'adore ma sœur, mais j'ai besoin de remonter la pente, moi aussi.

– Si je ne rentre pas maintenant, continué-je, je vais encore perdre du temps…

Et je vais perdre Raph…

– Tu n'es pas restée longtemps.

– Tu n'as plus besoin de moi pour l'instant.

– J'ai toujours besoin de toi.

Elle resserre ses bras autour d'elle. La voir ainsi, comme si elle avait froid ou se sentait triste, arrête mon geste au-dessus de mon sac.

– Et si je recommence ? poursuit-elle, incertaine.

Je lâche le tee-shirt que je tenais et me rends auprès d'elle pour arrêter ses mouvements répétitifs. Il faut qu'elle comprenne.

– Tu ne recommenceras pas. Papa est là. Et Julie aussi. Tu peux compter sur elle. Tu as juste besoin de temps. Tout ne peut pas s'arranger en trois semaines.

– Pourquoi tu pars, alors ?

– J'avais commencé une nouvelle vie là-bas. Je n'ai pas envie de revenir en arrière maintenant.

C'est peut-être égoïste dit comme ça, mais j'ai passé toute ma vie à prendre soin d'elle. Pendant six ans, il n'y a pas un jour où on ne s'est pas vues. Et j'ai besoin de temps pour moi à présent.

– Tu vas devoir être forte. J'ai été à côté de toi tous les jours, et on peut dire que j'ai carrément merdé. C'est peut-être mieux si tu arrives à faire ta vie de ton côté. Tu vas mieux, non ?

Elle acquiesce.

– Ce docteur Hebert est gentil.

Elle l'a vu une fois. C'est une connaissance de Julie. Elle m'en avait déjà parlé, mais pour moi, ma sœur n'était pas malade. Maintenant, je sais que j'avais tort.

– Il me dit les choses comme elles doivent être. Il m'a dit que je devais peut-être retrouver ce garçon… et m'excuser.

– Je crois aussi.

– J'ai peut-être gâché la vie de quelqu'un…

– Tu ne le sauras jamais si tu ne le retrouves pas.

Deuxième hochement de tête. Emeline paraît si abattue de mon départ que, durant une seconde, j'envisage de ne pas partir tout de suite. Mais si je ne le fais pas maintenant…

– J'ai jeté mon journal… annonce-t-elle. Je crois qu'il me faisait plus de mal que de bien.

– Si tu penses qu'il n'était pas bon, c'est qu'il n'était pas bon.

Je la prends dans mes bras. Emeline se cache dans mon cou. Je l'entends renifler.

– Je vais y aller.

Je ferme mon sac qui ne contient pas grand-chose : les fringues que j'avais ramenées et quelques-unes qui restaient dans les placards ici.

Ma sœur me colle aux talons quand je quitte la pièce, descends les escaliers et atterris dans la cuisine où mon père attend, encore un peu endormi, une tasse de café à la main. Julie est là également.

– Salut ! me lance-t-elle, toute joyeuse.

Elle vient me serrer contre elle.

– Qu'est-ce que tu fais là ? demandé-je en m'écartant pour l'observer. Je pensais que tu bossais.

– Ouais. Mais je sais pas quand je vais pouvoir venir te voir, alors je pouvais pas te laisser partir sans te dire au revoir.

– C'est trop mignon !

– Tu ne le sais pas encore ?

Non. On sait tous que Julie cache ses sentiments, rigole beaucoup trop fort et raconte beaucoup de conneries pour éviter qu'on gratte sous sa carapace. Il n'y a que Jérémy qui ne s'est jamais arrêté à l'image qu'elle renvoie. Il a tout de suite vu au-delà.

Je suis tellement contente de la voir.

– Tu me tiens au courant, lui rappelé-je le plus sérieusement possible.

Je compte sur elle pour me dire si Emeline poursuit ses efforts.

– Bien sûr…

Ma meilleure amie adopte une attitude aussi sérieuse que moi avant que son regard pétille d'une tout autre étincelle.

– Tu diras bonjour à Raphaël de ma part, lance-t-elle un peu plus fort avec un clin d'œil.

Cette phrase a le don de réveiller mon père complètement :

– Raphaël ?

Elle n'a pas pu s'en empêcher ! Je sens que c'est l'instant commérage de la famille.

– Qui est Raphaël ? insiste-t-il en cherchant dans ses souvenirs.

– Vous vous souvenez de la famille Loison ? lui indique Julie. Eh bien, c'est le petit dernier. Enfin, petit…

Mais tuez-moi, mon Dieu ! Qu'est-ce qu'elle raconte à mon père ? Je lui cloue la bouche d'une main, mais elle explose de rire.

– Vic ! s'exclame papa.

– Oui ?

– Tu as rencontré quelqu'un et tu n'en parles pas à ton père ?

– Je suis partie depuis trois mois, papa. Tu voudrais que je t'appelle dès que je trouve un petit ami ?

– Oui !

– Eh bien, je n'en ai pas. Voilà, c'est réglé. Bisous.

Je lui claque une bise sur la joue, une à Julie – même si elle ne le mérite pas ! – et une dernière à Emeline, qui paraît soufflée. Est-ce étonnant de me voir sortir avec quelqu'un ? C'est vrai que je n'ai jamais ramené personne à la maison. Je les ai toujours fait passer avant mes histoires… mais je n'ai pas été une sainte pour autant !

– On reparlera de ça au téléphone, m'informe papa dans mon dos. Quand tu seras définitivement installée.

– C'est ça !

Je lui lance un signe de main en faisant mine d'être agacée alors qu'en réalité, j'aime qu'il s'inquiète de ce genre de choses.

Si je croyais m'en sortir tranquille, c'était mal les connaître : ils m'accompagnent tous les trois jusqu'à ma voiture. Du moins, ce qui ressemble à une voiture !

– Faudrait peut-être penser à la changer si tu fais la route pour venir de temps en temps… s'inquiète papa.

– Ou vous pourriez venir me voir vous aussi…

Il ne répond rien. C'est mieux qu'un refus.

– Tu crois qu'on pourrait ? questionne Emeline alors que je charge mon sac sur le siège passager.

– Évidemment.

– Ça me plairait, je crois.

Elle regarde encore la voiture, mon sac, puis moi.

– Je suis vraiment désolée, murmure-t-elle. Pour tout.

– Tu as obligation de prendre soin de toi, maintenant. Et de m'appeler. Tous les jours, si tu as besoin.

Je me tourne vers ma meilleure amie.

– Et toi aussi !

– Toi, t'as intérêt de me tenir informée de tous les détails croustillants de tes nuits.

– Juliiiie !

Papa lève les yeux au ciel et retourne à l'intérieur avec un signe désabusé de la main. Julie a toujours eu cet effet sur lui :

il nous voit comme ses petites filles chéries, et elle a toujours eu tendance à être portée sur la chose !

– Allez, bon retour ! balance-t-il au loin.

En regardant ma sœur, je me rends compte que, de son côté, elle fait à moitié la tête.

– Et moi, je ne suis pas au courant ?

– T'as qu'à demander à Julie ! Elle va se faire une joie de tout te dire.

Ces au revoir sont beaucoup trop longs !

Je laisse ma meilleure amie se charger du reste. Après tout, elle l'a cherché. Après un dernier bisou à chacune, je reprends la route, l'esprit assailli de questions sur ma sœur, mais aussi sur ma vie. Et mon retour à la boutique. Si près de Raph. *Il avait raison, et je ne lui ai pas fait confiance.* J'ai soudain très peur de ne pouvoir réparer ce que j'ai fait.

39

Raph

Je ne m'en étais pas rendu compte avant que Vic débarque, mais ma vie que je croyais libre et imprévisible suit en fait une putain de routine ! En semaine : wake, entretien physique et repas équilibrés. Le week-end : potes et fêtes trop arrosées.

Le seul truc qui m'a un peu sorti de ma torpeur, ce sont mes deux jours sur Paris, suite à ma victoire à l'Iron Wake, pour filmer un spot de pub. Puis la visite de mes sponsors pour un photoshoot sur un *park* de wake populaire à quelques kilomètres de chez moi. J'ai toujours trouvé ces moments kiffants, il y en aura d'autres au cours de l'année, mais aujourd'hui, tout ça n'a pas vraiment le même goût.

C'est fou comme certaines personnes peuvent bouleverser votre vie… Voilà ce que je suis en train de penser alors que mes potes se font un Call Of[5] en ligne, sur PS4. Je les entends s'insulter, comme à peu près tous les soirs où ils viennent squatter mon canapé. Enzo et Robin ont repris les cours à la fac, alors on se voit moins que cet été, et je suis pas sûr qu'ils aient capté que Vic ne traînait plus trop dans le coin.

À plusieurs reprises ces dernières semaines, mes meilleurs potes ont voulu aller en boîte, et j'ai refusé en disant que j'étais naze ou pas d'humeur. Je n'ai jamais fait ça avant. Est-ce que

---

5 Call of Duty. Jeu vidéo.

je suis en train de vieillir ? Parce que, franchement, c'est pas l'éclate ! Je préférais ma vie de mec qui se branle de tout.

Mes yeux tombent sur Amélia, absorbée par son téléphone pendant qu'on joue. *Ouais, non, je préférais pas avant, en fait.* Pourquoi je l'ai sautée, déjà ? Si je m'étais retenu, elle serait pas là dans un coin, à attendre que je rapplique entre ses jambes !

– Tu t'es pris la tête avec ta nana ou quoi ? m'interroge Enzo au bout d'une heure de jeu.

Et voilà la putain de question que je voulais pas entendre ! Je leur ai parlé de mon problème avec ma mère. Pas de celui avec Vic. Comme je réponds pas, il poursuit :

– Ça fait trois semaines qu'on voit pas son cul dans ton appart…

– Trois semaines qu'on sort plus non plus, précise Robin en foutant l'écran en pause.

Je peux comprendre qu'ils l'aient mauvaise, mais j'ai pas envie de m'excuser.

– Ouais.

– Pourquoi ?

– Des conneries.

– Les siennes ?

Je hausse les épaules.

– Et c'est définitif ?

Est-ce que ça l'est ? J'ai un putain de mal de bide en pensant que oui.

– Ouais, je crois.

– Bon débarras, mec ! s'exclame Enzo en attrapant sa bière sur la table basse derrière lui.

Non.

– Elle était carrément trop vieille, non ?

– Enzo… tente Robin en avisant ma tronche fermée.

– Le genre à vouloir des trucs sérieux. Après, je dis pas, elle était sacrément bonne, elle devait savoir y faire au pieu, mais…

– Enzo, répète mon meilleur pote.

Trop tard. Je l'ai déjà saisi par le col et le plaque contre le dossier du canap', le poing serré en face de sa gueule.

– Arrête de parler d'elle comme ça !

Merde ! Je pensais être calmé. En fait, non.

Mon pote se débat contre ma poigne.

– Calme-toi ! Elle te retourne le cerveau, cette meuf! s'enfonce Enzo.

– Enzo, ferme-la ! insiste Robin.

– Tu vas pas t'y mettre non plus !

– Je m'y mets quand tu vas trop loin.

Enzo me repousse, et je le laisse faire. Mais ça m'aurait calmé – comme il le dit – de lui en coller une.

– Vous me faites chier tous les deux avec vos histoires de cœur, rouspète-t-il. On dirait des putains de gonzesses. Je me barre. Venez me chercher quand vous aurez retrouvé vos couilles !

La porte claque derrière lui.

– Il va trop loin, soupire Robin. Le pire, c'est qu'il s'en rendra compte tout seul. Mais trop tard. Je vais aller le calmer, ok ?

– Merci, Rob'.

Je me rassois en me frottant le visage, fatigué de toutes ces histoires.

– J'espère que ça s'arrangera avec elle.

Sa main se pose sur mon épaule. Heureusement qu'il y a quelqu'un qui me comprend. Je lui adresse un signe de tête pour le remercier.

– Ouais, finis-je par dire.

J'entends ses pas sur le parquet, et la porte qui se referme. J'ai replongé le visage entre mes mains, alors je devine qu'il part plus que je ne le vois.

Les minutes s'étirent dans un silence de mort qui m'aide à me calmer. *Enzo est un con ! Et Brice aussi.* Ils auront intérêt à fournir de sacrées excuses pour que je leur pardonne leur comportement débile.

Ce n'est qu'en émergeant de mes paumes après de longues minutes que je la remarque : Amélia n'a pas bougé. Enfin, jusqu'à ce que je croise son regard et qu'elle prenne ça pour une invitation.

– J'avais oublié que t'étais là, toi ! lui balancé-je comme une accusation.

– Tu oublies souvent. Mais je suis toujours là.

Elle s'assoit à côté de moi et pose sa main sur ma cuisse. Je bloque, les yeux fixés sur celle-ci.

– Toujours, Raph.

– Qu'est-ce que tu fous ?

Elle me regarde sans comprendre.

– Qu'est-ce que t'es en train de foutre ?

Je vire ma cuisse de sous sa paume et me lève pour la surplomber.

– Quoi ? s'étonne-t-elle en se mettant debout à son tour. Je n'ai plus le droit d'essayer d'être là pour toi ?

– Je t'ai laissé penser que j'en avais envie ?

– Je voulais juste… On est amis, Raph.

– C'est pas ce que tu espères, là tout de suite.

– Je ne sais pas ce que toi, tu veux.

– Qu'on me foute la paix. Au moins pour aujourd'hui. Casse-toi, Amélia ! J'ai pas besoin de toi. Ce n'est pas toi que je veux. Et ça me gonfle que tu veuilles pas l'entendre.

Son visage se transforme : de la tentative désespérée de me reconquérir, il vire à l'incompréhension. Je la connais assez pour savoir que c'est une fille fière. Je viens de froisser son ego.

– Alors, ça y est ? Je ne suis plus bonne à faire le bouche-trou, donc Monsieur me vire ?

– Je suis désolé que tu le prennes comme ça. Tu as bien accepté que je revienne tout ce temps. Tu y as trouvé ton compte, toi aussi. Et je te rappelle que je t'ai jamais rien promis.

On frappe à la porte.

– On a décidé de m'emmerder aujourd'hui… grogné-je, au comble de l'impatience. Je vais voir qui c'est, et je veux que tu en profites pour te barrer. T'as compris ?

Je vais ouvrir sans regarder, Amélia sur les talons : C'est Vic.

40

Vic

La dernière chose à laquelle je m'attends, après trois semaines d'absence et six heures de route, c'est de me retrouver face à Raph et Amélia, ensemble dans son appartement. Cela me touche en plein cœur évidemment, mais ce serait trop me donner que de le laisser paraître.

–Vic !

Je n'arrive pas à savoir s'il est étonné, heureux ou contrarié de me voir.

– Raph, réponds-je d'une voix mal assurée. Je ne te dérange pas ?

Mes yeux dévient malgré moi vers la silhouette derrière lui.

– Non. Amélia allait partir. Je sais pas ce qu'elle est venue foutre là, à la base.

– Je me demande aussi, ajoute cette dernière.

L'ambiance entre eux est digne d'un combat de chiens enragés. D'un côté, je suis rassurée, ils sont loin d'afficher une quelconque complicité ; mais de l'autre, Raph n'a pas une attitude engageante avec moi non plus. Quand Amélia s'en va, il ne m'invite pas à entrer.

– Qu'est-ce que tu viens faire ici après tout ce temps ? Tu as réfléchi ?

Je n'aime pas son ton. Et il croise les bras sur son torse, de manière clairement hostile.

– Je suis allée voir ma sœur.

– Ah… fait-il sans grande conviction.

– J'avais besoin d'avoir le cœur net sur ce qu'il s'est passé il y a six ans. Je n'ai pas arrêté de penser à notre dispute, à ce que tu m'avais dit… Je t'aime, Raph, et…

– J'aurais aimé que tu me fasses confiance.

– C'est ma sœur, tu peux comprendre que je la croie.

– Je peux. Mais il n'empêche que moi, je t'aurais choisie toi.

– Il n'est pas question de faire un choix, si ?

Ma question l'agace. Ou en tout cas, le fait réfléchir.

– Et du coup ? s'impatiente-t-il en ignorant ma question. Elle t'a dit quoi ?

– Au départ, rien. J'ai trouvé un journal…

Je baisse les yeux en me sentant coupable à la place de ma sœur.

– Jamais je n'aurais imaginé qu'elle pouvait me mentir.

– Parce que moi, si ? Elle a toujours eu un problème. Tu aurais au moins pu m'écouter. Sauf que non.

– Pourquoi tu ne m'en as pas parlé plus tôt ?

– Quand tu es revenue, j'ai senti que le sujet était encore délicat. Je ne pouvais pas te balancer ce que je pensais à la figure comme ça. Et puis, tu ne m'as pas cru alors que nous étions ensemble, ou presque. Est-ce que tu m'aurais écouté dès ton retour ?

– Au final, tu m'as tout de même tout balancé à la figure sans retenue, lui reproché-je en repensant au feu de camp.

– Brice m'a énervé. Et toi aussi.

Je me remets sur la défensive.

– Il avait très bien compris qu'il se passait quelque chose entre nous et il ne l'acceptait pas. Il a senti qu'il pouvait prendre l'avantage, m'explique-t-il. Il s'est engouffré dans la brèche, et t'as plongé dedans. Il a eu ce qu'il voulait : une petite vengeance malsaine.

Il grimace.

– Maintenant qu'on a eu ce qu'on méritait toi et moi, il s'est calmé, poursuit-il.

– Et toi, tu vas te calmer ?

– J'en sais rien. J'en ai pas envie pour le moment. Tout ce que je veux, c'est être seul. Je sais que j'ai pas été un modèle de bonne conduite, que je suis un gars impulsif et tout ce que tu veux. Mais je t'ai vue te tenir à côté de Brice, je t'ai vue avoir confiance en lui et pas en moi. Je pensais que tu m'écouterais… J'ai un peu de mal à le digérer.

Je comprends qu'il me congédie. Je m'apprête à partir avant de me raviser :

– Moi aussi, j'ai eu du mal à digérer ce que tu as fait à plusieurs reprises.

J'ai l'air de l'atteindre. Ses bras se décroisent.

– Mais je l'ai fait, parce que tout ce qui comptait, au final, c'était d'être avec toi. Je t'ai pardonné, Raph. T'as intérêt à faire pareil.

C'est une menace en l'air, bien sûr. Raph agira comme il le voudra, et je lui laisserai le temps dont il a besoin. Mais d'ici là, je ne compte pas ramper à ses pieds.

47

Raph

J'avais besoin de quelques semaines. Juste quelques semaines. Loin de Vic. Et de ma famille.

Ma mère s'inquiète depuis que je suis parti. Ce n'est pas uniquement de ne pas savoir ce qui m'arrive, c'est aussi de voir ses deux enfants ne plus se parler. Après nous avoir élevés comme une fratrie soudée, la dernière chose qu'elle souhaite, c'est de perdre ses enfants. Et comme je l'aime, je mets ma rancœur de côté et vais la rejoindre chez elle. Elle me manque. Un mois sans la voir, c'est bien suffisant. La vie a déjà failli me l'enlever une fois, je ne vais pas bêtement lui tourner le dos aujourd'hui.

– Mon chéri, s'exclame-t-elle de joie quand je franchis le seuil de la porte.

Elle vient me prendre dans ses bras. Je vois bien que ça lui demande un effort considérable. Elle a le teint pâle et des cernes encore plus profonds que d'habitude. Je lui ai causé du tracas, elle a pas besoin de ça en ce moment. Je suis le pire des gosses, j'ai l'impression que mon absence a aggravé son état.

– Tu vas bien ?

À la manière de toutes les mamans inquiètes et protectrices, elle pose ses mains sur mes joues pour bien me regarder. Elle est si petite.

– Oui, maman, j'avais juste besoin d'un peu de temps.

– Tu aurais dû m'appeler. Je me suis inquiétée.

– Je suis désolé. Je suis là, maintenant.

Je me défais de son étreinte pour aller m'asseoir sur le canapé.

– Tu veux boire quelque chose ?

– Non. Je suis juste venu te voir. Ça va ?

– C'est dur. Je ne dors pas très bien. Je n'arrête pas de penser à Brice et toi.

Ce qu'elle dit était prévisible.

– Je ne veux pas que vous soyez fâchés. Vous voir comme ça, cela me fait beaucoup de mal.

– Je sais, maman. Mais Brice abuse.

– Tu l'as blessé, et il a réagi. Je te l'avais dit.

– Ouais. Mais j'ai pas envie de m'excuser. Il a tout fait foirer avec Vic.

– J'en suis désolée, mais il va falloir que l'un de vous fasse le premier pas. Je refuse que vous soyez en froid.

La porte d'entrée s'ouvre au même moment. Brice revient de je ne sais où – son boulot, sûrement –, et s'arrête en me découvrant dans le salon.

– Je vais aller direct dans ma chambre, je crois, balance-t-il comme un dégonflé.

– Brice, s'il te plaît.

Mon frère ne cache même pas son soupir avant de se résigner et d'obéir à la demande implicite de maman.

– Il est venu s'excuser ? attaque-t-il tout de suite.

– De quoi ? rétorqué-je.

S'il fait le con, moi aussi.

– Ça suffit ! On dirait deux gamins de 5 ans ! Vous avez chacun des torts dans cette histoire.

– Un plus que l'autre, grommelle mon frère.

Rien que pour cette remarque débile, j'ai envie de le baffer.

– Je ne veux rien entendre, rouspète maman. Vous êtes mes fils tous les deux. Je n'ai pas à choisir et je veux pouvoir vous voir ensemble. Alors parlez-vous et réglez ce conflit stupide !

– Ce n'est pas stupide, proteste Brice.

– Ça l'est à partir du moment où vous faites passer la famille après !

Je baisse la tête, gêné qu'elle ait tellement raison.

–Vous devez vous réconcilier. Pour moi. Je veux pouvoir partir en sachant que mes trois fils se protégeront et se soutiendront toujours les uns les autres.

C'est comme un coup de massue en pleine face. Je relève la tête et dévisage ma mère.

– Comment ça « je veux pouvoir partir » ? demandé-je, paniqué.

Je bloque carrément, là. *C'est quoi, ce bordel ?* Ils me regardent tous les deux avec des yeux tristes.

– On m'a découvert de nouvelles métastases, révèle ma mère. Mon cancer ne se guérit pas.

Si je n'étais pas déjà assis, je crois que je m'effondrerais.

– Il ne se guérira pas, se corrige-t-elle toute seule.

– Ça veut dire quoi ?

– Ça veut dire que je vais mourir, mon chéri.

J'ai du mal à réfléchir. Le temps semble se mettre en pause, comme la première fois où elle nous a parlé de son cancer. Je pensais qu'elle guérissait… J'avais oublié la douleur, la sensation d'étouffement, la peur à l'idée de la perdre. Ma gorge se contracte et ma poitrine se compresse.

– Quand ?

– Un an. Peut-être plus…

Un an… Je vais perdre ma mère à 20 ans. Elle n'aura même pas 50 ans.

Brice ne dit plus rien. Et soudain, je réalise : il savait. Louis aussi, sûrement. Je suis un abruti fini : j'avais des doutes mais j'ai préféré ne rien voir.

–Vous le savez depuis quand ?

Maman hésite.

– Quelques mois.

– Quelques mois ? répété-je en haussant le ton et en me levant. Et vous ne m'en parlez que maintenant ?

– On ne savait pas comment te le dire. Tu es plein d'entrain, plein d'insouciance. Je ne voulais pas que tu changes d'attitude. Je veux que tu gardes tes rêves, que tu continues de faire ce que tu aimes, d'avoir une belle vie.

– Sauf que je vais te perdre. Qu'il ne me reste qu'un an pour profiter de toi.

Je la prends dans mes bras. Je suis terrorisé, comme un enfant. Je vais perdre ma mère. *Dites-moi que ce n'est qu'un foutu cauchemar.* Elle tremble dans mes bras, et je l'entends pleurer doucement.

– Je suis désolée de ne pas te l'avoir dit, murmure-t-elle à mon oreille. J'en étais incapable.

– C'est moi qui suis désolé.

Je n'arrive pas à me laisser aller à pleurer. Même dans ses bras. Je suis trop fier. Et si je pleure, la douleur va s'amplifier, c'est sûr.

Je me tourne vers Brice. Mon grand frère. Le plus sage, à ce qu'il paraît. Le plus travailleur, le plus protecteur. Celui qui ment le mieux, aussi…

– T'es vraiment un hypocrite. Me faire la morale sur ma relation avec Vic alors que ce que vous me cachez est dix fois pire.

– Sauf qu'on l'a fait pour te préserver.

– J'en ai pas besoin, putain. J'ai bientôt 20 ans, pas 12. Mets-toi ça dans le crâne, Brice. Mettez-vous ça dans le crâne, tous !

Je crie, même si je sens que c'est injuste.

– Putain…

Je me laisse tomber sur le canapé, les mains sur le visage. Même quand j'ai foiré la première fois avec Vic, la douleur était différente. J'avais gardé l'espoir de la reconquérir, c'était supportable. À ce moment précis, ça ne l'est plus. C'est ma mère. Elle va mourir. Qu'est-ce que je peux faire pour empêcher ça ? Rien, putain. Rien. Ça me tue d'avance.

La main de Brice se pose sur mon épaule.

– Je suis désolé. Pour Vic. Et pour maman.

– Je sais.
Mais ça n'arrange rien.

42

Vic

Le bruit de la porte me fait sursauter. *Ma manie de ne jamais fermer à clé me perdra !* Je n'attends aucun visiteur avant l'ouverture, mais ce n'est pas n'importe quel visiteur :

– Raph !

– Je ne te dérange pas ?

Je suis en salopette de travail, de la transpiration plein les cheveux après avoir monté et installé trois meubles, mais à aucun moment, je ne pense qu'il tombe mal. Je suis trop heureuse de le voir. Ce mois perdu est déjà de trop.

J'essuie mes mains et ma tête comme je peux et m'approche de lui. Mon cœur est sur le point de se fracasser contre ma cage thoracique. Raph affiche une mine que je ne lui connais pas : il a les yeux brillants, la tête et les épaules basses. *Que lui arrive-t-il ?*

– Ma mère va mourir.

Je le rattrape avant qu'il ne se laisse tomber de lui-même dans mes bras. J'ai l'impression de récupérer mon souffle. J'entends son inspiration profonde sous mon oreille. Raph me serre dans ses bras. J'ai tellement mal de le sentir triste et désemparé.

– Je ne peux rien faire.

Je le serre plus fort.

– Je suis désolé de t'avoir repoussée, chuchote-t-il en me regardant. Je t'aime, Vic. Tellement. Je ne suis qu'un gros con de t'avoir demandé de partir l'autre jour. J'étais…

– Chut !

Ses yeux sont pleins de larmes. Elles ne coulent pas, mais c'est tout comme. Chacun de ses traits se plie sous la douleur. Raph a peur. Tout son corps tremble contre moi, ployé sous une tristesse qui ne me fait que l'aimer davantage.

– J'ai l'impression que je suis en train d'exploser. Je suis désolé d'être un mec si impulsif. Si débile.

– Tu ne serais pas toi si tu n'étais pas comme ça… Et j'aime tout ce qui fait que tu es toi. Je t'aime de tout mon cœur, Raph. Tu ne le sais toujours pas ?

Ses doigts caressent ma joue puis mes lèvres entrouvertes.

– Si.

– Embrasse-moi, alors.

Il me semble que cela fait une éternité que mes lèvres n'ont pas caressé les siennes. J'ai l'impression de fondre entre ses bras, que mon cœur s'est liquéfié dans ma poitrine et qu'une lave brûlante coule au fond de mon ventre. C'était tout ce que je voulais.

– Je suis là, le rassuré-je quand je le sens sombrer un peu plus.

– Dis-moi que ça va aller, je t'en supplie.

– Ça va aller.

Sa bouche revient sur moi. Elle se fait plus dure, plus exigeante aussi. Tout son corps réclame le mien. Et je suis toute à lui. J'écarte les jambes pour l'aider à me porter.

– J'ai besoin de toi, m'avoue-t-il.

– Prends tout ce que tu veux.

Nous tombons sur mon lit. Raph reste au-dessus de moi, imposant. J'ai envie de lui, de sentir chaque partie de son corps sur moi, en moi.

C'est lui qui nous déshabille, lui qui jette nos vêtements à l'autre bout de la pièce, lui qui m'admire avant de plonger entre mes jambes : d'abord avec sa langue, en une caresse lente et appliquée, puis avec son sexe. Lentement, au départ. Jusqu'à ce que je le supplie d'y aller plus fort.

Il plonge en moi en me faisant perdre totalement pied. Je ne sais plus pourquoi je lui en ai voulu un jour, pourquoi il m'a repoussée.

Nos doigts s'entrelacent au moment le plus intense, celui où tout bascule, où ses gémissements et les miens deviennent des cris du cœur. Je n'ai jamais respiré aussi vite. Et je n'ai jamais été aussi épanouie. À ma place dans les bras d'un homme.

Raph se laisse tomber à côté de moi sans me lâcher. De sorte que mon corps s'imbrique contre le sien de la plus naturelle et tendre des façons. Dans cette position, il continue de me toucher, me caressant les bras et le dos. Il pose des baisers sur mon crâne.

À un moment, les souvenirs affluent. Raph partage des anecdotes auxquelles il repense. Chaque fois qu'il parle de moi, je revois ce petit garçon aux yeux pleins d'étoiles.

– Tu étais tellement belle et hors d'atteinte, déclare-t-il. La petite amie de mon grand frère, ça faisait tache ! Ma mère l'avait capté. Je crois que j'étais le seul gosse à avoir hâte d'être gardé par une baby-sitter.

Je ris et le laisse continuer.

– Je savais que j'étais beaucoup trop jeune pour une lycéenne. Quand tu es partie, j'ai dû me faire une raison. Mais je me suis dit que l'avenir nous réunirait peut-être. Je n'arrivais pas à y croire quand Brice m'a parlé de ton retour, je me suis pris mes rêves de gosse en pleine poire.

Je relève la tête pour le regarder. Son souffle est rapide, comme si se dévoiler le mettait complètement à nu et qu'il n'en avait pas l'habitude. Moi aussi, je veux me dévoiler :

– Tu sais… je n'ai jamais couché avec Brice.

Pendant une seconde, son torse ne se soulève plus. Je souris. *Ma révélation l'a soufflé à ce point ?*

– Jamais.

Ses doigts passent sur ma joue pour attirer ma tête jusqu'à lui. Et il m'embrasse, accueillant ma confession comme un soulagement. Jusqu'à ce que nous reposions enfin l'un sur l'autre. Sa respiration s'apaise, ses mains se font plus légères, je me laisse aller moi aussi. Je me sens bien. Je ne m'en fais plus pour demain.

43

Vic, deux mois plus tard

Tout est enfin prêt. Je fais le tour du buffet préparé ce matin. Les machines à expresso sont parées à tourner toute la matinée pour les invités. L'ouverture de mon café est pour aujourd'hui. Raph s'est chargé d'en parler au spot, tandis que j'ai parcouru la longue liste des présents à l'enterrement de Nanou pour leur envoyer un mot.

Dans la matinée, la foule est déjà dense. Les politesses s'enchaînent ainsi que les sourires et les poignées de main. Tous se montrent ravis de ce nouvel endroit. On dirait que tous les amis de Nanou ont répondu présents ! Je n'ai pas beaucoup levé la tête à son enterrement, mais il me semble en reconnaître quelques-uns qui me reluquent sans la moindre discrétion. Ou alors, c'est le jeune homme juste derrière moi qui attire l'attention. Raph est plus beau que jamais, habillé d'un jean droit, d'une chemise et d'un pull, on lui donnerait mon âge !

– Il y a du monde ! s'exclame Raph en m'attrapant par les hanches.

– En partie grâce à toi.

Je me tourne dans ses bras.

– Je ne pense pas te l'avoir dit suffisamment mais… merci. Pour tout ce que tu as fait.

– Je n'ai fait qu'obéir aux ordres, m'dame !

– Est-ce que t'es en train de me faire passer pour une vieille ?

Il ose se marrer ?

– Je garderai toujours l'image de toi en train de me surveiller quand j'étais petit… C'était tellement sexy !

Son genou s'insinue entre mes jambes, et sa bouche se rapproche dangereusement de la mienne.

– Et tu l'es encore plus maintenant.

Il murmure tout contre mes lèvres avant de m'embrasser. Comme une caresse d'abord, puis avec possessivité. Affirmant son bras autour de mes hanches, Raph ne veut plus me lâcher.

– Raph… parvins-je à dire, y'a beaucoup trop de monde dans cette boutique et beaucoup trop de p'tits vieux sujets à une crise cardiaque ! J'ai pas envie d'appeler les pompiers et de leur expliquer pourquoi tous les papis du coin sont décédés !

– Ça te ferait un sacré coup de pub !

Il me lâche enfin avec un clin d'œil. Plusieurs mamies nous observent, les joues rouges. Raph leur balance un sourire charmeur et s'attelle au travail qu'il s'est lui-même imposé : attirer la clientèle à l'intérieur.

En servant les cafés, je zieute les différents visages à la recherche de traits familiers. Julie ne devrait pas tarder, ainsi que les frères de Raph…

– Tu as vu ton frère ? lui demandé-je tandis qu'il revient vers moi pour m'aider.

– Lequel ?

– Celui que tu évites depuis deux mois…

Il hausse les épaules, et ça m'énerve parce que je sais qu'il n'en a pas rien à faire, contrairement à ce qu'il veut faire croire. Pas besoin d'être un génie pour voir que dès qu'il va rendre visite à sa mère, il le fait pendant les heures de cours de Brice, tout en rentrant de mauvaise humeur ensuite, parce que ne pas parler à son aîné le tracasse.

– Tu ne peux pas rester en froid avec lui, Raph.

– Je sais.

Je pose ma main sur sa joue et grimpe sur la pointe des pieds pour déposer un baiser furtif sur ses lèvres.

– Il comprendra…

Il souffle un « oui » sans grande conviction. Je retrouve la moue embêtée de certaines de ses photos d'enfance.

– Tu sais que ça m'énerve toujours autant qu'on s'inquiète pour lui alors que t'es ma meuf !

– C'est ton frère.

– Ok… Je vais voir si je le trouve… dans cette foule de folie !

Il repart dehors. C'est ce moment-là que choisissent deux petites dames pour s'approcher de moi.

– Vous avez bien de la chance, chuchote la première. Ce garçon est…

– … à croquer ! termine sa comparse.

– Vous avez raison, lancé-je sur le même ton en me penchant vers elles. Mais je crois que c'est lui qui a de la chance !

Et je leur adresse mon plus beau sourire.

– Vous savez, votre grand-mère l'adorait, ce petit, précise la première. Il passait quand il pouvait pour la voir. On ne devrait peut-être pas vous le dire, mais il était déjà très amoureux de vous.

Je pourrais en rougir, je crois. Est-ce que je savais que Raph en pinçait pour moi à l'époque ? Peut-être, oui. Mais j'avais catalogué ça comme un chamboulement d'adolescent. Entendre qu'il a grandi sans m'oublier me donne envie de l'embrasser encore et encore pour lui assurer que ce temps-là est révolu.

– Vous avez réalisé un très beau travail avec cet endroit, s'enchantent ensuite les amies de Nanou. C'est très… moderne. Et cette bibliothèque est fabuleuse.

– Merci. J'ai beaucoup pensé à elle en la construisant.

– Vous l'avez fabriquée vous-même ? s'étonnent-elles l'une après l'autre.

– Oui ! C'est mon métier.

Leurs mines étonnées sont trop mignonnes ! Je me remets à leur hauteur.

– Quand je vous disais qu'il avait de la chance, chuchoté-je avant de prendre congé.

À midi, la rue commence à se vider. Mes vitrines aussi. Quant au café, il s'est transformé en bière ! Il ne reste bientôt que les potes de wake de Raph, dont Enzo et Robin, et les commerçants voisins. Jusqu'à ce que deux nouvelles silhouettes entrent et viennent me rejoindre autour du buffet.

– Louis ! Brice… les salué-je, soulagée de les voir.

Je n'arrive pas à savoir comment accueillir l'aîné. Nous nous sommes revus de loin ces dernières semaines. J'ai passé mon temps à terminer mes travaux, et le reste de mes journées avec un Raph réticent à l'idée de le côtoyer. J'attendais beaucoup de cette inauguration.

– Salut ! Désolé, on est arrivés un peu tard, s'excuse-t-il d'un ton incertain.

Louis ne se pose pas autant de questions que nous, il m'enlace chaleureusement et me claque une bise.

– L'important, c'est que vous soyez venus !

– Ouais… Raph n'est pas là ?

– Si, je suis là, avertit l'intéressé.

Les deux frères en froid se toisent d'abord, puis finissent par se serrer la main. Et ne pas se la lâcher. Leurs paumes se pressent l'une contre l'autre et, bientôt, Brice donne une impulsion pour prendre son petit frère dans ses bras.

– Je suis désolé, lance Raph. J'aurais dû te dire…

– T'en fais pas. C'est oublié.

Je souris comme une imbécile de les voir si timides et maladroits.

– Allez, bande de chiffes molles ! s'interpose Louis. On passe à autre chose ! T'as pas un truc plus fort que de la bière, Vic ? Histoire qu'on fête cette inauguration dignement ?

– Du champagne !

Enzo et Robin accourent presque pour ne pas rater ça.

– On attend pas Julie ? s'inquiète Raph d'une façon trop mignonne.

– Ça la fera venir plus vite !

Et, effectivement, à peine avons-nous fait sauter le bouchon, servi les verres et bu une gorgée que ma meilleure amie débarque avec Jérémy. Nos retrouvailles sont chaleureuses, tout comme l'ambiance qui s'anime dès que les aînés des frères Loison recommencent à taquiner leur benjamin.

La prochaine fois, il y aura mon père et ma sœur. Ils viennent le mois prochain. Pour les vacances de fin d'année.

Je sors mon téléphone de ma poche pour prendre une photo souvenir. Raph me capte et vient me le prendre des mains, s'enrouler autour de moi et faire un selfie. Sa bouche se colle ensuite à mon oreille. Je me fonds contre son torse. Là, devant tous nos proches. Devant Brice qui sourit timidement.

– Je t'aime, m'avoue-t-il sans chercher à en faire un secret.

Nos bras se resserrent les uns sur les autres.

Je t'aime tellement.

44

Raph, un an plus tard

Chose rare, je me suis levé tôt ce matin. Il est à peine huit heures, le café est déjà prêt, je suis allé chercher du pain à la boulangerie, comme tous les grands-pères du coin. J'ai même pris le temps de presser des oranges. Toute personne qui me connaît un peu dirait qu'un truc me tracasse. Pas que je fasse jamais rien – je suis pas un naze qui laisse les corvées à sa meuf – mais à cette heure-là, en général, il faut attendre que je me réveille pour me parler. Conclusion : ouais, un truc me tracasse. Mon rendez-vous avec mes sponsors d'hier. Ils m'ont fait une proposition. Le genre d'opportunité que tout sportif comme moi rêverait d'avoir dans sa vie. J'angoisse de la réaction que pourra avoir Vic. Et comme elle est perspicace, qu'elle lit sur ma gueule trop facilement, je sais qu'à la minute où elle va se lever, elle va me poser la question.

– Raph…

Je sursaute en la trouvant debout près de la table à manger. En petit top fin et minishort. J'ai besoin d'une longue seconde pour calmer le sang qui afflue subitement dans une partie bien au sud de mon anatomie ; histoire de pas avoir l'air d'un gros pervers alors que je pensais à un truc sérieux y'a deux minutes. *Elle est là depuis combien de temps ?* Je regardais dehors en réfléchissant, alors j'en sais rien.

– Ça va ?

– Ouais, pourquoi ?

Elle me désigne la table mise et recouverte de trucs à bouffer. Elle est à deux doigts d'éclater de rire. *C'est pas drôle, pourtant, si ?*

– Tu es tombé trop fort du lit ? Tu t'es cogné ?

Elle se fout de ma gueule, en plus !

– Non.

Ah ! Tiens, elle fronce les sourcils !

– Qu'est-ce qu'il y a, alors ?

Je mets un peu trop de temps à lui répondre, ça ne lui plaît pas :

– Raph ! s'impatiente-t-elle.

– On peut pas avoir envie de s'occuper de sa meuf sans que ce soit louche ?

– Pas le matin, dans ton cas !

Elle fourre un croissant dans sa bouche et s'assied, attendant une réponse sincère cette fois. Je soupire en me laissant tomber sur la chaise à côté de la sienne.

– J'ai eu une proposition de mon sponsor.

– Qui dit quoi ?

– Ils veulent que je m'installe aux États-Unis à l'année pour faire plus de championnats là-bas et de mannequinat pour leur marque.

Elle ne laisse rien paraître de ses pensées.

– C'est une offre en or, finit-elle par balancer, et je sens qu'elle est sincère.

– Qu'est-ce que tu veux dire par là ?

– Tu devrais y réfléchir.

Elle hausse les épaules. *Est-ce qu'elle s'en fout ?*

– J'ai pas envie.

– Raph, c'est important.

– Pas tant que ça.

– Je trouve que si. C'est une sacrée chance.

– Autant que d'être avec toi ?

– Je n'ai pas à intervenir dans ta décision.

– Conneries !

Je me lève, furax, et fais quelques pas dans la pièce. Ce n'est pas du tout comme ça que j'avais imaginé notre conversation.

Je m'en balance, de leur proposition. Elle devrait pas me sortir des conneries pareilles.

– Ma vie est ici, reprend-elle quand je me calme un peu. Mais toi, tu peux aller n'importe où.

– Je peux faire du wake n'importe où, des photos aussi. C'est ce que je fais déjà. J'ai pas envie de quitter ma ville. Toi encore moins.

– Je ne veux pas être…

– Je te jure que si tu finis ta phrase, j'me casse et tu ne me revois pas avant un mois.

C'est mesquin, je sais. La dernière fois qu'on s'est pas vus pendant un mois, c'était le bordel entre nous.

– J'ai pas envie de partir je ne sais où, tout ça pour vivre au soleil sur une board H24, entouré de gonzesses.

– Heureuse d'apprendre que tu ne veux pas être entouré de gonzesses !

Je retourne m'asseoir, en l'attrapant par la taille au passage, et la pose sur mes genoux. Elle veut plaisanter, détendre l'atmosphère, mais je suis sérieux.

– Ma vie est ici, avec toi, avoué-je sans ciller. Je n'ai pas besoin de plus. Enfin, si… Y'a un truc que je voudrais, mais faut que tu sois d'accord.

Son froncement de sourcils est trop adorable. *Elle s'attend à quoi ?*

– Je pensais louer mon appart.

Mes paroles font leur effet : son visage se détend.

– Quand je ne suis pas chez ma mère, c'est ici que je passe tout mon temps. Autant venir à plein temps.

– Donc tu me demandes si j'accepte d'habiter avec toi ?

– Fallait bien que ça arrive un jour…

– Je pensais que tu venais chez moi parce que j'étais toute disposée à te faire des strip-teases.

– Principalement pour ça, ouais. Et pour ta bouffe, aussi. J'adore mater ton cul pendant que tu prépares une omelette !

Comme elle penche un peu la tête en arrière pour rire, j'en profite pour picorer sa gorge de baisers. Vic passe ses jambes de chaque côté de moi, s'installant au mieux sur mon érection qui se réveille avec plaisir.

– Je crois qu'on arrive au comble du romantisme, toi et moi.

– On a déjà été romantiques, tous les deux ?

– Le romantisme, c'est pour les nazes !

J'adore l'embrasser quand elle rigole.

– Et donc… commence-t-elle après s'être lovée dans mes bras. Si tu refuses, ils ne vont plus te sponsoriser ?

– Si, bien sûr. Mais ils choisiront certainement un autre mec à mettre en avant dans les médias. Je garderai le rythme que j'ai actuellement, il me convient. Et je continuerai à poser pour eux. Comme ça, tu pourras recouvrir les murs de la chambre avec mes abdos plus grands que nature !

– Et vu que tu vas venir habiter ici, tu pourras t'admirer tous les soirs avant de dormir, ironise-t-elle en levant les yeux au ciel.

– Au moins, je serai sûr que t'en mates pas un autre.

– Aucune chance.

Elle se penche encore et gémit quand je la serre davantage contre moi.

– Aucune.

Je sens qu'on va encore déraper, ce matin !

45

Raph, trois ans plus tard

Petit, j'ai toujours pensé que l'amour était destiné à s'éteindre. Il faut dire que j'avais un exemple plutôt négatif avec mes parents. Mais c'était avant Vic. À 8 ans, je suis tombé amoureux de l'amie de mon frère. Elle était belle, intelligente, douce, et elle aimait le sport et traîner avec des garçons. Quinze ans plus tard, elle ressemble toujours à celle que j'admirais en douce et qui venait me garder quand ma mère bossait.

Bien sûr, on se prend la tête – un peu –, on s'envoie des piques – beaucoup –, mais on s'aime – passionnément. Quatre ans après son retour, mes sentiments sont encore plus forts. Quand je la vois dévaler les pistes sur son snow comme maintenant, me suivre sur tous mes hors-pistes et m'encourager alors que je fais le con avec une caméra plutôt que d'avoir peur pour ma sécurité, je sais que j'ai trouvé la fille qu'il me fallait. Elle comprend mes choix, elle les soutient. Qu'ils m'emmènent à des milliers de kilomètres durant des semaines pour mes compétitions, dans une pub ou, comme récemment, sur les bancs de l'école, elle est toujours là.

J'ai ralenti les conneries, parce que je vieillis et que j'ai d'autres attentes maintenant, mais au moins, je sais que j'aurai toujours une alliée de choix contre mes rabat-joie de frangins !

On fait du snow tous les quatre cet après-midi, et elle s'est élancée toute seule sur la dernière piste noire du jour. Elle va vite, sûre d'elle. Son snow dessine des courbes parfaites entre les bosses. Vic ne regarde jamais en arrière. Depuis que sa sœur a tout déballé et a accepté de se soigner, que son père est venu à plusieurs reprises nous voir et a commencé à éplucher les petites annonces pour trouver une nouvelle maison par ici, elle est libérée d'un poids.

– Y'a aucun moyen qu'elle soit un jour de mon côté pour te raisonner, constate Brice en regardant ma petite amie.

– Abandonne l'idée ! atteste Louis.

– Je vois pas du tout pourquoi vous dites ça !

Oh si ! Je vois très bien. Et ça me fait sourire comme un mec amoureux. Vic est parfaite pour moi.

Je reçois une tape à l'arrière du crâne.

– Elle est enceinte, Raph, me rappelle Brice avec son ton paternaliste.

– Et ?

Il lève les yeux au ciel.

– Vous êtes graves tous les deux !

– On s'est trouvés, qu'est-ce que tu veux ?

– S'il y a bien un point sur lequel je suis d'accord, c'est celui-là !

Il me balance un clin d'œil.

– Allez, va la rejoindre et assure-toi qu'elle tombe pas. Vous me rendez malade, je préfère ne pas vous regarder !

Je m'approche de la descente.

– Et protège ma filleule ! ajoute Brice dans mon dos. Je veux qu'elle arrive en un seul morceau !

– Ce sera un p'tit mec, rétorqué-je, sûr de moi. Et je lui apprendrai à faire autant de conneries que j'en ai faites.

– Tu le changeras pas, intervient Louis auprès de notre aîné.

– Il a vieilli, pourtant, précise Brice.

Et on avait vraiment pas besoin de cette précision !

– Je pensais que ça lui avait mis un peu de plomb dans la tête.

– Je vous entends, les gars !

– Glisse ! On vous rejoint.

– Dans combien de temps, les vieux ?

6 ans

Je leur balance mon plus beau sourire d'effronté tandis que je m'élance sur la piste. Vic est déjà en bas, en train de déchausser son snow. Elle fait la fière. Parce qu'elle va plus vite que moi et qu'elle négocie mieux les descentes et les virages.

– Je t'ai encore battu, crâne-t-elle quand je la rejoins.

– Je t'ai laissé partir devant.

– Tu dis ça chaque fois !

– Pour mieux t'agacer. Je sais ce que tu deviens quand tu es en colère.

Elle vient se lover dans mes bras.

– Et je deviens quoi ?

– Un vrai volcan.

Je lui embrasse les lèvres.

– Attention, je pourrais faire fondre la glace ! me susurre-t-elle en jouant des sourcils.

– Je n'attends que ça.

Quelqu'un s'arrête en freinage contrôlé à côté de nous. Je m'en fous, je la garde contre mes lèvres.

– Vous avez déjà fait un bébé, ça vous suffit pas ? lance une voix amusée derrière moi.

– Rentrez chez vous ! Pensez aux éternels célibataires.

– Parle pour toi !

Brice et Louis peuvent continuer des heures à se chamailler.

Une fois à la boutique, pendant que Vic défait ses bottes et commence à se mettre à l'aise, je préfère la regarder plutôt que de la rejoindre.

– Qu'est-ce qu'il y a ? Je suis si sexy que ça en pantalon de ski ?

Je lui souris.

– Tu es toujours très belle.

– Tu verras quand j'aurai vingt kilos de plus et que je ne pourrai plus faire de sport !

– En parlant de ça, faudrait peut-être qu'on se calme…

– De quoi tu parles ?

– Le snow. Le sport.

Je lui montre son bide.

– Pour toi, je veux dire. Dans ton état, je suis pas sûr que ce soit conseillé.

– Tu réfléchis à ça, toi, maintenant ?

– C'est Brice.

Pour une fois que je l'écoute…

– Mon frère pense qu'on devrait arrêter les conneries.

Je m'approche d'elle et prends son ventre entre mes mains.

– Je veux pas qu'il vous arrive un truc.

– Je suis assez grande, non ? Quand j'aurai peur ou que je ne le sentirai plus, j'arrêterai. La saison est bientôt terminée, de toute façon.

J'acquiesce en la prenant dans mes bras.

– Putain, je vais être papa…

– Ça fait trois mois, Raph, tu devrais être au courant, maintenant !

Cette fois, je me laisse tomber à genoux face à elle.

– J'en profite. Avec toi, j'ai le droit de faire le papa gâteau.

Elle rit au-dessus de moi.

– C'est vrai, au spot, tout le monde arrête pas de se foutre de ma gueule parce que j'ai 23 piges et que je vais avoir un gosse…

Fini les « Birdy ». Bonjour les « Daron ». Mes potes ont un sacré sens de l'humour…

– J'aurais pu attendre encore, tu sais.

Je me frotte le visage contre elle. Ouais, j'ai l'air d'un gros matou, mais je m'en fous.

– Non, je suis trop heureux là.

Épilogue
Vic, dix-neuf ans plus tard

– Putain, t'es chiante !
– Rémy, rends-la-moi !
– C'est la mienne. Tu fais chier à venir choper mes affaires.
Encore une belle journée au pays de ma douce et calme famille !

Je lève les yeux au ciel en entendant des pas dévaler les marches.

Il n'y en a pas un pour rattraper l'autre. Deux ans d'écart, ce n'était peut-être pas assez…

Je m'apprête à interrompre leurs incessantes chamailleries, mais leur père me devance. Il entre dans la cuisine juste derrière les enfants. Torse nu, un pantalon de ski bas sur ses hanches. À 42 ans, il est toujours aussi beau et athlétique. Les cheveux bien plus longs que ce fameux jour où je suis revenue ici. J'ai un sourire attendri en me remémorant notre « deuxième première rencontre ».

– Qu'est-ce que ta sœur t'a encore fait ? demande-t-il à notre fils.
– Elle m'a pris mon snow.
– Je te l'ai rendu.
– Mais tu l'as pris sans me demander. Tu touches pas à mes affaires, point barre.
– J'en avais besoin. Le mien est bousillé.
– À qui la faute ? glisse Raph le plus subtilement du monde.

Calie grogne. *On dirait son père !*

– Tu vas finir par bousiller le mien aussi. Elle a encore fait du hors-piste, annonce-t-il alors qu'il se tourne vers nous.

– Rémy ! s'insurge sa sœur.

– Calie, j'avais dit non, s'impose Raph, les yeux durs. Attends au moins d'être majeure !

– C'est pour se la péter auprès de son nouveau mec !

Calie voit rouge :

– Rémy, merde !

– Tu as un copain et tu ne me dis rien ? interviens-je au milieu du brouhaha, stupéfaite.

– Je t'en aurais parlé, maman. C'est tout neuf.

– Et c'est qui, ce garçon ? Je le connais ?

– Non. C'est un saisonnier. Il vient faire du snow tous les ans. Cette année, il donne des cours.

– Il donne des cours ? Mais il a quel âge ?

– 23.

– Tu sors avec un garçon de 23 ans ?

Quand Calie hoche la tête, je vois tout de suite l'expression de Raph qui change. Il en deviendrait livide. C'est assez drôle à observer.

– Ne fais pas cette tête-là, papa, je t'en prie ! Rappelle-moi quelle différence vous avez tous les deux ? argumente-t-elle en nous désignant lui et moi. Et à quel âge vous êtes sortis ensemble ?

Raph ouvre la bouche. Elle ne lui laisse même pas le temps de répliquer :

– Donc je ne veux rien entendre. J'ai cours. À plus tard.

Elle nous fait une bise à chacun. Son frère récolte une tape derrière le crâne en plus.

– Je vous aime, lance-t-elle avant de déguerpir.

– Elle vous a tués, là, non ? balance Rémy, tout fier de lui, avant de suivre sa sœur.

Raph regarde un moment la porte par laquelle ses enfants ont disparu. Je vois que les dernières informations font le chemin dans sa tête. Je l'imagine bien se demander si ce qu'il vient d'apprendre est une bonne ou une mauvaise nouvelle.

Je lâche mes ustensiles pour me tourner vers lui.

– Tu es trop mignon quand tu t'inquiètes. Il ne va rien lui arriver, tu sais.

– Tu es trop confiante. Ce mec a six ans de plus qu'elle ! Déjà, à 19, ils sont chauds, alors imagine à 23.

– Six ans… Ça ne te rappelle rien ?

Il grogne.

– Ta fille te ressemble beaucoup.

– Je sais.

C'est tellement drôle de le voir paumé face à l'adolescence de notre fille. Un vrai papa poule. Il n'a pas été aussi dur avec notre fils.

– Tu ne peux pas l'enfermer jusqu'à ce qu'elle soit adulte, tu sais. Elle est aussi impulsive et fougueuse que toi. Elle aura besoin de liberté. Tu as été un très bon exemple pour ça.

Raph se frotte le visage entre les mains, frustré.

– J'ai l'impression de me revoir face à ma mère.

Ses yeux se voilent une fraction de seconde. *Elle nous a quittés il y a si longtemps…* Un an après que nous avons emménagé tous les deux. Les premiers mois ont été très durs. Raph a vieilli d'un coup. Elle est toujours présente en lui. Elle n'aura pas connu ses petits-enfants, c'est certainement le plus grand regret dans la vie de Raph.

– Quand c'était moi qui faisais ce genre de conneries, c'était moi qui maîtrisais le snow, c'était moi qui gérais, les autres pouvaient pas savoir. Là, c'est ma fille.

– Et elle gère aussi bien que toi.

– Comment tu peux rester aussi calme ?

Je délaisse tout ce que j'étais en train de préparer pour venir jusqu'à lui et lui enlacer le cou. Je dépose un baiser furtif sur les lèvres.

– J'ai appris auprès du meilleur. Fais-lui confiance.

Il ne dit rien, mais je vois bien qu'il réfléchit encore. Même après toutes ces années, son caractère n'a pas changé. Il se contrôle peut-être mieux, mais quand quelque chose touche son cœur, il a du mal à rester en retrait. Ce qui fait de lui quelqu'un d'entier. Il aime en entier.

– Tu es bougon quand tu es inquiet.

– Et c'est toujours sexy ?

Je ris en découvrant soudain une autre lueur dans ses yeux. Celle qu'il a eue hier, quand les enfants sont sortis et qu'il en a profité pour me faire découvrir notre table de salle à manger d'une toute nouvelle façon.

– Les enfants sont partis, explique-t-il avant de plonger sa bouche dans mon décolleté.

– Le magasin ouvre dans dix minutes.

Le magasin, c'est ce que nous avons créé ensemble au fil des ans. J'ai changé d'emplacement, mais j'ai gardé le concept. Dans un local plus grand, plus près des pistes, toujours bien situé par rapport au lac. Je ne chôme pas quand viennent les touristes. Hiver ou été, notre petit coin de détente attire toujours autant. Raph continue de faire du wake et du snow, mais il est devenu entraîneur. Il a choisi les études, notre ville, notre vie, moi. Je ne le laisserai jamais partir.

– Ce ne sera pas la première fois que tu seras en retard.

– Non.

– J'ai vraiment… vraiment envie de toi.

J'en ai envie aussi.

– Prouve-le-moi, dans ce cas !

Mais je n'ai aucun doute là-dessus. Depuis vingt-trois ans, c'est ce qu'il fait tous les jours.

Remerciements

Je remercie évidemment les éditions Hugo & Cie – et toutes les personnes qui travaillent dans l'ombre à la promotion d'un livre – d'avoir donné une chance à cette nouvelle histoire. Merci pour cette opportunité, et cette couverture qui déchire !

Un nouveau grand merci à Marine, mon éditrice, de m'avoir fait confiance sur ce nouveau bouquin, de l'avoir défendu et d'avoir travaillé dessus pour l'embellir. J'espère que le travail qui se termine n'est que le commencement d'un nouveau !

Je n'oublie pas Fyctia, je sais que tout est parti de là. Si aujourd'hui *6 ans* sort en grand format, c'est au départ parce que *Make me Bad* a été repéré sur cette plateforme, donc merci pour ça.

Mes deux compagnons de relecture :

Marine, qui sera citée dans tous mes bouquins parce qu'elle veut tous les lire, qu'elle les aime et qu'elle en redemande !

Mon mari, parce qu'il croit en moi, qu'il fait taire ma petite voix pleine de doutes pour me réconforter, me supporter et ensuite m'aider à rectifier les choses qui ne vont pas. Un vrai bêta délaissant ses thrillers pour mes romances !

À mes parents et mon frère, qui partagent chaque nouvelle aventure avec fierté et impatience.

J'ai une immense pensée pour les filles qui me suivent sur tous les bouquins. Pour celles qui ont lu *6 ans* sur Wattpad. Qui ont commenté, voté, qui ont été charmées par Raph, Vic et cette histoire, et qui se sont montrées patientes pour les avoir dans leur bibliothèque.

Pour celles qui l'ont lu et relu, celles qui déclarent leur flamme avec des dizaines de cœur sur les réseaux, celles qui m'en ont parlé au Festival New Romance l'année dernière, et toutes les autres qui me laissent des messages sur Instagram. Je suis chaque fois plus reconnaissante d'avoir vos retours. Ne vous battez pas, il y aura du Raph pour tout le monde !

Merci à toi, cher·e lecteur·rice, qui me découvre peut-être. J'espère avoir réussi à t'embarquer dans cette aventure sportive, estivale et électrique. Et j'espère que le saut a été rafraîchissant !

Je tenais aussi à adresser un tout dernier merci particulier à Jean-Christophe, alias JC, qui, un jour, nous a invités à une cousinade sur un spot de wake. Je t'envoie un exemplaire, parce que Raph est né de cette fameuse après-midi où tu nous as fait découvrir ton sport !

L'inspiration peut venir de n'importe où. Je souhaite à tous les passionnés d'écriture de trouver la leur.

DÉCOUVREZ UN EXTRAIT DU PREMIER TEXTE

d'Elle Séveno

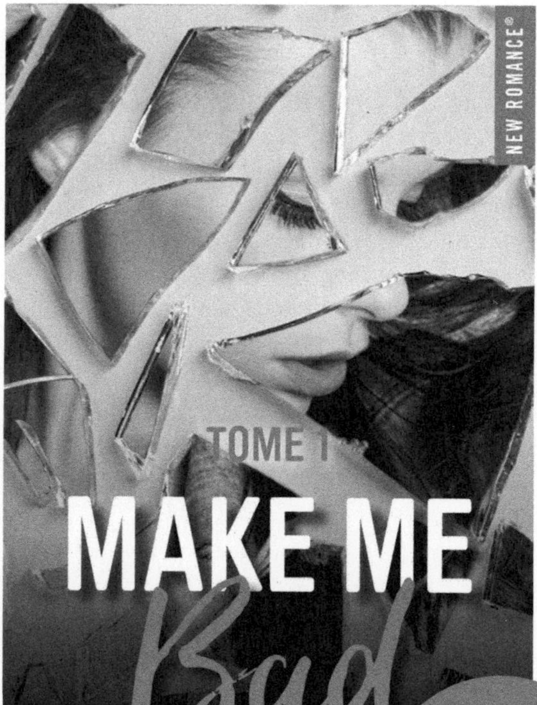

DISPONIBLE
EN LIBRAIRIE
7,60 €

1

LAURE

Je trie les derniers papiers qui traînent sur mon bureau et éteins mon ordinateur, avant de ranger dans mon sac le contrat que je dois faire signer ce soir. Je soupire, ma soirée est loin d'être terminée. Et pourtant, je suis épuisée.

Fin de semaine. Plus de soixante heures de cirage de pompes pour de futurs clients à mon actif. Je n'en peux plus. Je n'ai qu'une envie : m'emmitoufler dans une couette chaude et oublier mon stress dans les bras protecteurs de Matt.

Malheureusement, je ne suis pas près de rentrer chez nous. Je dois encore assister à un concert, finaliser ce fameux contrat et boire quelques verres pour fêter ça. Conclusion : j'aurai de la chance si Matt est encore éveillé lorsque j'arriverai.

Les journées se suivent et se ressemblent…

Je suis assistante commerciale dans une entreprise de distribution de musique en ligne : mon premier emploi, et déjà mon lot de responsabilités. Je suis en première ligne pour contacter de nouveaux labels et promouvoir nos offres.

J'ai conscience de ma chance. Travailler dans la musique, côtoyer des artistes émergents, être invitée à des concerts privés, cela pourrait ressembler à un rêve, mais je commence à ressentir le poids du rythme auquel cela m'astreint. Entre les heures au bureau et les soirées avec les artistes, je n'ai plus une minute à moi.

Je m'apprête à partir pour retrouver Adèle, ma meilleure amie – que j'ai réussi à faire inviter ce soir –, quand la porte de mon bureau s'ouvre : ma boss, Rachel. La voir débarquer n'augure rien de bon.

– Il faut que tu m'appelles ce label, lance-t-elle en entrant sans prendre la peine de frapper, et en déposant un mail imprimé sur mon bureau. Je devais le faire cet après-midi mais je n'ai pas eu le temps. Ils sont encore sous contrat avec leur distributeur mais j'aimerais commencer à parlementer avec eux.

– Tu veux que je fasse ça ce soir ?

De toute évidence, je n'aurais pas dû poser cette question. Le regard noir qu'elle me jette signifie clairement qu'elle désapprouve ma protestation. Comme beaucoup d'autres choses, d'ailleurs.

Depuis six mois, c'est la même rengaine. Je m'éternise des heures durant au bureau pour l'aider pendant qu'elle part retrouver son mari ou se pavaner dans des soirées privées pour « représenter l'entreprise ».

– Oui, ce soir.

– Mais le concert…

– J'y vais à ta place, coupe-t-elle. Je veux m'assurer qu'ils signent. Il y a trop longtemps qu'ils nous passent sous le nez. On ne peut pas se permettre de tout faire foirer maintenant !

Je tique. *Elle croit que je ferais tout foirer ?*

– Tu as leur propale avec toi ? me demande-t-elle ensuite.

Bien sûr que je l'ai avec moi ! Elle me prend pour qui ? Cela fait des mois que j'ai repris le dossier et que je bosse comme une dingue pour recruter ce label. Comment pourrais-je oublier le plus important le soir où je dois enfin finaliser notre accord ?

Avec un sourire contraint, je ressors les feuilles que je viens de mettre dans mon sac pour les lui tendre. Elle les attrape sans rien dire, puis me regarde, avant d'ajouter :

– Je veux un compte rendu de ton appel dès que possible.

Je m'oblige à rester silencieuse et à sourire. Ce n'est pas la première fois qu'elle me fait un coup comme celui-là : attendre la dernière minute pour me refiler le travail qu'elle n'a pas fait ou pour tirer les bénéfices de mon avancée sur des dossiers importants. Je ne dis rien et me répète une fois de plus que je le fais pour l'équipe. Je suis dans une petite boite. Se mettre en avant ne fait pas partie de leur politique. Du moins, c'est ainsi que je le vois.

Et si, au fond de moi, me voir retirer des clients me reste en travers de la gorge, je devrais trouver le courage de m'affirmer. Sauf que je ne l'ai jamais fait, ici ou ailleurs. Pourquoi maintenant ?

– Si tout est ok pour toi, j'y vais.

Non, tout n'est pas ok. Mais est-ce que j'ai mon mot à dire de toute façon ? Je la regarde sortir de la pièce et disparaître aussi vite qu'elle est apparue. *Et c'est tout ? Pas un « bonne soirée », « bon courage » ni même « merci » ?*

En soupirant, je tire mon portable de mon sac.

`Moi : Changement de programme. J'ai un truc à finir.`

`Adèle : Encore ta chef ?`

`Moi : Oui…`

Je ne m'étends pas plus en explications et attrape le téléphone pour terminer au plus vite ma « mission surprise, si importante qu'elle ne peut attendre le lendemain ». Le coup de fil s'éternise. Je dois rester professionnelle et à l'écoute. Surtout pour ce genre de client un peu réfractaire au changement. Lorsque je raccroche, une heure de plus est passée.

Je jette un œil sur mon portable. Finalement ce changement de programme a un point positif : il est encore assez tôt pour que je ne loupe pas Matt. Il ne doit pas s'attendre à ce que je rentre maintenant et sera d'autant plus content de me voir. Je me réjouis à l'idée de pouvoir passer du temps avec lui au lieu de négocier au milieu de la foule, sur fond de musique assourdissante.

Nous nous sommes rencontrés il y a cinq ans, alors que j'entamais ma première année à la fac. J'avais dix-huit ans et étais encore une jeune étudiante perdue dans l'immensité de la ville. J'avais poussé la porte de son agence immobilière pour trouver un appartement et le coup de foudre avait été immédiat. Il faut dire que j'avais un physique plutôt pulpeux à l'époque et qu'il avait plus d'un atout pour me faire succomber. J'étais grande, avec une poitrine opulente, des hanches voluptueuses et un ventre légèrement arrondi, de belles courbes féminines dont je ne me servais jamais. L'unique fois où je les avais offertes, à mon premier et seul amour du lycée, celui-ci m'avait quittée une semaine après. Je n'avais donc pas l'habitude d'user de mes charmes, ni la confiance nécessaire pour cela. Mais le regard de Matt s'était illuminé dès qu'il m'avait vue et il m'avait ensuite fait la cour à la manière des plus grands séducteurs. J'avais d'abord résisté pour la forme, puis je m'étais laissée gagner par l'ivresse de ce corps d'apollon qu'il m'offrait sur un plateau.

Aujourd'hui, mon physique n'a plus la même saveur. Entre le stress des examens, celui de ma recherche d'emploi, et maintenant ce boulot pour lequel je cours partout en sautant régulièrement des repas, j'ai peu à peu perdu ma belle silhouette. J'ai vu avec désespoir ma poitrine rebondie s'aplatir, et je n'ai plus vraiment de chair sur les cuisses, les fesses ou la taille. Des chairs auxquelles Matt aimait s'accrocher. Il ne m'en a jamais fait le reproche mais je sens que le regard qu'il pose sur moi n'est plus tout à fait le même. Et il lui arrive de me glisser que mes formes du début lui manquent.

Malgré mes efforts, il semble que je ne puisse malheureusement pas y faire grand-chose. La pression engendrée par ce premier job me reste constamment en tête. Je veux faire mes preuves, montrer que je suis capable, ramener de l'argent, aussi. Parce que Matt, de trois ans mon aîné, a largement assumé notre quotidien. Et ce malgré l'aide de mon père.

Je veux bien faire. Autant dans ma vie professionnelle que personnelle, ce qui commence par faire en sorte que Matt ne cesse pas de me regarder. Qu'il me désire encore et toujours. Je vois bien qu'il s'efforce de me rassurer. Mais c'est plus fort que moi, je me dis que mon corps ne lui est plus si agréable. Ce qui n'arrange rien à la situation car ce nouveau complexe ajoute une couche supplémentaire à la tension qui m'anime en permanence. J'essaye de me laisser aller, mais même les cochonneries que j'ingurgite n'y font rien. Je ne reprends pas un gramme. Une seule chose sait me faire tout oublier : le contact de nos corps. Je ne pense alors à rien d'autre. Juste à nous. Au fond, je devrais prendre un peu de recul et relativiser : même si je n'ai pas forcément eu les bons exemples, je pense pouvoir affirmer sans craintes que notre amour va durer et cette certitude me comble de bonheur.

Cette soirée de retrouvailles arrive au bon moment, elle me permettra d'évacuer tout ce stress pour affronter une nouvelle semaine. À cet instant je n'aspire plus qu'à une chose : passer enfin un moment avec lui. Pour que la surprise soit complète, je décide d'aller chercher un bon repas thaï dans son restaurant préféré et de le lui rapporter pour que nous le partagions ensemble.

Lorsque je rentre dans l'appartement, je suis surprise de voir que tout est éteint. Nous sommes à la fin de l'été, il ne fait donc pas encore tout à fait nuit, mais assez pour que je n'y voie pas grand-chose.

Nous habitons un trois pièces, à l'ouest de Paris, dans une banlieue assez prisée. Il appartient à Matt, qui l'avait acheté avant notre rencontre. Je suis venue y habiter pour nos deux ans de relation quand il me l'a demandé de manière romantique lors de l'une de nos balades au bord de la Seine.

Mes yeux s'habituant à la pénombre, je décide de ne pas allumer et me dirige vers le canapé pour y déposer ma veste, mon sac à main et notre repas. Je m'en occuperai plus tard. Mon envie d'embrasser mon apollon est plus forte que tout. Il doit être dans son bureau, au fond du couloir séparant les pièces de vie de la partie nuit, parce qu'il n'y a aucun signe de sa présence dans le salon ou la cuisine.

Matt était un célibataire endurci avant de me rencontrer : fêtard, parfois queutard, le cliché mâle dans toute sa splendeur. Son appartement était le reflet de sa personnalité : masculin et ordonné. Un lieu décoré sobrement qui montrait son goût pour les belles choses. Je suis fière d'y avoir su trouver ma place. Je n'ai pas encombré ses murs de cadres aux mille couleurs ou son couvre-lit de coussins à moumoutes et de peluches de chiens. Non. Nous avons su mélanger nos goûts et, aujourd'hui, nous nous retrouvons dans un décor moderne avec quelques touches de fantaisie. J'ai eu, tout de même, le droit de rapporter quelques bibelots !

J'entame mon avancée vers une des deux pièces où je suis certaine de trouver mon homme, la main frôlant les placards à ma droite pour me permettre de mieux m'y repérer. J'ai vraiment hâte de me loger entre les bras de Matt et de sentir son odeur envoûtante.

L'eau qui coule dans la salle de bain accessible depuis notre chambre me fait mentir. De toute évidence, il n'est pas dans son bureau. Mais c'est encore mieux. J'esquisse un sourire à l'idée de ce que je pourrais faire en le rejoignant : me serrer contre son dos, caresser son torse, ses fesses, éveiller son désir. Ma fatigue semble subitement bien loin.

Je m'apprête à ouvrir la porte discrètement pour me glisser dans notre chambre puis à ses côtés. Mais mon geste reste suspendu. Je me fige et perds mon sourire coquin. Un gémissement aigu vient de retentir. Suivi d'un autre beaucoup plus viril. *Qu'est-ce que… ?*

D'autres râles s'enchaînent soudain. De plus en plus forts. Accompagnés de mots crus qui me dégoûtent. Je suis glacée d'effroi, paralysée par ce que j'entends.

Ma main est toujours en équilibre au-dessus de la poignée ; mon cerveau refuse d'analyser ce que lui transmettent mes perceptions. Je n'arrive plus à bouger. Ma respiration est bloquée, suspendue à l'inacceptable. *C'est impossible, n'est-ce pas ? Matt ne ferait pas une chose pareille ! Pas chez nous ! Pas alors que je me tue au travail ! Pour nous. Pour notre avenir.*

Les gémissements féminins redoublent d'intensité, me faisant sursauter et reculer d'un pas, comme heurtée de plein fouet. Mes yeux ne clignent plus, ils sont fixés sur ce battant clos.

Je me mets à trembler. Mon cœur se brise dans ma poitrine. Ce que j'entends ne laisse pas de place au doute.

Je ferme les paupières mais c'est encore pire. Les images montent en moi tel un raz-de-marée. Je me la dessine blonde et voluptueuse, aux yeux bleus. Tout l'inverse de moi. Il n'a pas pu prendre une fille qui me ressemble, ça n'aurait pas de sens. Il avait forcément besoin d'exotisme, de changer ses habitudes.

Un cri de jouissance retentit. Immonde harmonie mêlant sonorités masculines et féminines.

L'eau s'arrête quelques minutes plus tard. Ils doivent être en train de s'essuyer, peut-être même de le faire l'un l'autre, tel qu'ils ont dû procéder en se lavant.

Je suis en train de me torturer. La vision des mains de Matt sur un autre corps que le mien finit de m'achever. Je m'écroule sans bruit et je rampe sur les fesses jusqu'à m'adosser au mur de notre chambre. Puis je reste là, pantin désarticulé, alors que plus aucun son ne s'élève.

J'attends, aux aguets. S'ils recommencent, je serai aux premières loges. Je dois réagir mais mon corps en est incapable. Je dois me redresser, hurler, fuir.

La porte de la salle de bain s'ouvre dans notre chambre. Puis elle se referme. Ils ne parlent pas.

Après avoir été coupée, ma respiration s'accélère. Si un d'eux a une petite soif, ou décide simplement de sortir de la chambre, il ne pourra pas me louper. Je suis en plein passage.

Hélas, aucun d'eux ne semble vouloir quitter la pièce, bien au contraire.

Les rires m'atteignent de la même façon que les halètements un instant auparavant. Le son grave de celui de Matt se répercute en moi comme un tambour. Battant au rythme effréné de mon cœur.

– Laure a de la chance, déclare la voix de femme.

Cette voix…

Le ton sonne comme envieux.

Cette voix…

Ce timbre m'est familier. Je le reconnaîtrais entre mille même au travers de toutes les portes closes. Je l'entends tous les jours au téléphone. Il est identique au mien.

Ma sœur… *Léa.*

Quelqu'un s'amuse à arracher le poignard qui trône au milieu de la plaie béante dans ma poitrine puis à le replanter. Ce n'est pas possible autrement. *Ma sœur se tape mon petit ami et j'entends tout, bordel !*

C'est une chose de découvrir que son enfoiré de petit copain s'envoie en l'air avec une pouffiasse. C'en est une autre de découvrir l'identité de ladite pouffiasse, de se rendre compte qu'il s'agit de son propre sang.

Le bruit d'un nouveau gémissement me tire de ma rage et de ma tristesse si étroitement entremêlées, pour les alimenter l'instant d'après.

– Ne parle pas de Laure maintenant, s'il te plaît.

La voix plaintive de Matt est à vomir. Comme tout ce qui sort de sa bouche ensuite, qu'il s'agisse de ses mots ou des baisers que je distingue très clairement.

– Je n’ai pas envie qu’on gâche un si beau moment, reprend-il.

Est-ce que la situation peut être pire ?

– Pourquoi as-tu remis ta serviette ? lui demande-t-elle en riant.

– Tu as l’intention de me l’enlever ?

– Oh oui ! susurre-t-elle. Et de faire bien d’autres choses encore…

Et ils remettent ça.

Avant que les halètements ne s’accentuent, je retrouve l’usage de mon corps, la force de me lever sans faire de bruit, glissant sur le parquet tel un fantôme. Je me sens vide, brisée. La gorge brûlante, le cœur en miettes, une colère sourde prend vie tout au fond de moi. Elle grossit comme un tsunami balayant tout sur son passage.

Juste le temps d’attraper les affaires que j’ai laissé traîner – effaçant ainsi toutes mes traces –, et je m’enfuis de chez moi.

2

LAURE

Dire que je suis en colère, dévastée, que j'ai l'esprit ravagé est encore loin de la vérité. Je marche aussi vite que possible pour m'éloigner de mon appartement, de ceux qui s'y trouvent.

Les rues de Paris ne sont jamais calmes. Ce soir, j'aimerais qu'elles le soient ; pour avoir le temps de remettre de l'ordre dans mes idées, pour apaiser mon chaos.

Je ne sais plus ce que je fais. J'erre une dizaine de minutes avant de m'engouffrer dans le premier bar venu. Un verre de whisky sec est le seul remède qui me vienne. N'est-ce pas le remède miracle à toutes les déceptions dans les films ? Une connerie ! Même après trois verres, c'est toujours aussi répugnant !

Cela a au moins le don de repousser la brûlure au fond de ma gorge pour un temps, refoulant vers mes entrailles la bile qui menaçait d'en sortir. Je suis étonnée de ne pas pleurer. Pourtant, les visages de Matt et de Léa se superposent devant ma rétine. Leurs corps l'un sur l'autre, leurs gémissements. J'ai beau fermer les yeux, les ouvrir pour m'assurer que je ne suis plus chez moi, rien n'y fait. Le temps s'est suspendu à ce que j'ai entendu dans ce couloir. Je dois être dans un état de choc plus avancé que je ne l'aurais cru.

Mes deux meilleures amies, Adèle et Maeva, arrivent vingt minutes après l'appel en catastrophe que je leur ai passé. Je suis alors en train d'engloutir mon quatrième verre. J'ai besoin de divertissement. Et de mettre des mots sur ce qu'il s'est passé pour savoir quoi faire.

– Laure ! clame Adèle en accourant près du bar. C'est quoi ce coup de fil paniqué ? J'ai cru que tu t'étais fait agresser !

Je ne leur ai encore rien dit. Au téléphone, c'était trop dur. Il faut qu'elles m'aident. Pour le moment, je suis perdue, sans savoir comment réagir. Je suis furieuse, déçue et anéantie : savant mélange, difficile à affronter seule. La révélation de la soirée est brutale. Le pire scénario qui m'ait jamais traversé l'esprit. J'ai toujours eu une confiance aveugle en mon couple. *J'ai toujours eu une confiance aveugle en ma sœur…*

– Matt me trompe, annoncé-je la voix brisée.

– Quoi ? répliquent-elles en chœur, comme pour s'assurer de ce qu'elles viennent d'entendre.

Elles ont l'air aussi stupéfait que moi. Mes idéaux n'étaient peut-être pas si infondés que ça, finalement.

Et oh la… C'est quoi ces manières de hurler dans les oreilles de quelqu'un qui a déjà beaucoup trop bu ? Quatre whiskys dans la tête, ça bourdonne.

– C'est quoi ces conneries ?

– Attends ! interrompt Maeva d'un geste de la main. Tu es sûre ? Que s'est-il passé ?

– Je suis plutôt sûre, oui, ricané-je en m'enfilant un… quatrième ? cinquième verre ? *Peu importe !* Je suis rentrée et je les ai entendus. Ils avaient l'air de beaucoup s'amuser, si tu vois ce que je veux dire…

Je rigole. *Pourquoi je rigole ?*

– Comment ça tu les as entendus ?

– T'es débile ou quoi ? marmonné-je devant tant d'incompréhension. Ce n'est pas clair, ce que je dis ? Je suis restée derrière la porte de la chambre, détaillé-je. Ils sont sortis de la douche, ont fait une allusion graveleuse puis ont réitéré l'opération sur le lit. Celui où je dors ! Ils doivent y être encore, d'ailleurs.

– Et tu n'es pas intervenue ? s'indigne Maeva. Dis-moi que tu as pris ce connard sur le fait, rompu, et que c'est pour ça que tu es ici, continue-t-elle avec une note d'encouragement dans la voix.

Si elles savaient avec quelle pouffiasse le connard s'envoyait en l'air… Hors de question de leur en parler ! Affronter à voix haute une seule trahison est déjà bien suffisant.

– Non.

Je laisse traîner un silence lourd de sens.

– Non. Je n'ai rien fait.

Et me voilà : embrouillée dans des vapeurs d'alcool. Mais pas encore suffisamment a priori vu que la situation me paraît toujours insurmontable. Je suis totalement paniquée à l'idée de devoir rentrer chez moi, de renoncer à la si belle vie que m'a fait miroiter cet homme, lui qui est si profondément ancré dans mon cœur.

C'est la première fois que je ressens une peine aussi intense. D'habitude j'arrive à gérer mes émotions, mais là…

– J'ai tout entendu, me sens-je obligée d'ajouter d'une voix forte et bourrée. Dans les moindres détails… Après, j'ai eu envie de vomir, alors je me suis dit qu'il fallait que je me tire. Ils ne sont rendu compte de rien. De rien ! J'ai été aussi furtive qu'un ninja !

Je ris devant leur air effaré, mais mon ricanement n'a rien de joyeux. Il est trop douloureux pour cela. L'envie de pleurer remonte alors. Plus forte qu'avant.

Qu'est-ce que j'aurais aimé ? Que Matt se rende compte de ma présence et me coure après pour se faire pardonner ? Certainement pas ! Je me maudis de ma stupidité. Je suis vraiment aveugle ! Et totalement stupide ! *Qu'il reste au plumard avec ma connasse de sœur ! Ma sœur… pourquoi ?*

– Qu'est-ce que tu vas faire ? s'enquiert Adèle en posant sa main sur la mienne.

Elles n'ont toujours rien commandé. C'est dire si la situation est critique.

– Si j'étais toi, je lui broierais ce qui fait de lui un mec, à ce connard, crache Maeva.

L'image est drôle mais je grimace en entendant cette insulte. *Matt n'est pas vraiment un connard, n'est-ce pas ? Je n'ai pas pu me tromper pendant cinq ans!* Ça me fout trop les boules de me dire ça. Je suis quelqu'un de foncièrement gentil. On ne fait pas de mal à quelqu'un de gentil. Si?

Ma sœur n'est peut-être pas la première. Et s'il y en avait eu d'autres? La douleur dans mon cœur s'intensifie. Oui. Il y en a eu d'autres. Au moins une: son ex, tout au début de notre histoire. Et j'avais pardonné car, dès le lendemain, il m'avait tout avoué. J'avais décidé de lui faire confiance… *Celui qui me traite de «godiche naïve» maintenant a absolument raison. Voilà où je me trouve cinq ans plus tard, au point de départ!*

J'ai beau chercher, il ne m'a jamais donné de raison de douter de sa fidélité. S'il a joué avec moi de nouveau, il l'a fait en toute subtilité. Mais ce doit être le cas de tous les infidèles, non? Dire que je le croyais repenti, chagriné de ce qu'il m'avait fait. Romantique, aussi. Si romantique. N'ayant d'yeux que pour moi. *Ce que je peux être naïve.*

Il a fallu qu'il choisisse ma sœur. Pourquoi? Elle me ressemble. Je ne vois pas vraiment l'intérêt… Ah si, ses formes sont divines. À elle, il peut se cramponner!

J'ai envie de m'arracher les cheveux. Mes pensées partent en vrille et s'emmêlent. Qu'on me donne un coussin pour que je m'écrase la tête dedans. Que je dorme enfin. Que j'oublie ce cauchemar.

– Tu dors chez moi, ce soir! annonce Adèle d'une voix qui ne laisse aucune place à l'objection.

J'acquiesce d'un mouvement de tête.

Un nouveau verre plein se matérialise près de moi. Je l'avale. Les filles me regardent en fronçant les sourcils.

– Depuis quand tu bois du whisky, toi? s'étonne Maeva.

En général, je suis plus bière ou vin. Les trucs forts, très peu pour moi. Mais les découvertes semblent être le thème de la soirée!

– Je bois à la santé de Matt! Garçon!

Le barman tourne la tête vers moi, hésitant. Il observe ensuite mes deux amies.

– Vous n'allez pas la laisser prendre la voiture, hein ?

Depuis quand les barmen s'inquiètent-ils de leurs clients ? Depuis quand se donnent-ils le droit de refuser des verres ? Qu'il me serve et basta ! Je ne lui demande pas de se transformer en psy, et encore moins en bonne conscience. Qu'il aille jouer les bons samaritains avec d'autres, si ça le démange !

C'est étrange, il y a cinq minutes, je déprimais. Je suis en colère contre le monde entier. Alors c'est comme ça que l'on se sent quand on découvre un truc moche ?

C'est impossible, hein ? Je l'aime tellement…

Finalement, je préfère la phase furieuse.

L'alcool n'est décidément pas mon ami. Voilà qu'il me fait tanguer sur mon tabouret. Le bras de Maeva me retient tandis que j'enfouis mon visage dans son cou.

– Je promets de le faire payer, ce connard !

J'ai parlé à voix haute ? Tant pis !

Mon esprit est subitement happé par un autre centre d'intérêt. Ce comptoir m'a l'air confortable. Un coussin comme un autre. Je ferais bien une petite sieste.

GAÏA ALEXIA

le MARCHAND de SABLE

Hugo Roman